Pokalanie

W serii ukazały się:

Jerzy Pilch
Miasto utrapienia

Mariusz Maślanka
Bidul

Eustachy Rylski
Człowiek w cieniu

Janusz Głowacki
Z głowy

Bronisław Wildstein
Mistrz

Henryk Grynberg
Uchodźcy

W przygotowaniu:

Rafał A. Ziemkiewicz
Ciało obce

Pokalanie

PiOTr
CzERWińSKi

Świat Książki

Projekt graficzny serii
Małgorzata Karkowska

Ilustracja na okładce
Sylwia Narbutt

Redaktor serii
Paweł Szwed

Redaktor prowadzący
Ewa Niepokólczycka

Redakcja
Maciej Korbasiński

Redakcja techniczna
Lidia Lamparska

Korekta
Jadwiga Piller
Elżbieta Jaroszuk

Wszelkie podobieństwo postaci, miejsc, zdarzeń do rzeczywiście istniejących jest przypadkowe i przez Autora niezamierzone.

Świat Książki
Warszawa 2005
Bertelsmann Media Sp. z o.o.
ul. Rosoła 10, 02-786 Warszawa

Skład i łamanie
LITERA

Druk i oprawa
GGP Media GmbH, Pössneck

ISBN 83-7391-974-0
Nr 5245

Nie dedykuję tego nikomu.
Nie będzie też cytatów z mądrych pisarzy.

motto:

Wszystko już było.

drugie motto:

Nie ma rzeczy niemożliwych. Są tylko niemożliwi ludzie.

Zbyt długi prolog

Ta książka jest ordynarna, porąbana, ma zbyt długi prolog i opowiada o miłości, jakby ktoś nie zauważył. A także o pijaństwie, bo pijaństwo i miłość to bardzo wdzięczne tematy na książkę. Zaczyna się nieciekawie, ale potem się rozkręca. Miałem od cholery pomysłów, jak zacząć ją pisać. To wielka odpowiedzialność, zacząć książkę. Zwłaszcza taką jak ta. Kombinowałem, żeby może zacząć jakoś kontrowersyjnie albo przynajmniej szokująco, potem przyszło mi do głowy, żeby smutno, a jeszcze potem, że wesołkowato. I tak dalej.

Ze trzy dni szwendałem się po mieście, mając w głowie wszystko, ale to absolutnie wszystko, co chcę napisać w tej książce. Wszystko oprócz początku.

Ale ona zaczęła się pisać sama. W telewizji powiedzieli, że na festiwalu teatralnym dekoracja zabiła aktorkę. Nawet nie wiem, kto to był. Nie bardzo mnie zresztą obchodzi, kim była ta kobieta. Zabił ją metalowy kontener, który służył aktorom do akrobacji. Kupa blachy runęła na nią i cyk! Koniec pieśni. W pewnym sensie babka umarła za sprawę, że się tak wyrażę. Ten kontener zwalił się również i na moją głowę.

Trudno o lepszy początek książki.

Myślę sobie, że to, co tutaj wysmażyłem, to taki mały pomnik nagrobny tego odmóżdżonego pokolenia, które zaczęło się gdzieś przy roku tysiąc dziewięćset siedemdziesiątym i zawisło między dwoma epokami jak pijaczek na barierce. Nie było nas jeszcze w komunizmie, a w kapitalizmie już nas nie będzie. Wtedy było dla nas o wiele za wcześnie, teraz jest dla nas o wiele za późno. Tak sobie myślę, żeśmy byli błędem w matriksie albo coś w tym rodzaju. W końcu zleciał na nas kontener i ostatecznie zaciukał. Takie rzeczy zawsze przychodzą z zaskoczenia: młodość, młodość, nowe portki, nowe laski, nowe płyty, trele-morele, młodość, młodość i nagle jeb. I od tej pory żyje się z dnia na dzień, i dostaje paranoi od spraw banalnych, które kiedyś wyłącznie śmieszyły, i coraz częściej mówi do siebie o braku sensu, braku sensu czegokolwiek, i bardzo się o ten brak sensu boi, a on nabiera coraz bardziej realnych kształtów.

Nie ma co, nieźleśmy upadli. Tak jak wszystko, co ma jakąś duszę. I dlatego bez szemrania można o nas mówić jak o pokoleniu. Bo my jesteśmy historią. Już nas nie ma.

Bardzo dużo przeklinam. Kiedyś tak nie było, ale w pewnym momencie wszystkie inne słowa przestały mieć właściwą moc. Mam nałogowe podejście do języka; zarzucanie lekkich słówek zupełnie mnie już nie kręci. Muszę spawać mocne, twarde wyrazy. Słowa są zbyt giętkie, by im pozwolić na tremę. A najbardziej giętkie są przekleństwa. One nas kiedyś zegną do reszty.

– Zajebałem się w tobie – powiedział kiedyś dresiarz do swojej dresiary. – Zajebałem się w tobie, że chuj.

Mogłem nagrać ten wyziew. Noszę w torbie dyktafon. Mogłem nagrać, bo teraz nikt mi nie uwierzy, że dresiarze wyznają tak wielką miłość swoim dresiarom.

Przekleństwa są czasami jak prozac. Pozwalają zabić cały smród dookoła. Przekleństwa to przecież trzon repertuaru wszystkich pismaków, a ja jestem pismakiem, chociaż dla przyzwoitości mógłbym zachować te rewelacje dla siebie. Mógłbym dać sobie siana i niczego nie pisać; miałbym dzięki temu święty spokój i niezmącony niczym dozgonny abonament w klubie starzejących się nudziarzy z kredytem konsumpcyjnym i pięciokilową nadwagą. Ale nic z tego. Stało się. Mam brzuch napchany trzydziestoma latami wyjątkowo kalorycznego życia i nic mnie nie powstrzyma, żebym nie machnął tego pawia na wasze trendowe porcięta od Diesla, wyprasowane przez stylistę o plastikowych włosach.

Dla was, gdy czytacie te słowa, to już przeszłość. Ja jestem starszy albo mnie już wcale nie ma, a świat, który opisuję, przeszedł do czasu zaprzeszłego, którego również nie ma już od dawna w języku polskim. Urodziłem się w zupełnie innej galaktyce: trzydzieści lat temu w mieście stołecznym. Nikt mnie nie pytał o zdanie w kwestii lokalizacji. Kraj Bulanda Country znajdował się centralnie nad Wisłą, The Vistula River, czyli tam gdzie teraz. Był wtedy rosyjskim fantem, który Churchill odpalił Stalinowi podczas słynnej przedostatniej wieczerzy w Jałcie, w roku jeden dziewięć cztery pięć. Tych dwóch tetryków, a wraz z nimi jeden ważniak z Ameryki, podzieliło się światem, jak gdyby to był tort urodzinowy pięciolatka, a oni zasranymi dzieciakami, którzy biją się o każdy kawałek. W tej materii niewiele zmieniło się na świecie od tamtej pory. Raz na jakiś czas jeden obleśny, opętany błazen konkluduje, że będzie mieć władzę nad światem. Toczy mądre dysputy z innymi opętanymi błaznami, którzy myślą podobnie. Jedni wierzą w Najwyższego albo Najniższego, inni w Wielkiego Ciosanego Bożka, jeszcze inni w Elektroniczne Zbawienie. Jedno gówno. Wszyscy chcą zawładnąć galaktyką.

Gdy miałem sześć lat, Polak wsiadł do Sojuza i wystrzelili go w kosmos. Gdy miałem dziewięć lat, wiejskie chłopaki na spłaszczonych ruskich tankietkach wjechały do mojego miasta, by bronić władzy ludowej. Kompletnie nie pamiętam, jak nazywały się te ruskie tankietki, choć w dzieciństwie byłem chodzącą encyklopedią, jeśli idzie o takie osobliwości. Zupełnie jakby to było do czegoś potrzebne, znałem kryptonimy wszystkich ruskich, amerykańskich, niemieckich, angielskich i francuskich tankietek, jakie wyprodukowano na co najmniej pięćdziesiąt lat przed moim urodzeniem. Ale dorosłem i nie pamiętam. Chuj bombki strzelił. Wracając zaś do obrony władzy, to teraz każdy, kto miał wtedy dziewięć lat, zawodzi patriotycznie, że komuniści nie pozwolili mu oglądać *Teleranka,* bo była niedziela rano. I że ta zniewaga wymaga krwi, i że dobrze im tak, że padli, i tak dalej.

Mnie wciąż wydaje się, że to była sobota. Poranny program dla dzieci w sobotę nazywał się *Sobótka.* Nie nazywał się *Teleranek.* Tak swoją drogą, jedno i drugie to były nieobliczalne chały, w których pociotkowie decydentów machali łapami do kamery i nic z tego nie wynikało. Nic nie wynikało również z gazet, w których świat wyglądał pięknie i spełniał wymogi kolejnego zjazdu partii. Dzisiaj zostało nam to samo, tylko zjazdy odbywają się w innej części planety. Zaczęliśmy mieć nowego boga. Zaczęliśmy bełkotać do niego modły, zapisane na wewnętrznych stronach opakowań od czipsów, wraz z regulaminem konkursu, w którym można wygrać dodatkowe siedem kilo, jeśli zeżre się sześć.

Pojawiła się upragniona cola w puszkach, którą dotąd można było dostać tylko za dolary w sklepach, gdzie wszystko było za dolary, chociaż nikt w tym kraju nie zarabiał w dolarach. W fabrykach pojawiła się upragniona marksistowska alienacja pracy. Na ulicach pojawili się upragnieni bandyci z amerykańskich filmów. Mieli upragnione amerykańskie kije bejzbolowe. W telewizji pojawiły się upragnione amerykańskie szampony i szampany. I nie wiadomo co jeszcze. Nareszcie byliśmy wolni.

I jeszcze jedno. Nie mam nic przeciw Stanom Zjednoczonym Ameryki Północnej. Żeby była jasność w temacie.

To dla mnie kraj daleki i daleki naród, czasem tylko irytujący. Jestem skłonny ich nawet lubić, choćby za to, że krążą na ich temat tak samo krzywdzące stereotypy jak o nas. Wygląda więc na to, że jesteśmy podobni. Na użytek amerykański wypada zauważyć odkrywczo, że nie wszyscy Polacy są debilami. Niestety, do Ameryki przedostają się niemal wyłącznie debile, których marzeniem jest zmywać garnki albo prać brudne gacie bez zezwolenia na pracę. W ogóle jest to raczej regułą; debile dysponują największymi zasobami pieniędzy. Są awangardą tego narodu. Mają najlepsze fury, jeżdżą na wczasy za granicę. Wciąż jednak pozostają debilami i to jest najbardziej bolesne, że tylko naszych debili mają do dyspozycji obywatele innych, być może nie mniej zabawnych narodów. Widziałem na Krecie Polaka, który darł się po polsku do ulicznego sprzedawcy owoców:

– Ty, kurwa, nie rozumiesz, jak do ciebie mówię?!!!

– Proszę wybaczyć. Ja naprawdę nie rozumiem. Podać dwa kilo? – odrzekł grecki sprzedawca zupełnie zrozumiałą angielszczyzną.

Gdy byliśmy zorientowani na Wschód, uczyliśmy się pilnie rosyjskiego. Od kiedy sprawy zmieniły obrót, w stanie Bulanda wszyscy maltretują lengłidż amerykański. Dzięki Bogu ja wybrałem odwrotnie. Jako czternastolatek zapisałem się do Całkiem Niezłej Szkoły of English i przez pięć lat katowali mnie tam Szekspirem. Dzięki temu na imprezach mogłem bajerować pijane laski na monolog Hamleta albo widowiskowe pojechanki z Percy'ego Shelleya i Williama Blake'a. Dlatego dzisiaj odróżniam prodakt plejsment od umieszczania produktu, a trzeba zauważyć, że to dość rzadkie. Moją mozolnie zdobytą umiejętność mówienia po angielsku mogę zostawić sobie na rozmowy z Anglikami, kiedy spotkam ich gdzieś przypadkiem. Ale to nie ja rozmawiam teraz z Anglikami; tacy jak ja niezbyt często widują tu obcokrajowców. Rozmawia z nimi ich najbardziej oddana niewolnica: gotowa na wszystko, klęcząca na kolanach wielomilionowa hołota, której wmówiono na kursach marketingu, że należy klękać przed nowym panem. I w ciemno przytakiwać, cokolwiek pan każe.

Marketing. Następne słowo, którego nikt tu nie potrzebował, bo my też mamy czasowniki odrzeczownikowe i też mamy formę imiesłowu. Tak przynajmniej mi się wydaje w chwili, gdy piszę te słowa. W momencie, gdy wy je będziecie czytać, może już nie będziemy mieli tak skomplikowanego języka. Jakiś specjalista od marketingu w porozumieniu z jakimś stylistą czy innym palantem nagle stwierdzą, że zbyt polski język polski jest nietrendowy, bo jest zbyt polski. Och sory, bejbes. Nasza ustawa o ochronie języka to nie to samo co drakońskie nacjonalizmy z Quebecu.

Nieprzebrana rzesza niedouczonych debili, pospiesznie wepchniętych do tej kapitalistycznej sokowirówki, wtyka angielskie słowa tam, gdzie nie umie wetknąć polskich. I zabawa kręci się na całego. Nikt już nie rozumie po polsku. Przybywa także takich, którzy nie rozumieją w ogóle niczego. Rozumie za nich system operacyjny albo inny cybernetyczny samozadowalacz. Któregoś dnia majak amfetaminowy Anthony'ego Burgessa stanie się codziennością, a nawet przeżytkiem. Czterdzieści lat po *Mechanicznej pomarańczy*, w kraju kwitnącego jabola, centralnie The Vistula River, żyje kilkadziesiąt milionów Aleksów, którzy mówią z wyrazem twarzy ogłupieńca: „Sory, men". I klikają w mausped, i sejwują kopi, i snifują kul staf, i mają lajfstajlowe ciuchy i oldskulowe buty. W firmach okejuje się decyzje, zamiast je zatwierdzać, w drukarniach drukuje się maczprinty zamiast szczotek, na mityngach brifuje się imidżowe topiki, w ogólnym przeświadczeniu jest zajebiście. I nikt nie pamięta, że słowo „zajebisty" jeszcze dwadzieścia lat temu znaczyło w języku polskim umysłowo chorego, znanego lepiej jako „pierdolnięty". Kto wie, może za następne dwadzieścia lat słowo „pierdolnięty" będzie oznaczało geniusza, słowo „kurwa" będzie synonimem zapomnianej już „bizneswoman", „pierdolić" zaś będzie podstawowym czasownikiem tej genialnej nowomowy, podobnie jak słowo „fuck", które podbiło Amerykę i nareszcie jest w Polsce. Skoro słowa potrafią zataczać tak nieobliczalne koło, to nie zdziwię się, gdy któregoś dnia słowo „zajebisty" zrobi się całkiem nietrendowe, a pałeczkę po nim przejmie słowo „chujowy" i będzie wtedy znaczyło coś absolutnie fantastycznego. I na ten przykład zamiast mówić „ale masz zajebiste spodnie!", analogicznie ludzie będą witali się okrzykami „Łał, ale chujowo dziś wyglądasz!". Natomiast podjarany do granic absurdu idol młodzieży będzie darł gębę ze sceny jakiegoś trendowego festiwalu dla kretynów: „Jesteście chujowi! Kocham was!". Na co ćwierćmilionowa widownia mruknie prawie jednogłośnie: „Łał! Jaki chujowy gość!".

Albo superultrahiperczadowy stanie się jakiś inny przymiotnik, równie chamski i tak samo nielogicznie konotowany. Dyktatorzy słów z pewnością wymyślą jeszcze niejedno. Może zamiast „zajebistych" spodni już za dziesięć lat spodnie będą na przykład „pierdoliste". Trendowy idol młodzieży będzie pierdoliście krzyczał na festiwalu, a na pierdolistych ultrahiperbillboardach ujrzymy hasło, które jakaś firma pierdoliście wykorzysta do kampanii promocyjnej swego nowego produktu: „Koniec z zajebistością! Bądź pierdolisty!".

Ten kraj źle skończy. Więc chyba mogę przeklinać i opowiadać bzdury, skoro już i tak nie ma nic do stracenia.

Minęło grubo ponad ćwierć wieku, a ja żyję w okruchach czasu na wielkiej szufli. Zamiatam na nią coraz więcej szkła i paprochów, śmieci, biletów, barowych rachunków, wydruków z bankomatu, opakowań po kondomach i papierków po gumie do żucia. Codziennie wstaję w innym kącie, z innym kurzem i z inną historyjką z donaldówy, której sam jestem głównym bohaterem.

Czy ktoś jeszcze pamięta historyjki z donaldówek?

Dziś rano wybrałem sobie niszę numer dwa tysiące dwa, dzień, w którym piszę ósmą stronę maszynopisu mojej książki. Wstałem, mając trzydzieści lat, kredyt w banku, gówniane perspektywy na przyszłość i jeszcze bardziej gównianą perspektywę przeszłości. Zacząłem dzień razem z radiem dla hołoty, która nie zna dnia bez markowych płatków z dodatkiem kwiatków, lajfstajlowego enerdży drinka i zwykłego proszku już w czterdziestu stopniach. Piłem rozpuszczalną syfiastą kawę, kupioną na bazarze. Nie miała etykietki. Była w brzydkich papierowych workach. Jakie to nietrendowe. Jestem cholernie mało trendowy. Wyleniały heteroseksualista, bez żółtych włosów, bez plastikowych bojówek. Bez torby didżejki. Bez lampasów na ubraniu. Jem szynkę. Nienawidzę techno. Jestem absurdalnym durniem, który w absurdalnych czasach pisze absurdalną książkę. Durniem, który nie widzi, że trzydzieści siedem milionów chorych durniów w tym chorym durnym kraju w ogóle nie czyta książek. Jedyne książki, które się sprzedają, opowiadają o durniach językiem durniów. A będzie jeszcze gorzej. Obawiam się, że nie widzę jakoś trzydziestoletnich, zmęczonych życiem didżejów, którzy siedzą i piszą choćby najbardziej grafomańskie książki. Ale bardzo chciałbym się mylić.

Wstałem więc dzisiaj rano jako jedyny czarny pionek na planszy pełnej białych, nieprzyzwoicie trendowych skurwieli, którzy myślą, że w swoich plastikowych bojówkach zawładnęli światem.

Tacy jak ja są na indeksie. Nie noszą lajfstajlowych ciuchów, więc cerberzy w modnych klubach nie chcą ich wpuścić. Tacy jak ja mają szafy z ubraniami sprzed dziesięciu lat; wkrótce będą one szafami z ubraniami liczącymi lat dwadzieścia. Tacy jak ja nie mają już pomysłów na życie, a życie nie ma już pomysłu na nich. Tacy jak ja stali się bohaterami nowej klasy społecznej: wykształconych, oczytanych, wygadanych, powiedzmy, że dobrze zarabiających, postmodernistycznie odzianych wyrzutków społecznych. Mamy do wyboru: kapcie i telewizor albo ostateczną degrengoladę. W świecie, w którym eros zastąpił etos, a money zastąpiło honey, nie ma już dla nas miejsca.

Niniejszą książkę wypada zatem czytać w stanie permanentnego emeryckiego wkurwienia, śmierdzącego na kilometr dowolnym etosem, byle tylko wkurwienie nie ustępowało. I dobrze. Może chociaż któreś z was przekuje to wkurwienie na rebelię. Dla mnie jest już za późno, więc będę ją czytywał wyłącznie z sentymentem. W końcu to moja pierwsza. Staram się, żeby to była bardzo towarzyska książka. Żeby wystarczyła za kolegę, a może nawet za dziewczynę. Dziś są takie trudne czasy, że mało kogo stać na kolegów i dziewczyny. Kupno książki albo butelki wódki jest o wiele tańsze.

A poza tym to marzy mi się dzień, w którym ktoś powie, że ta chamska książka śmierdzi ulicą i że to kupa gówna, i sztandarowe dzieło wielkiego kultu debilizmu. W myśl którego być może już niedługo jakiś trendowy spiker wrzaśnie z telewizora w rytmie modnej muzyki: CHCĘ BYĆ GŁUPI! CHCĘ BYĆ TAKI GŁUPI JAK WY!

W przeciwieństwie do innych bohaterów pokoleniowych opowieści, my nigdy się nie zbuntujemy. Dorośli wzięli nas z zaskoczenia: pozwolili nam dorosnąć. Już na zawsze będziemy frajerami. Przejdziemy do historii jako pierwsze pokolenie, które nie dało sobie szansy i nie zbuntowało się przeciwko poprzedniemu. Tyle miało w sobie strachu o zwykły, debilny byt, kupiony przez kredyty, wydawców, reklamodawców, dostawców i innych oprawców. Państwo przyszli, obejrzeli, wybrali, sprywatyzowali nas. Kupili nas i wyruchali nasze marzenia, plany i ambicje. Zostawili nam tylko numery do siebie, swoich kont i infolinii.

A my zostawiliśmy sobie numery do telefonów zaufania, pizzy na wynos i korporacji taksówkowych, które przywiozą albo nas do wódki, albo wódkę prosto pod nasze drzwi.

W promocji jesiennej lub zimowej.

Kiedyś, dawno temu, gdy byłem młodszy i miałem o wiele zdrowszą wątrobę, bardzo chciałem napisać książkę. Pisanie zawsze błąkało się w sferze moich żywotnych zainteresowań. Chciałem zatem napisać ładną książkę, która miałaby fabułę, bohaterów i przesłanie. Byłaby treściwa i ambitna. I przez to poczytna. Nie wiedziałem jeszcze wtedy, jak wielkimi krokami zbliżają się czasy, gdy poczytne książki, popularne czasopisma, modne płyty i kultowe filmy są o niczym i nic niewarte.

Miałem w tamtych czasach kolegę, dziś tak samo straconą dziwkę jak my wszyscy. Kolegę o pseudonimie Lolo. Dwudziestego czwartego września dziewięćdziesiątego czwartego, czyli w czasach, gdy było jeszcze trochę bardziej normalnie niż dziś, kolega Lolo wyśmiał mnie, gdy powiedziałem mu, że chciałbym napisać książkę.

– Ty durniu – powiedział mi wtedy Lolo – ty napisz taką książkę, którą by ci wydrukowali.

Lolo wiedział, że szanse na druk mają tylko skandalizujące paradokumenty o dawaniu dupy albo innej aferze politycznej, ostatecznie przedruki jakichś trzecioligowych grafomanów, obowiązkowo z Ameryki, którzy u nas stawali się automatycznie kultowymi pisarzami. Lolo wiedział zatem, że ja myślę o czymś zupełnie niedrukowalnym. Ale oto nadeszły nowe, lepsze czasy. Powstaje książka na ich miarę. Mak Książka.

Masz więc, Lolo, czego chciałeś. Oto afera. Wiek dwudziesty pierwszy. Kolejna jesień, naznaczona jesiennymi promocjami. Jesienne abonamenty na jesienne usługi. Kolejna wojna w telewizyjnych *Wiadomościach*. Jesienna dziura w czasie. Oto afera. Największe masowe sprostytuowanie w historii ludzkości. Myślę, że wszystko, co napisałem kiedykolwiek wcześniej albo napiszę kiedykolwiek później, zostało lub zostanie napisane dzięki Lolowi, który dwudziestego czwartego września dziewięćdziesiątego czwartego powiedział do mnie:

– Ty durniu.

Masz więc, czego chciałeś, Lolo. Przygłupiasty proroku nowych czasów.

Jedziemy dalej.

Rozdział pierwszy i ostatni

Wbrew wszelkim pozorom najbardziej niepewna jest przeszłość. Mętna otchłań coraz większych niejasności, pęczniejący kosz pełen coraz bardziej zgniłych ogryzków. Przeszłość obrasta nas jak wysypisko, aż w końcu zakrywa pewnego dnia na zawsze. Najgorsze jest to, że tylko do przeszłości można uciec.

Wyobraźmy sobie, że jest jedenasty września, dwa tysiące jeden, wiek dwadzieścia jeden. Epoka kataklizmów, kryzysu, kurewstwa i kretyństwa. Wszystko na „k".

Robiłem wtedy to co teraz. Byłem pismakiem i wypisywałem pierdoły w kolorowym tygodniku. Pismaki nie szanują tej pracy, ale uciekają do tych magazynów, kiedy mózg lasuje im się od tyrania w codziennej gazecie. Dalej to robię; nawet dziś, zanim napisałem te słowa, musiałem naklepać trzy strony pierdół do kolorowego tygodnika. To klawa praca. Daje żyć. Niewiele ma wspólnego z dziennikarstwem, ale i rzeczone dziennikarstwo ma dzisiaj bardzo mało wspólnego z samym sobą.

Tego dnia moja praca zaczęła dawać mi żyć punktualnie o dziesiątej, jak zawsze. Miała przestać o siedemnastej trzydzieści, jak zawsze, ale tak się nie stało. W sensie, posłuchajcie.

Bo to był cholernie dobry dzień na cuda, że się tak poetycko wyrażę. Chociaż szczerze mówiąc, wcale się na taki nie zapowiadał. Wstałem po drugiej kawie, bo ja zawsze wstaję dopiero po dwóch rozpuszczalnych. Skręca mnie od tego, ale wstaję. To się liczy. Nie wszyscy w tym kraju wstają rano. Niektórzy są cholernie trendowi i się po prostu nie budzą.

Niestety, ja jestem od nich lepszy. Ładuję dwie wielkie szklanki obleśnej kofeiny w płynie i wstaję. To mi nieraz uratowało życie. Tak jak wtedy jedenastego września dwa tysiące jeden. Śniła mi się wielka kobieta z dużym biustem, nieprzerwanie od jakiejś trzeciej w nocy albo gorzej. Wytarłem z oczu jej resztki, kiedy zapikał dzwoneczek w komórce, i spojrzałem na świat z miną, którą pożyczyłem sobie odruchowo od Sida Viciousa czy jak on się tam nazywał, ten cały wieszak na basówkę.

W szkole usiłowałem pankować. Nosiłem ćwieki i kolorowe sznurówki, przy czym nigdy nie byłem pewien, kto i za jaki kolor stłucze mi gębę. W końcu zrozumiałem, że jeśli tak wygląda anarchia po polsku, to ja ją olewam. Zapuściłem wiąc długie hery i zacząłem bluesować. A potem rollingstonesować. A potem zrozumiałem, że wszystko to było gówno warte.

Jedziemy dalej.

Oto jest jedenasty września dwa tysiące jeden. Noszę zegarek z datownikiem i białe koszule, ale miny robię ciągle takie same jak kiedyś. Ciągle jeszcze uważam naiwnie, że pank nie umarł. No więc teraz spojrzałem przez okno z miną zaimportowaną z roku numer tysiąc dziewięćset osiemdziesiąt osiem. Rozchylone żaluzje wpuszczały do pokoju pasiak złożony na przemian z cieni i promyków słońca, rozmytych w papierosowym dymie. Jak w jakimś bzdecie Raymonda Chandlera, a właściwie w jego ekranizacji. Za oknem dwa otępiałe stawonogi ze skrzydełkami krakały do siebie na gałęzi jakiś ewidentny law song stawonogów. Radio, które zawsze włącza się samo o siódmej, właśnie włączyło się punktualnie i usłyszałem nieśmiertelnego Louisa Armstronga, który porykiwał tak samo nieśmiertelne *What a Wonderful World*. Świętej pamięci czarny zawsze sprawiał wrażenie, jakby rzucał hafta. Lubiłem to. Te ryki były nieludzko trendowe.

– O, tak – powiedziałem do siebie samego, spoglądając w lustro, na którym moja gęba bieliła się od piany. – O tak, stary. Życie jest do dupy. Tak sobie mów...

Ktoś mi kiedyś powiedział, jakiś padalec, że jego żona ma taką twarz jak głos Louisa Armstronga. Chociaż z drugiej strony może nie mam racji, może on lubił Louisa, a jego żona była wystrzałowa. Ludzie to nie znają się dzisiaj na komplementach.

Na tę okoliczność po rurach w łazience poniosło się grzmotnięcie i wrzaski. To mój sąsiad. Odkąd pamiętam, tłucze swoją żonę zawsze wtedy, gdy się golę. Zdziwiłbym się, gdyby było inaczej. Zresztą tłucze ją także wtedy, gdy się nie golę, bo trzeba wam wiedzieć, że ja to robię bardzo rzadko. Tu w ogóle wszyscy tłuką wszystkich i rzadko się golą. Taka okolica. Bardzo poetycka.

Przed blokiem stał zdechły bolid marki hjundaj czarna strzała pony. Odpaliłem go za pierwszym obrotem kluczyka. To było coś. Blaszanka raźnie zahurgotała i uznałem to za dobrą monetę, włączając w pokładowym magnetofonie stare dobre The Kinks. Ostatnio działo się dookoła mnie tak niewiele, że byle bzdety kandydowały do roli dobrych monet, choćby o najniższym nominale.

Tak sobie żyję. Wstaję, tyram, kładę się. Wstaję. Ujdzie w tłoku. Cała masa ludzi tak żyje. Wstają, tyrają, kładą się. Wstają. Uchodzi im w tłoku. To teraz bardzo trendowe tak żyć. Tak jak ja. Nie znam celu tej gehenny. Gdy miałem szesnaście lat i rzucałem o mur butelkami po jabolach na koncercie Zielonych Żabek, wiedziałem, po co żyję. Wiedziałem to o wiele lepiej niż dzisiaj, gdy

wstaję
tyram
i tak dalej.

W sensie, tak żyłem jeszcze wczoraj. Wszystko w moim życiu wyglądało jak zawekowane konfitury. Byłem trendowy i uchodziło mi w tłoku. Ale dzisiaj wszystko się zmieniło. Do mojego życia wkroczyła mateńka pojebka. Otworzyła słoik z konfiturami, rozchlapała śliweczki po ścianach, a na końcu rozwaliła go o kant lodówki. Dzięki ci, mateńko pojebko, że chociaż coś zaczęło się dziać. Mimo że nie naprawię już ani milimetra świata.

Parking przed pracą był zapchany do ostatniego miejsca i znowu zostawiłem hjundaja czarną strzałę w kałuży na rozmemłanym trawniku. Drzwi zamykane z kopa zrobiły wielkie wrażenie na kloszardzie, któremu nagłe klaśnięcie blachy zakłóciło buszowanie po śmietniku. Szarpnął się i uciekł ze swojego królestwa, myśląc pewnie, że to straż miejska albo policja, a może sam wszechmogący zaklaskał na niego w ten bury poranek.

Wsiadłem do windy, która wyjątkowo była czynna, a potem przyjąłem pozę nieziemskiego luzaka i beznamiętnie wkroczyłem do biura, szastając połami marynary, które odstawały zza rąk wypychających kieszenie moich wytartych portek. Szef, w lajfstajlowej koszulce z napisem „Music", siedział w gabinecie z otwartymi drzwiami. Miał też czerwone adidasy i nieodłączną komórkę w dłoni. Taki był z niego cholerny fjuczer perfekt. Znowu łypał na mnie spode łba, a właściwie spod ciemnych okularów, takich co to kosztują trzy stówy, a są warte o jedno zero mniej. On zawsze na wszystkich tak łypie i założę się, a na pewno wygram, że ktoś mu kiedyś stłucze mordę za to łypanie. I mu rozwali te odblaski na tej mordzie. Bo kto to widział tak się patrzeć na człowieka jak na gówno.

To chyba tylko szefem można być, żeby robić ludziom takie przykrości. W zasadzie to należałoby go zwalczać jego bronią i też gapić mu się w oczy jak dresiarzowi przed bijatyką, ale to przecież szef. Wiadomo, co takiemu szefowi strzeli do jego zakutego szefowskiego łba? Weźmie się obrazi i wyleje mnie z roboty, i dopiero wtedy będę miał zagwozdkę. W sensie, lać na szefa. Kiwnąłem mu palcami na przywitanie. Jego sekretara tylko mruknęła. „Oto pomyleniec w tandetnych ciuchach" – przebiegło jej zapewne przez czaszkę. Taksowała mnie wzrokiem jak chory taryfiarz. Odpowiedziałem jej spojrzeniem, choć nie na tyle zaangażowanym, by miała nad czym rozmyślać. Tak zupełnie szczerze to miała mordę taryfiarza. Załamywały się na niej dwa kilogramy podkładów, niczym w pięciokrotnie malowanym mieszkaniu lub, jak woleliby co inteligentniejsi czytelnicy, jak na księżycowatym ryju aktora teatru kabuki. Chociaż muszę przyznać, że jej lajfstajlowe ciuchy były cztery razy droższe od moich.

– O tak – powiedziałem do siebie, kiwając z politowaniem głową i patrząc w pasiak promieni słonecznych i cieni, tym razem serwowany przez wertikale w moim pokoju. – O tak. Życie jest do dupy. Tak sobie mów...

Poszedłem strzelić sobie kawę. Dopiero po dwóch rozpuszczalnych zaczynam myśleć jak człowiek wyprostowany, w przeciwnym razie robi się ze mnie chodzący farfocel. Wkładam w to kupę serducha. Przy ostatnim łyku zbiera mi się na łzy wzruszenia, bo wyobrażam sobie, ile roboty będę miał już za kilkanaście sekund... Na szczęście w życiu pismaka z kolorowych tygodników są takie dni, kiedy nie musi robić nic. Potyra sobie trochę, a potem opierdziela się, gra w gry komputerowe, żłopie browary. Albo udaje, że przegląda sterty papierów zalegających jego biurko. Taki dzień właśnie miałem.

Drugi kubek niemieckiego syfu kofeinowego ma to do siebie, że chce się od niego srać. Na samą myśl o tym, jakie szambo robi ta breja w moim brzuchu, odstawiłem świństwo i wróciłem do barłogu pełnego papierów. Szło mi całkiem nieźle. Przewalałem makulaturę jak siano w snopowiązałce. Pomyślałem nawet, że któregoś dnia odstawię szopkę i przyniosę do biura widły. To byłoby cholernie trendowe, tak wejść i sieknąć widłami po blacie. I patrzeć, jak makulatura zalicza lekcję fruwania. Niektórzy wywieszają te kopy notatek na tablicach korkowych, pozorując ciągłe zapracowanie. „Twórczy bałagan" zrobił się niesamowicie modny, chociaż równie modna jest sterylna czystość. Po tym się zresztą poznaje, kto w redakcji jest pismakiem, a kto trafił tam, by pierdzieć w stołek, bo jest kolegą szefa albo jego cichą dupą. Koledzy szefa i jego ciche dupy mają gładko i czysto. To normalne, kiedy się nic nie robi, a do pracy przychodzi w przerwach między delegacjami zagranicznymi, głównie po to, by oglądać pornosy w Internecie. Pismaki tak nie mają. Pismaki od rana do nocy zapierdzielają jak niewolnicy. Pismaki mają nieustający burdel. Każdy dureń w firmie odróżnia więc pismaka od kolegi naczelnego albo jego cichej dupy i samozachowawczo gardzi tym pierwszym. Dlatego zrobiłem to, co powinien zrobić każdy rozumny pismak. Przyszedł czas, żeby przestać się trudzić, i cała paczka powędrowała do śmieci. Och, jakże było czysto. Jak cudnie i w ogóle. Jakbym ciągle pierdział w stołek. Niech to będzie słodka tajemnica dla tych wszystkich kurierów i pań z marketingu, że mają do czynienia z parobkiem pierwszej klasy.

Pasiak słońca zza żaluzji zbladł nagle i usunął się w cień wieeeelkiej, obleśnej chmury, która jednakowoż nie siknęła ani razu deszczem. Popatrzyłem na brudne dachy za oknami. Ten wieżowiec był jakiś taki niewydarzony, że nie dało rady otwierać okien – taki diabelny wicher wiał przy każdej okazji.

Młody członio, który para się wazeliniarstwem w dziedzinie recenzji filmowych, położył mi na biurku wejściówkę do kina.

– Nowa Dżulia – westchnął pedałowato.

Co rusz dają mi w tej pracy wejściówki do jakiegoś kina. Bo co rusz ktoś urządza dla pismaków pokaz jakiegoś filmu. Z reguły tam nie chodzę. Trzeba być głupcem, żeby chodzić do kina tylko dlatego, że dają ci za darmo wejściówki. I żeby to jeszcze było co obejrzeć. Ale Antonioni już dogorywa, Jeunet po *Amelii* jest wypalony jak populares, Wong Kar Wai zniknął z oczu, a Kieślowski jest pomnikiem na Powązkach. Oprócz córki nic już po nim nie zostało. No, może co najwyżej ten marny chłopaczyna Tykwer. W kinie już nie ma czego oglądać, zaś Dżulia, obojętnie, o którą Dżulię chodziło młodemu, to tylko erzac dobrego kina.

Pieprzę kino. Teraz ludzie chodzą tam tylko po to, by żreć popkorn i miętosić dziewuchy.

Życie było tak makabrycznie do dupy, że wyszedłem na schody i zapaliłem wytarmoszonego lakistrajka, żeby poczuć się jak młotek ze spaghetti westernu. Przez szklaną ścianę widać było kawałek ławki, a na tej ławce coś niewiarygodnie bajkowego, o ambrozjańskiej dupie wbitej w przytarte dżinsy.

O, choroba.

To coś widziałem już bodaj trzeci raz na korytarzu tego wydawnictwa. To coś było nieziemskie. To coś siedziało i paplało do miniaturowej komórki schowanej w dłoni. Dłoń zaś skrywała przed światem parę przecudnej urody cycków, zapakowanych do ciasnej bluzki w fakturze modnej srajtaśmy, z mądrym płytkim dekoltem. Zabrnąłem do tej szyby jak somnambulik, bo oto jasność zapanowała nad planetą Ziemią...

Taak. Słit bejbe. Prawdziwa Nowa Dżulia ery atomowej. Bogini mokrych majtek i suchego podkoszulka. Codziennie widuję tutaj różne ciekawe laski, ale ta była pomnikowa. Poruszyła mój monolit. W życiu bym się nie spodziewał, że jeszcze kiedyś jakaś kobieta mi to zrobi. Omal nie spadłem ze schodów. Taak, ona odezwała się wreszcie. Musiałem sobie powtórzyć to zdanie jeszcze dwa razy.

Ona odezwała się wreszcie. Ona odezwała się wreszcie.

– Ty, nie masz ognia?

Nie ma co, piękne pytanie. Jasne, że mam ognia. Jasne, że spalę miasto, żebyś miała ognia. Jasne, że ta cała Pamela Cruz może się przy tobie schować. Czy jak ona się tam nazywa. Jasne, jasne.

– A papierosa nie masz?

Zapaliła szluga, a ja zapadłem się pod ziemię, rozwiązując krawat jednym szarpnięciem. Bądź lewitowałem nad nią, bądź oba te zjawiska nastąpiły jednocześnie. Była żywą bajką z nierealnej krainy bajek. Zapytałem, jak ma na imię.

– Maria – rzuciła krótko, wciągając dym.

W takich chwilach miewa się zawały. Zdawałoby się, że cały ten wieżowiec eksplodował razem ze mną i z nią, ale to akurat nie jemu było dane sfajczyć się tego dnia. Pamiętam ten moment bardzo dokładnie. Otworzyły się szklane drzwi. Stanął w nich jeszcze jeden facio, akurat zajmujący się wazeliniarstwem w dziedzinie recenzji książek.

– Słuchajcie – rzekł facio, z deka przejęty – Nowy Jork płonie.

Co się działo, ja wam mówię. Wszyscy biegali po redakcji jak naspidowani. Obrazki z World Trade Center migały na każdym monitorze. Nawijki spikerów gulgotały w każdym odbiorniku. Bush junior machał pięścią co trzydzieści sekund. Osama mamrotał co czterdzieści. W przerwach upaćkani strażacy biegali po Nowym Jorku z przerażeniem w oczach, a te dwa bloki, które znałem z plakatu nad łóżkiem, sypnęły się jak w filmie. Wszyscy zresztą myśleliśmy, że to następny amerykański film albo jakaś chora amerykańska prowokacja w stylu *Wojny światów* Orsona Wellesa i zaraz dyrektorzy programowi sienen będą nas za to przepraszać i kajać się w głównym wydaniu wiadomości. Cały świat tak myślał, ale tak się głupio składa, że tym razem ktoś dokopał Amerykanom naprawdę i że nie było to UFO ani Joker, ani Doktor No. I wbrew mitologii żaden Superman nie złapał w locie tych boeingów, co zresztą było do przewidzenia; ja osobiście nigdy nie wierzyłem w tego pajaca. Cała Warszawa stanęła w korkach i każdy robił zapasy benzyny albo żarcia, wyzwalając skądinąd mądrą polską paranoję, że będzie z tego wojna i należy się zabezpieczyć. Miasto słuchało radia i oglądało Busha juniora na zmianę z Osamą. Ale ja wyszedłem na ulicę, gapiąc się tępo w te sznury samochodów i krwiste niebo nad Warszawą, które wyglądało jak łuna, chociaż od pięćdziesięciu siedmiu lat nikt w tym mieście nie wysadził niczego w powietrze. Poza Rotundą i kilkoma spelunami. Nic mnie nie obchodziło. Widziałem tylko jej oczy, które mrugają na brązowo, kiedy prosi o ogień. Widziałem jej uśmiech, który jest jak miękka linia korektorki, podkreślająca ten dwukropek oczu. W tych oczach już błyskały świece. Może jutro podejdę, porozmawiam. Może życie się odmieni.

Zakręciłem się wokół swojego biurowca i siadłem na murku. A wtedy wyszła ona i jej facet, objęci wpół.

Nie widzieli mnie. On otworzył przed nią drzwi. Uśmiechnęła się i szepnęła mu coś, pokazując dłonią. Obejrzał się w tamtą stronę, gdziekolwiek to było. I przeczesał jej włosy palcami. I cmoknęli się, a potem wsiedli i pojechali.

Paliłem się ja i palił się cholerny Nowy Jork. Zdążyliśmy na poprawiny fin de siècle'u w ostatniej chwili.

Tofi była piękna i jej facet też był taki. Spotkali się pewnego pięknego dnia i było pięknie. Innego pięknego dnia zaczęli się pieprzyć, a pieprzyli się bardzo pięknie. Życie Tofi jest piękne i będzie takie aż do końca. W pięknym życiu Tofi nic nie będzie niepiękne. W pięknym życiu Tofi wszystko będzie jak w promocji dezodorantu, którego kupno oznacza „udział w losowaniu wielu atrakcyjnych nagród". Dwadzieścia procent tego dezodorantu będzie za friko. To będzie kłamstwo promocyjne, ale w pięknym życiu Tofi nie ma przecież rzeczy niepięknych i nie będzie.

Żegnaj, Tofi. Wszystko szlag trafił. Biorąc udział w moim życiu, nie miałabyś losowania wielu atrakcyjnych nagród.

Ile czasu? Minęło siedem flaszek i pięć dni. Jeśli chodzi o treść, to były bez treści. Jak się pije z powodu kobiety, to raczej nie trzeba wyjaśniać już ani słowa więcej. Człowiek tylko robi z siebie idiotę. Siedzi w pustym domu i śpiewa *Hej, dziewczyno, spójrz na misia* albo wyprawia inne idiotyzmy. Kretyńska nieodwzajemniona miłość to po prostu śmieszny, kiczowaty i duży, bardzo duży niepokój. Taki, który każe ci zerwać się nagle w nocy i krzyknąć do sufitu: „O Boże. O Boże, co teraz ze mną będzie?". Ale Bóg nie odpowiada i nie głaszcze po głowie. Nie przychodzi również ona, co jest jakby oczywiste. O czwartej nad ranem masz pewność, że ona leży teraz obok swojego faceta, ewentualnie jakiegoś innego gościa. Kto wie, może nawet zaliczyli niezły numerek kilka godzin temu, a ona krzyczała w ekstazie na cały dom. Chce ci się od tego rzygać. Tak, rzygać. W tej książce jest dużo rzygania. Idziesz więc do kibla i zmuszasz się do pawia, wyobrażając sobie, jak ona robi loda temu facetowi. Twój paw przechodzi w ryk, aż sąsiad zaczyna walić w rury. Masz gardło zdarte od tego krzyku... A twój niepokój dygocze jak trzęsawisko. Wydaje się, że łatwo go zabić, ale w miarę zabijania on narasta. Nie da się zabić uczuć: nie mają ciała. Łykasz wódkę z butelki, porządnie, do zachłyśnięcia. Do ósmej rano niepokój błogo się rozpływa razem z całą resztą świata. Zanim zdążysz się zdołować po raz drugi, kiedy ona ze swoim cukrowanym uśmiechem stanie naprzeciw ciebie w tej cholernej pracy, na korytarzu albo pod drzwiami do łazienki, masz jeszcze kilka godzin na pozostanie sobą. Teraz jest bardzo trudno o pracę, zwłaszcza taką jak ta. To byłby grzech śmiertelny stracić pracę z powodu kobiety.

Nie miałem wyjścia. Romantyzm był wtedy bardzo nietrendowy, zrezygnowałem z romantyzmu. Postanowiłem zostać chamem. Tak czy owak, chamieję w tym mieście z dnia na dzień. Wziąłem sobie do serca dobrą radę sprzedawczyni z całodobowego, która wysłuchała opowieści miłosnej o Tofi, kiedy kupowałem zero siedem czystej i pół litra fanty.

– Panie, z tym kochaniem trzeba po chamsku – powiedziała sprzedawczyni. – Panie, je trzeba w mordę lać. Albo one pana zleją, panie.

Lałem je w mordę do czwartej nad ranem, aż padłem na dywan, rozlewając resztki fanty wokół wzorzystego wizerunku mongolskich wzgórz. To nie było za piękne.

Następnego dnia byłem już chamem.

– Co wy tu robicie? – chamiłem lajfstajlowo. – Jest wojna z całym światem, do jasnej cholery! Wypad do domu! Ratować dobytek! Wyciągać dolary spod podłogi!

– Tak, jasne. Pójdę ratować pieska – zgasiła mnie jak wapno.

Tak w sumie to pomyślałem przez sekundę, że nie była to zbyt lotna dziewucha.

O wojnie całego świata z całym światem trajkotała cała Warszawa, obrazek dwóch amerykańskich wieżowców nie znikał z ekranów, a ludzie obstawiali, kiedy polska armia pojedzie napieprzać się za cudzą sprawę, no bo w końcu po to wstąpiliśmy do NATO, by tradycyjnie zostać międzynarodowym mięsem armatnim. Nie wiedzieli jeszcze, że stanie się to już za dwa lata, przy okazji innej amerykańskiej wojny...

Szef zrobił zebranie, na którym omówiliśmy, jak zarobić w naszym piśmie na tragedii WTC.

– Yyyy. Dzienniki nas, yyy, ubiegną – powiedział w zadumie, obciągając wzdłuż klaty swoją koszulkę z napisem „Music". – Musimy, yyyy, ugryźć temat lajfstajlowo. Yyyy.

Był to jeden z ludzi mówiących yyy. Mówił yyy przy każdej okazji, nawet gdy w jakimś słowie nie było yyy. Każde zdanie wypowiadał trzy razy dłużej, bo zacinały się w nim wszystkie samogłoski.

– Yyy. Zróbmyy... brejnstorm, yyy.

Cała prasa miała tego dnia młyn: od poważnych dzienników aż po pisemka dla ćwierćinteligentnych kucharek wszyscy kombinowali, jak sprzedać ten temat do druku. To normalne, jak coś wybuchnie albo jak ktoś się zabije. Pismaki mają wtedy pełne ręce roboty. W kioskach zaroiło się od dodatków specjalnych, w których strzałki pokazywały, gdzie walnął boeing i w którą stronę powiał dym. My nie byliśmy gorsi. Planowanie redakcyjne przyniosło godny efekt. My też zaplanowaliśmy, jak pięknie i mądrze opiszemy ten wielki moment amerykańskiej historii, kiedy to ktoś odważył się rozwalić im dwa bloki z paroma tysiącami ludzi w samym centrum miasta.

– Ja bardzo przepraszam – wtrąciłem się po raz pierwszy i ostatni podczas tego zebrania, po to tylko, by wtrącić się podczas niego po raz pierwszy i ostatni – ale czy nie uważacie, że powinniśmy mieć honor? Nie róbmy z siebie hien.

Jemiołowate towarzycho nie kryło zdegustowania.

– Waż słowa, młody – odezwał się Wasiak, właściciel czystego biurka, parający się wazeliniarstwem w dziedzinie techniki. – To nasz obowiązek.

Obowiązek? Robić kasę na ludzkiej krzywdzie? Swoją

drogą, znam tego patafiana już siedem lat, a on ciągle mówi do mnie „młody".

Szczerze mówiąc, widziałem w telewizji, jak ludzie skakali z setnego bodaj piętra. Widziałem potem innych, którzy biegali po ruinach, trzymając w rękach zdjęcia i płacząc. Kiedy o tym pomyślę, czuję się tak, jakbym tam był. Stał w kiblu albo przy oknie, kiedy samolot wypirzył w ścianę. Stał na parapecie, kiedy nie ma już wyjścia. Próbuję sobie wyobrazić, jak to jest, kiedy stoi się w takim eleganckim sraczu albo gabinecie, a nagle ściany zaczynają zgniatać się jak papier. Albo kiedy przychodzi pierwszy ból i czy w ogóle jest. Cholera, ja rozumiem tych ludzi.

Tofi była śliczna. Była lepsza od pyralginum, nic mnie przy niej nie bolało. Chciałem myśleć tylko o niej. W przerwie zebrania próbowałem schować się gdzieś, gdzie nikt nie będzie rozmawiał o Nowym Jorku. Ani nawet o Koluszkach. Najlepiej byłoby, gdyby nikt nie rozmawiał tam o niczym. Chciałem słuchać ciszy, która przecież najłatwiej kojarzy się z miłością. Na korytarzu było pusto. Stanąłem w „sali komórkowej", gdzie wszyscy chodzili pogadać przez komórkę, bo panowała względna cisza i były szklane ściany, a przez nie ładny widok na okolicę. Stałem tam przez chwilę, patrząc bez sensu na głupi kawałek ławki.

Tofi. Taką dostała ksywę. Coś mi mówiło, że ona musi mieć ksywę, bo bez ksywy nie będzie takim mitem, jaki chciałem z niej zrobić. Tofi było idealne. Jak mufka albo muffin. Pasowało do tej babki jak ulał, bo była mała, ale pakowna, jakby to powiedzieli moi koledzy, którzy nie mieli szczęścia po podstawówce i zostali robolami. Wreszcie Tofi było skrajnie utajnione. Tylko ja znałem tę ksywę. Mogłem trąbić o Tofi, kiedy chciałem, i nikt kompletnie nie wiedział, o kogo mi chodzi. Z czasem zacząłem mieć wrażenie, że ja sam nie wiem za bardzo, kim jest tajemnicza Tofi, i że wymyśliłem ją sobie przy pracy nad jednym z tych głupich artykułów, które każą ci napisać zza biurka w ciągu dwóch godzin, bo dostali od kogoś darmowe zdjęcia, które idealnie pasowałyby do jakiegoś fajnego tekściku.

Wyobraźcie sobie zatem, że dziewczyna o pseudonimie Tofi nie istnieje. Spróbujcie sobie wyobrazić, że wymyśliłem ją, aby podkręcić nastroje w biurze, w którym wszyscy byli do wyrzygania nudni.

Skoro już czepiłem się tej laski, a sytuacja zrobiła się taka, a nie inna, przyszło mi do głowy, żeby chociaż było wesoło. Zrobiłem z tego plotę na całe wydawnictwo. W końcu i tak nie miałem nic innego do roboty. Jak się nie ma nic do roboty, można spokojnie wywoływać skandale. To się bardzo przydaje, gdy ktoś przejawia zapędy humanistyczne... Więc mogłem gadać o Tofi i o sobie, jak gada się o fabule jakiegoś tandetnego amerykańskiego romansidła. Byłem kryty. Byłem królem szyderstwa. Udawałem, że nic się nie dzieje. W dzisiejszych czasach nie wolno ujawniać się z romantyzmem. Dzisiaj trzeba mieć lajfstajlowe ciuchy i słuchać kul muzy, czy jak oni tam mówią, ci parszywi gnoje w plastikowych bojówkach. To dlatego Tofi stała się mitem. Nikt nie wiedział, o co w tej historii chodzi, a w miarę jak wciskałem im różne kity, sam zaczynałem w nie wierzyć. Biurwy lubią bełkot. Ubóstwiają, kiedy mówi się o rzeczach niezrozumiałych. To tak jak z bezsensownym powtarzaniem słów piosenki śpiewanej w języku, którego się nie zna. Oni to uwielbiają. Mówisz im o jakiejś nierealnej Tofi, w której zakochałeś się właściwie nie ty, ale twój kumpel. Ale ty nie możesz powiedzieć, kto to, bo możesz tylko powiedzieć, że ten ktoś powiedział, że byłyby kłopoty, bo tamten ktoś... I całe biuro ma orgazm. Plotka przerasta sama siebie. Ludzie zaczynają snuć domysły, obstawiają, kim jest Tofi. To może być ktokolwiek z nich. Chodzą jak nakręceni. Czują się jak po dobrym chłamie z Hollywood. A ty wychodzisz na niezłego gościa, który wychwytuje takie historie. Jakie to obleśne. Cała firma zna twoje najgłębsze sekrety, które tak cię bolą, ale zna je jako sekrety kogoś zupełnie innego. Gubisz się w wymyślaniu coraz to nowych plotek, zapominając, że to wszystko nie są plotki, tylko twoje własne życie. No, ale przynajmniej Tofi też cię słucha. Tofi słucha razem z całą firmą. Słucha o jakiejś Tofi, w której bezprzykładnie zakochał się jakiś twój znajomy. Tofi śmieje się, gdy opowiadasz, jak znajomy pije w nocy, żeby o niej zapomnieć. Tofi nie wie, że mówisz jej wtedy święte słowa. Że to historia o niej i o tobie.

Tofi i inne biurwy śmieją się, a potem zadzwonią do swoich chłopaków, żeby przekazać im, jakie nieziemskie historie opowiada jeden wariat z pracy. Ech, ta praca. Iluż to w niej wariatów.

A twój szef i jego kumple patrzą spode łba, bo oto stałeś się gwiazdą biurowych spotkań przy automacie z kawą, podczas gdy to oni zawsze bajerowali panny z marketingu i zagadywali je z kubkami w dłoniach. Aż nagle przyszedł młody pajac i sieje bajki o jakiejś tajemniczej lasce z firmy, w której inny tajemniczy gość zadurzył się jak smok.

No cóż. Chociaż moim kosztem, ale ta skostniała instytucja zaczęła mieć przynajmniej jakieś życie towarzyskie. Rozpuściłem plotkę o sobie samym. Jak fajnie jest szydzić z własnego cierpienia.

Swoją drogą, walę takie cierpienie.

Patrzcie no tylko, zakochałem się w wyobrażeniu, i to jeszcze jedenastego września dwa tysiące jeden. I jeszcze w takiej lasce jak ona.

Głupia sprawa. Ludzie mówią mi, że to jest lepsza pani.

Bierze facetów na kilogramy, wiecie, te sprawy. Że ja nie jestem pierwszy kretyn, jaki na nią poleciał. Była tak pewna siebie, że żywi ludzie tak nie potrafią. Chyba że zostali przetworzeni razem ze smołą i antybiotykami jak kurczaki mak nagets. Innymi słowy, babka dymała każdego, kto rokował nadzieje, że się nie zakocha. To normalne w dzisiejszych czasach. Sam mam ze dwie takie koleżanki, które bzykali już wszyscy w Warszawie, tylko nie ja. Bo ja byłem jedynym facetem, któremu na nich zależało.

Jedziemy dalej.

Jestem ciągle na tym świecie. I jest coś jakby dwudziesty września dwa tysiące jeden.

– Pierdolnijmy!!!!!

Grzesiulek i Dynia już od tygodnia wznosili toast jedną metodą. Tematem wieczoru byli fajansiarze z alkaidy, a w zasadzie pobożne życzenie, by ich spotkała przygoda zawierająca się w toaście. Szef baru powiesił na tablicy zdjęcia World Trade Center, bo patriotyzm był wtedy wyjątkowo w cenie i wielu właścicieli barów wieszało takie rzeczy na ścianach. Tylko w barach z kuchnią arabską nikt nie wywieszał zdjęć WTC, za to mam wrażenie, że drastycznie spadła sprzedaż kebabu. Widmo wojny Amerykańców z resztą świata przewróciło Warszawę do góry nogami. Trend ten był szczególnie widoczny w knajpach, gdzie namnożyło się patriotów, bo każdy przecież potrzebuje jakiegoś dobrego powodu, żeby się nieźle natrzepać. Tego wieczoru barman był bardzo wyrozumiały. Patrioci zajęli wszystkie miejsca przy kontuarze i było naprawdę ciasno, a patriotyczne półlitry wódki żołądkowej niebezpiecznie szybko znikały z szafki. Patriotami stali się również Dynia, Grzesiulek i Fawor. Dynia, Grzesiulek i Fawor to nie ludzie, to ksywy.

Wszyscy mamy ksywy. To taka polska tradycja, mieć ksywę. Każdy Polak ma odruchy konspiratora, więc w pierwszej kolejności ma jakąś ksywę. Z reguły dostaje ją w szkole albo w wojsku. Od wieków Polak ma taki tik nerwowy, że konspirował za cara, za Führera, za comandante Stalina i za innych jego kolegów. Ksywy mieli powstańcy warszawscy, potem były ksywy styropianowców, potem ksywy panków, skinów i metali, a teraz ksywami żonglują zboki w Internecie, dresiarze z kijami bejzbolowymi i porąbańcy z sekty księżyca, czy jak jej tam. No cóż, każda epoka ma swoich bohaterów, którzy idealnie nadają się na jakieś fajne ksywy.

My wszyscy też mamy ksywy. Mamy je od ogólniaka. Zostały nam z czasów, gdy każdy licealista chciał być pankiem, ale nie zamierzał dostawać codziennie po ryju za wygląd, więc pankował tylko za pomocą ksywy. Ksywa była niegroźna, no i nikt cię po niej nie rozpoznał, jeżeli tego nie chciałeś. I tak zostało nam do dziś.

Dynia jest agentem ubezpieczeniowym, który sam nie jest nigdzie ubezpieczony. I ma ksywę Dynia. Grzesiulek po prostu jest. Nigdy nie odkryłem, z czego żyje. Tylko Fawor jest pismakiem, ale pracuje w Internecie. Znaczy się, montuje portal, a nie gazetę, więc to się nie liczy. Fawor ma i nie ma ksywy Fawor. Nie uwierzycie, ale on się tak po prostu nazywa. Dynia, Grzesiulek, Fawor i ja pijemy w barze przy ulicy Cudnej. Ta ulica wcale nie jest Cudna, ale my jesteśmy przyzwyczajeni do takich fanaberii. To u nas naturalne, że najbrzydsze ulice nazywają się Cudna, najpodlejsze knajpy nazywają się Luksus, a o największych debilach mówi się, że to fachowcy. To jest polskie pojęcie pozytywu, nasza zafajdana estetyka. Czasami jednak coś nam ją burzy. Na przykład Tofi. Tofi jest cudna, a nawet powiedziałbym, że baśniowa. Dlatego nie pije z nami przy ulicy Cudnej. Ona wcale nie pije, bo nie musi. Jak wiadomo, jest teraz ze swoim ślicznym facetem. Dlatego Dynia, Grzesiulek, Fawor i ja pijemy za Tofi.

Trudno, żeby tacy ludzie nie byli moimi kumplami.

To cud, że ja i Fawor nie zahaczamy ani słowem o pracę. Może to dlatego, że i on wie, i ja wiem, czym to śmierdzi. U pismaków w naszym chorym mieście panuje zasada, że nie wolno mieć pismaka za przyjaciela. Każdy pismak przestaje nim być, gdy chodzi o interesy, a dla pismaka interesem jest każda chwila jego życia. Dlatego pismacy podstawiają sobie nogi, kiedy tylko mogą, i dlatego żaden pismak jeszcze nigdy z żadnym pismakiem się na serio nie zakumplował. A ma się rozumieć, że zna prawie wyłącznie pismaków, bo tyra od rana do nocy. Prawdziwe przyjaźnie są zatem możliwe tylko tu, przy tym barze. Tu jesteś szczery po dziewięciu godzinach pieprzenia jak maszynka. Tu zamykasz za sobą drzwi i nie ma już nic. Tylko oni, ty i gorzała.

– Za miłość! – Dynia zmienił repertuar.

– Francuską! – Grzesiulek i Fawor podążyli w jego ślady.

Na barze leżał facet, który za dnia przygrywa do opery. Ubiera się w smoking i wymiata na trąbce czy tam fujarce, a banda nowobogackich głupków bije mu brawo i robi mądre miny, dyskutując potem w interakcie. Wieczorami facet leży na barze. To sentymentalny gość, łatwo się zwala.

Wyciągnąłem zdjęcie Tofi, które zrobił jej jakiś mój kumpel na parkingu przed firmą.

– Życie jest do dupy – odkrył barman, polewając kolejną dawkę żołądkowej.

– Pierdolnijmy – mruknął Grzesiulek.

– Pierdolnijmy – zawtórowałem.

Tofi nie uśmiechała się co prawda ze zdjęcia, ale uznałem, że zrobi to niechybnie, gdy tylko usłyszy komendę „pierdolnijmy" po raz siódmy lub siedemnasty. I w końcu udało jej się. Gdy Grzesiulek przestawił się na browar dla przeczekania paru kolejek, Tofi na zdjęciu uśmiechała się jakby lekko. Jej rozpostarta dłoń podniesiona do góry, ku obiektywowi, stała się nagle ręką machającą wesoło do fotografa. Jej włosy zafalowały.

– O bejbe – rzekł barman, patrząc na mnie i to głupie zdjęcie. – Ale cię wali, człowieku. Ale cię wali.

Barman to porządny facet, chociaż nie pije. Ma ksywę Toluś. Każdy inny na jego miejscu walnąłby tę robotę, a on ciągle słucha tych wódczanych bredni i przytakuje, dając mądre rady. Nie jest głupi. Jak wielu ludzi w tym kraju, został barmanem, żeby mieć pieniądze na studia i utrzymanie żony z niemowlakiem, srającym w pieluchy. I podobnie jak wielu ludzi w tym kraju, nienawidził tej roboty szczerze.

– Wiesz co, Toluś? – zabełkotałem do tego nieszczęśnika, który właśnie spędzał dziesiątą trzeźwą godzinę, zarabiając na studia. – Ty, Toluś, już wygrałeś ten konkurs.

– Jaki konkurs? – spytał Toluś, żywotnie przejęty.

– Każdy konkurs, Toluś, po prostu każdy konkurs.

Toluś pojął aluzję, jakiekolwiek było jej sedno. A przynajmniej zasępił się na tyle mądrze, że wyglądało, jakby zrozumiał.

– Ale nagroda jak zwykle przypadła córce prezesa – odpowiedział z głupim uśmiechem.

Teraz chyba sami rozumiecie. Toluś wygrał ten konkurs, o jakimkolwiek konkursie mowa.

W kuluarach rozmawiano o tym, jak najszybciej i najbardziej oryginalnie nawalić się do nieprzytomności.

– W Czechach jest taki zwyczaj, żeby wódkę pić na zmianę z piwem – odezwał się Dynia. – „Przechradime" się nazywa. W sensie, przegrodzimy. Bo się przegradza i człowieka tak nie muli. No i wali tak, jak powinno.

– Wali tak, jak powinno – potwierdził Grzesiulek.

– W takim razie polej – poinstruował Dynia, machając w stronę bufetu.

Spojrzałem na to zdjęcie jeszcze raz i zrobiło mi się błogo. Błogostan zalał mnie jak żelatyna. Uwierał, ale uwalniał z czegoś tak cudownie uniwersalnie. I w ogóle. Gdzieś w tym mieście była ona i miała teraz spokojny sen, ale mnie to już nie obchodziło. Obchodził mnie tylko słodki syf w ustach, który nie ustępował nawet po dziewiątym kieliszku, i nie dane mu było ugiąć się nawet przed sokiem grejpfrutowym, który przecież jest taki mocny w smaku. Cholerną gorzałę roznosiło po brzuchu, jakby była balonem i miała eksplodować. Coś mi przyszło do głowy, że to już czas i że będę rzygał. O tak, moja jedyna, najdroższa, najwspanialsza Tofi. Będę rzygał jak kot na twoją zasmarkaną cześć. O Bogini. Walnę pawia na kafelki w tej przecudnej kiblarze, by sławić imię twoje, do jasnej kurwy nędzy.

– Noi contiamo! – wrzasnął Dynia, puszczając Los Fastidios, kiedy wypuściłem fontannę na podłogę obok sracza. Człowiek czasami nie zdąży w porę i nie wyceluje. Riff z gibsona ryknął razem ze mną. Byłem cholernie szczęśliwym człowiekiem. Byłem mistrzem rzygowinowego karaoke. Bonjour, je suis Master of Disaster. Wystartowałem z Los Fastidios. Może ja też kiedyś wygram jakiś konkurs? Stara kapela zawodowych makaroniarzy, która naprawdę daje czadu, jeśli użyć fachowego określenia. Gdy wybrzmiały gitary, a paw monotonnie spływał po kaflach, Dynia i Grzesiulek roztańczyli się na ubłoconym parkiecie przed kontuarem.

Noi contiamo su di voi, nuove generazioni di ribelli...

Jakaś dziewczyna w lajfstajlowych bojówkach, która przyszła tu na kofeinowe pogaduszki z koleżanką, przestała idiotycznie chichotać i wstała z wielkim oburzeniem.

– Czy ktoś tu odpowiada za porządek?!!! – wrzasnęła na całą salę.

Ale za porządek nikt już nie odpowiadał tej nocy. Trzeba być durniem, żeby odpowiadać za porządek w mieście, które już od dawna nie ma z porządkiem nic, ale to nic wspólnego.

– Ja najmocniej przepraszam – najmocniej przeprosił ją Grzesiulek, a z rąk wypadła mu półlitrowa szklanka i rozpirzyła się w kawałki na kafelkowej podłodze.

– Ja poproszę rachunek! – zawołała dziewczyna w lajfstajlowych bojówkach.

– Ale masz fajne cycki! – krzyknął Dynia wesoło, lecz zbyt nagle, więc łyk piwa wrócił mu do ust i wylał się na spodnie.

– Pierdolnijmy! – krzyknąłem z ogólnego zadowolenia. Bo przecież klawe rzeczy działy się tej nocy.

Jejku. Już wiem, jak chcę żyć. Od tej pory wszystko ułoży się w cholernie zarąbaną całość, jak mielonka, jak orientalne żarcie, jak ten haft na kafelkach. Nie będę się już bał. Będzie przechradime i będzie mnie waliło, jak trzeba. Będę tak brudny, jak tylko jest to możliwe, byle tylko reszta świata zostawała tak cudownie w tyle jak dziś. Bo ktoś przecież musi być brudny, żeby ktoś mógł być czysty, że tak sparafrazuję Szekspira. Może ja mam takie brudne życie, żeby Tofi miała czyste. Może mi zbiera się na pawia, żeby ona mogła teraz tulić się do swojego mena na czystej pościeli. Może jestem sumieniem czystych ludzi, zasyfionym, obrzyganym aniołem stróżem sterylnego diabełka, który ma lajfstajlowe plastikowe bojówki i przejął władzę nad galaktyką. Nad wszystkimi moimi galaktykami.

W tej knajpie było mroczno jak w *Podwójnym życiu Weroniki*. Ta książka jest jedną wielką obsesją na punkcie *Podwójnego życia Weroniki*.

– O tak, stary – wytarłem spoconą twarz i powiedziałem do własnego cienia z nieskrywanym zadowoleniem, a księżyc zrobił się blady ze wstydu. – O tak, życie jest do dupy. Jest autentycznie do dupy.

Przecież radio powiedziało, że dzisiaj jest krach na giełdzie. W telewizji, że będzie wojna. Mój sąsiad powiedział rano, że zabije swoją żonę. Mój samochód zaś powiedział po pracy: „kh, kh". I przestał działać. On był jak pół tego globu – tu nic nie działa tak, jak tego uczyli w szkole. Był do dupy.

Ale ja nic sobie z tego nie robiłem.

Jedziemy dalej.

Jesteśmy ciągle w jednej galaktyce. Jest nieustający koniec września dwa tysiące jeden.

Fajnie jest czasem pójść sobie na bani przez miasto. Domy wyginają się jak w „rybim oku", wszystko jest rozmazane i bezbolesne. W uszach dudni wytłumiona cisza. Dziwki stojące pod latarniami są wtedy miłe i piękne, a policjanci są uprzejmymi stróżami porządku. Zapalisz papierocha pod wystawą zamkniętego filatelisty. Zza rogu usłyszysz gwar piwnego ogródka. Poczujesz się, jakbyś pozował do okładki *A Heart of Saturday Night* Toma Waitsa, chociaż była rysunkowa. W pomarańczowym półmroku zabawi cię mgła dymu z własnej gęby. Mżawka nad chodnikami, w której będą mieniły się kolory samochodowych reflektorów.

W nocnych sklepach obsłużą wyłącznie miłe panie, które będą szczególnie polecały wybrane gatunki sfermentowanych drożdżowców. Kupisz je zatem ochoczo i będziesz pił z butelki, idąc ku nieboskłonowi ulicą Hożą, by powspominać młodość, którą spędzałeś w kinie Śląsk. Kino Śląsk nie istnieje już od lat. Nie istnieje już w tym mieście ani jeden filmowy klub dyskusyjny, ale ty usiądziesz na murku i zamkniesz oczy, wyobrażając sobie, jak wielu było was tu wtedy, gdy czekaliście na otwarcie kas. Jak urządziliście piknik na parkingu już o dziewiątej rano, żeby czekać do wieczora na projekcję dwu części *Woodstocku*. Jak na sali wszyscy byli już ostro nagrzani i babcia klozetowa goniła was za fajki. Jak za półdarmo oglądałeś całe serie wszystkich tych pierdelencji Godarda i Buñuela, a potem mogliście iść tak ulicami, przez godzinę albo dwie, i pijąc tanie wina spod kurtek, dyskutować zawzięcie o jakimś szczególe obejrzanym na ekranie. Jak zobaczyłeś po raz pierwszy *Powiększenie*, które zwaliło cię z nóg. Z wrażenia nie mogłeś wtedy spać. Marzyłeś o dziewczynie, która mogłaby chodzić z tobą na takie filmy. O dziewczynie w parce i dżinsach, okrągłej, uśmiechniętej, mokrej od deszczu. Marzyłeś o niej od dzieciństwa; nigdy nie była osiągalna. Marzyłeś, że będziesz kiedyś dorosłym facetem i będziesz umiał trzymać życie za ryj. I że wszystko ułoży się jak kostka Rubika. Bo dorośli byli tak daleko. Byli w cudownej, nierealnej krainie, w której posiadano wiedzę absolutną i nigdy nie kończyły się pieniądze. Lazłeś do tej krainy jak za fatamorganą. Leziesz do niej aż po dzisiejszy wieczór.

Zbierze ci się na pijackie łzy. Pójdziesz do taryfiarza. Wrócisz do odrapanej kawalerki, mijając drecholi, którzy będą rozbijać o bruk puste butelki po jabolach. Usłyszysz, jak schizoidalna babcia spod dziesiątki ustawia się obowiązkowo przy wizjerze, by zobaczyć cię wchodzącego przez próg. Umyjesz ręce i bez zapalania światła położysz się na wznak, śledząc cienie kropel wody, pełzające po suficie. Życie będzie nieżywe.

Jedziemy dalej.

Półżywy gruchot czarna strzała pony zmasakrował swój aparat zapłonowy i powędrował do warsztatu. Tam spotykają się czarne hjundaje, które mają problemy z samymi sobą. Odstawiłem więc gruchota na parking pełen innych pogiętych gruchotów. Kazali mi zaczekać parę dni i nikt nie pytał o pieniądze.

To miłe miejsce. Syf i brud, ale rządzą fachowcy. Interesem kieruje duży facet z grzywą dyrygenta i półmetrowymi wąsami, który bez przerwy się uśmiecha, jakby chodził ujarany. Ale to dobrze. Lepszy taki niż specjaliści od wyłudzania pieniędzy w innych warsztatach, które mają trendowe neony i lajfstajlowe nazwy. Tam spotkasz ćwoka w czystym kombinezonie, który z miną pokerzysty będzie liczył złotówki za każdą minutę samej rozmowy. A ten tu facio to inna bajka. Śmiejąc się bez przerwy, kalkuluje, jak najtaniej naprawić usterkę. Doradza, objaśnia. Jak tatko przy zepsutym koniu na biegunach. I dlatego nigdy nie zrobił wielkich pieniędzy. Dbał o dobro klienta. Był zbyt ludzki.

Nikt, kto dba o klienta, nie zrobi interesu. Mało tego. Nie zrobi go nikt, kto w ogóle dba o cokolwiek oprócz własnej dupy.

Tofi siedziała w stołówce firmy i objadała się półdarmowym wietnamskim żarciem, które jedzą wszyscy pismacy w naszym mieście. No, może nie wszyscy, bo paru żre tylko na bankietach, ale jeżeli o mnie chodzi, to wietnamskie żarcie stało się częścią mojego jestestwa. Mimo ostrzeżeń, które padają czasami z telewizora, że niby zamiast kurczaka jest wróbel z bambusem, a zamiast wołowiny jest burek curry i mruczuś w pięciu smakach. Telewizor mówi, że podobno Wietnamcy latają z pałami i napierdzielają gołębie albo dachowce. Jednym z nich był zapewne mruczuś, którego jadła Tofi.

No trudno, przynajmniej mruczuś nie był genetycznie modyfikowany, tylko prosto z podwórka gdzieś przy śmietniku na Brzeskiej. Cześć jego pamięci. Wszyscy to wpieprzają, dzięki czemu jest tu niestworzona liczba wietnamskich fizyków jądrowych, historyków sztuki, malarzy abstrakcyjnych i inżynierów, którzy uciekli z Wietnamu, by stać się u nas wypiekaczami mruczusiów w pięciu smakach i smyrać podniebienia takich lasek jak Tofi albo inne nieziemskie feminy. Nie inaczej było tym razem. Mruczuś znikał w jej wnętrznościach z niebywałą gracją.

– Mmmm – bełkotała do widelca.

– Mmmm – zdawał się ripostować widelec, gdyż takie piękne było jej mamlanie. Ech, normalnie, nawet zabity i spalony mruczuś z bambusem wydawał się dzielić z nią rozkosz tego posiłku.

– Mmmm... mmmm – mówiłby mruczuś, gdyby żył.

Siedziałem naprzeciw i czekałem w nieskończoność, aż czajnik bezprzewodowy raczy zbomblić półtora litra wody. Zamierzałem wpompować w siebie jeszcze dwie szklanki rozpuszczalnej, ale to chyba jasne, że wykorzystałbym każdą sytuację, żeby pogapić się chociaż przez chwilę na Tofi. Wykorzystywałem zatem sytuację, na ile mogłem, obracając się na ruchomym foteliku, co pozwalało na szybkie przyjrzenie się Tofi w dużym przelocie. O w mordę jeża. Miała czerwoną spódnicę w stylu mała czarna. Jej włosy pachniały orzechami z miodem, a może ja po prostu wmawiam sobie, że tak pachną włosy wszystkich kobiet, do których mnie ciągnie. Takie spódnice fantastycznie wyglądają na podłodze, choć przyznam szczerze, ja nigdy nie widziałem podłogi z taką spódnicą. Taki jest ze mnie frajer, że musiałbym odwiedzić dom towarowy i poczekać, aż jakaś spódnica wypadnie komuś z rąk w przymierzalni. Potem dostałbym po ryju za podglądanie i jeszcze kilka pałek od ochrony, więc mi się kompletnie nie kalkuluje podglądać kogokolwiek, kto zdjął z siebie czerwoną spódnicę i rzucił ją na podłogę.

Zamierzałem jeszcze długo tak się chlastać psychicznie tymi impresjami.

Na szczęście w drzwiach do stołówki stanęła inna wyzwolona femina. I rozwiała żar kołujący nad moją głową.

– Mam te buty, co mówiłaś – powiedziała.

Spalony mruczuś z bambusem zamarł na widelcu.

– O rany. Naprawdę?

– Tak.

– Tak?

– Ale tu, w Warszawie?
– Tak. W Warszawie. I wiesz? Tylko siedemset.
– O rany.
– Tak. Ale drożej niż w Paryżu.
– No. Ale nie trzeba lecieć.
– Hihi.
– O rany.
– Faceci będą piszczeli, jak cię zobaczą.
– Hihi. Oj będą. Padną z zachwytu.
– A Maciek?
– No co Maciek? No Maciek będzie zazdrosny.
– Hihi. No to fajnie!

Hihi. To fajnie. I odbiło jej się po mruczusiu.

I wtedy zrozumiałem wszystko, bo takie chwile są idealne, żeby wszystko zrozumieć. Świat jest jasny i przejrzysty, a wnioski są zdecydowane i przychodzą do głowy bez żadnego zastanowienia. Psychoanaliza jest tak łatwa, że przeprowadziłby ją robotnik, zamknięty w swoim szczelnym roboświecie. Tofi jest kupą gówna. Zupełnie oczywista sprawa. Kocham ją, ale jest kupą gówna. Kupami gówna są również jej koleżanki z pracy, kupą gówna jest ta praca, choć daje mi chleb. On jeden nie jest gównem. Jest chlebem, to niekwestionowana świętość. Kupą gówna jestem ja sam, chociaż wcale tego nie chciałem. Nie ponoszę winy za swoją gówienność, zwalam wszystko na moje hormony. One też są kupą gówna, skoro kazały mi się zainteresować kobietą tak płytką i ofensywną. To przecież ja jestem jednym z tych biednych frajerów, którzy będą piszczeli. Mało. Już piszczą, piszczeli byli, że ucieknę do czasu zaprzeszłego, którego już nie ma w polskim języku. To ja jestem jednym z tych szmaciarzy, którzy mają sobie zatruwać życie, ku ogólnemu zadowoleniu takiej idiotki. Psiajucha jej mać. I przez których Maciek ma być zazdrosny, kimkolwiek jest Maciek, chociaż spodziewam się, że jest ulizanym dupkiem, który wyłożył pieniądze na wspomniane buty. I że niby co? Że ja tak popiszczę sobie i ona będzie potem miała ubaw? Niedoczekanie. W jednej sekundzie aniołek w osobie Tofi rozwalił się jak rzeźba. Nie miał już rąk, był cały popękany i obrastał mchem. Zamiast żaru zostawił bolesną dziurę. Jeszcze nie wiedziałem, jak bardzo symboliczne było to skojarzenie. W niedalekiej przyszłości miało stać się metaforą całego mojego życia.

Jednak niektóre kobiety są zbyt atrakcyjne, by je szanować. Usłyszałem to kiedyś od faceta, któremu żona w czasie kłótni obcięła pół dłoni kosiarką. Kosiarka była do trawy, a kłótnia była w ogródku. A żona była do dupy i go zdradzała, tylko trzeba było kalectwa, żeby facet to zrozumiał.

Niektóre kobiety są również zbyt atrakcyjne, żeby im ufać.

Jedziemy dalej.

– Nic nie powiesz, ani słowa? – zapytała w końcu, popijając mruczusia dietetyczną colą. Jej ironiczny uśmieszek wygrywał w konkursie na bezczelność roku. Miała kokieteryjnie przekrzywiony łeb, jak ta kretynka z *Cichego Donu*, która próbowała sobie poderżnąć gardło. Ale Tofi nie skalałaby się autodestrukcją. Ona była stworzona do podrzynania gardeł innym. Żyła dorzucaniem do pieca, a spalali się tacy palanci jak ja. Nakręcałem w sobie spiralę, mogącą rozwalić pół miasta.

– No żadnego słowa nie wykrztusisz? – wygięła do przodu swoją monstrualną klatę. Szalę z kokieterią przeważyła cholerna żenada. One uczą się tej hipokryzji na jakichś kursach czy jak?

Tak strasznie chciałem być wtedy najbardziej humphreyowobogartowym członkiem, jakiego widziała Ziemia. Za każdą cenę, aż do kiczowatego absurdu. Spojrzałem na nią tak pogardliwie, że spaliłaby się ze wstydu, gdyby w ogóle wiedziała, co to jest wstyd.

– Słowo „ja" nie ma ze słowem „ty" ani jednej wspólnej litery. Mała.

To było mocne. To była moja ulubiona scena, w której ona spyla się obrażona, a ja wychodzę na schody znowu zapalić wytarmoszonego lakistrajka. Ona idzie w jedną, a ja w drugą. I nie mogę znieść widoku tej cycatki. I czuję się jak debil, jak nastojaszczy debil, ostatni z ostatnich i najgorszy z najgorszych debili, którzy dali się zwieść iluzjom. I chcę uciec z tego syfu jak najprędzej i nigdy nie pamiętać, że kiedykolwiek fascynowały mnie rzeczy tak puste i obleśne. I mam dość tej kobiety, dość tej pracy, dość tego miasta i dość takiego życia. W końcu rozumiem, jak cholernie, raz na zawsze i bez oporu mam dość.

Uciekam więc z tej kuchni na schody i postanawiam, że już nigdy więcej nie będę się katował widokiem Tofi wpieprzającej martwe mruczusie.

A potem siedzę i głowa mi trybi jak przegrzany mekintosz, aż w tej głowie syczy i dmucha. Uciec, uciec, odejść. Patrzcie, niby taka pusta, a ją kocham. Człowiek bezradnie wkurwiony jest jak ten szalony duński książę z tą głupią czachą i sztyletem, który mruczy przez zęby: „to die, to sleep, no more...". Swoją drogą, ciekawe, czy ktoś kiedyś interpretował monolog Hamleta na taką wściekłą modłę. Byle tylko nie dać się nerwom. Przychodzą do głowy same skrajności, więc najlepiej usiąść sobie w kąciku, na takich schodach na przykład, i poczekać, aż to, co się przelało, wyrówna trochę poziom.

Przez otwarte drzwi pokojów na korytarz wybiegały czerwone snopy światła. Zachodziło z wolna wrześniowe słońce. Wyglądało jak wielki wybuch, tylko z wyłączonym dźwiękiem. Mam nawet taki program do odtwarzania płyt, który może wyświetlać do muzyki skaczące obrazki w kolorze herbacianym, od biedy podobne do zachodu słońca. Jak się nie chce obrazków, wyglądających jak wielkie wybuchy, można zastosować opcję „turn the visuals off". Szkoda, że nie da się tak w życiu.

Przecież ona jest z innego świata. Jest znikąd, jej nie ma. Nawet o niej nie myśl, baranie. Co ty, Martin Eden? Z choinki się urwałeś? Ty masz dwa kredyty i zepsutego hjundaja. Wyłysiałeś, mieszkasz w ruderze, buty nosisz z ruskiego bazaru. Ona ma wszystko, czego dusza zapragnie. Na weekendy jeździ do Londynu. Ciuchy ma z katalogów. Mieszka w willi, napieprza kalanetiks. Ona ma wszystko, czego dusza zapragnie. Z wyjątkiem duszy.

Tadzio Różewicz napisał w tak zwanej lekturze szkolnej: „szczęśliwi byli dawniejsi poeci, świat był jak drzewo, a oni jak dzieci". Tak napisał i to była cholerna prawda. Miał chyba na myśli wszystkich tych barokowych obszczymurów w rodzaju Morsztyna, którym we łbie kiełbasiły się z nudów rymowanki o cyckach. I nie widzieli łapanek, egzekucji, bezrobocia, drecholi, kredytów pod zastaw, bejzbola na mordzie ani żadnych innych niecyckowych historii. To samo było z pisarzami. Myślę, że dawni pisarze mieli zbyt dużo wolnego czasu. Byli znudzonymi sobą cycofonami, uciekającymi w nierealne historie swoich powieści. Wpadali w trans pisania, przeróżni Reymontowie, którzy waląc litrami spirytus, zamykali się na miesiąc w pokoju, by tańczyć na weselu Boryny albo pierdzieć w stołek pod stodołą. Całymi dniami napieprzali niekończące się rozdziały tych durnowatych cycofonicznych historii. Dzisiaj to już niemożliwe. Dzisiaj literatura to już nie bajka. Już dawno straciła cnotę. Dzisiejsi pisarze nie są dziećmi. To chora kasta, jacyś posrani partyzanci abstrakcyjnej wojny. Wszystkim im się marzy dokonywanie przewrotów. Beigbederowie, Pielewinowie, Eggersowie. Wysadzają w powietrze transporty z gównem. Walą między oczy i uciekają. Napieprzają się o słowa. Piszą po nocach, po pracy. Konspirują: piszą w utajeniu, żeby nikt nie ukradł im pomysłu ani nie uszył butów. Piszą krótko, urywanie, jakby kasłali tymi akapitami. Potem chowają się na całe dnie po swoich piwnicach, pracach, tych prześmiardłych biurach zapełnionych debilami, by zebrać amunicję, nasiąknąć syfem od stóp do głów i uderzyć znowu. I przede wszystkim nie muszą już wymyślać niczego. Całe mięso, cały materiał do ich książek leży u ich stóp. Dlatego dzisiejsze książki piszą się same. Posrani partyzanci nowej wojny ładują je tylko do swoich pukawek.

No dobrze, no dobrze, ale o co właściwie toczy się ta ich nowa pisarska wojna?

To była moja kolejna ulubiona scena, w której siadłem na skraju ławki, kapitalnie, rewelacyjnie wściekły na całą resztę świata. Oblukałem spode łba kilka głupkowatych postaci w nędznych biurowych lajfstajlowych ciuchach, snujących się po korytarzu firmy jak po taśmie produkcyjnej. Byli szczęśliwi, a ja nie. Byli pochłonięci życiem, a ja nie. Byli PRZEKONANI. A ja nie. Ożeż, w mordę! Jak ja was nie cierpię, podłe szablonowe ćwoki, zasrane sługusy egzystencji, maszyny do rodzenia i umierania!

W tej scenie obrzydła mi Tofi i obrzydło mi dokumentnie wszystko. Naprawdę miałem już dość.

Tak, dość tego. Turn the visuals on.

Enter.

Gdzieś w odległej galaktyce jest rok tysiąc dziewięćset siedemdziesiąty drugi. Zima. Jestem noworodkiem, mam białe ubranko i niemrawo kwękam, gapiąc się na sklepienie parafii Świętego Stefana przy ulicy Traugutta. Jakiś buc targa mnie za nos. Nie jest klawo. Strzeliłbym buca w mordę, tyle że nie mogę. Jestem przecież noworodkiem. Buc to mój stryj i nazywa się Stefan, ale nie jest święty, tylko buc. Gdzieś obok szczeka pies. Jest biały i kudłaty, tak jak moje ubranko. Gaworzę do psa, a on mi odpowiada.

– Hau hau – nadaje do mnie pies.

– Gu gu – odpowiadam.

Inny koleś w białym prześcieradle z czerwonymi paskami śpiewa coś nade mną i zakłóca mi konwersację z kudłatym psem. Dwadzieścia pięć lat później Jan Kounen nakręci podobną scenę w prologu *Dobermanna*. Pies nie będzie tam kudłaty. Będzie straszną bestią. Siedemnaście lat później upadnie komuna. Dwadzieścia siedem lat później umrze mój ojciec. Umrze na trzeci z kolei wylew. Będzie umierał przez pół roku. Teraz mój ojciec trzyma w rękach biały becik. W środku jestem ja. Mój ojciec trzyma mnie do chrztu.

Przepraszam, tato.

Kilka ulic dalej w trzypiętrowym bloku leży dwumiesięczna dziewczynka. Nazywa się Martyna Łękowska. Gęga i robi pod siebie. Za czternaście lat zakocham się w niej, ale nie będzie mnie chciała. Nie będzie chciała nikogo, bo okaże się lesbą. Jedziemy dalej.

Z moich dokumentów wynika dość jasno, że urodziłem się chrześcijaninem, co zostało zresztą przypieczętowane w dość oryginalny sposób: ten duży koleś w prześcieradle wylał mi na mordę kubek zimnej wody. Przyznacie, że to dziwne, tak lać wodę na noworodka, a jeszcze z taką pompą. I jeszcze wszyscy świadkowie tego zajścia byli wniebowzięci. Stefan, ten w prześcieradle, moi starzy, goście, no i pies. Za godzinę przewiozą mnie do domu przy ulicy Puławskiej dwadzieścia osiem. Mama poda do stołu naszykowane wcześniej kanapki. Stefan upije się i będzie targał mnie za nos. O siódmej wieczorem dadzą mi spokój i będę miał chwilę na to, by przemyśleć swoje nadchodzące życie. Tylko co o życiu ma sobie myśleć noworodek, którego nie spytali nawet, czy podobało mu się ubranko i czy organista posuwał ładne melodyjki. Do ubranka nie mam zastrzeżeń. Ładne było i ciepłe. Organista też był w dechę. A co mi tam. Nie będę dosrywał organiście z perspektywy grubo ponad ćwierćwiecza.

Od tamtej pory tak niewiele się zmieni. Przez najbliższe lata będą lali mi na mordę całymi wiadrami. Co się zaś tyczy chrześcijaństwa, to strasznie mi głupio, kiedy pomyślę, że Jezus wyświęcał jakieś upadłe wywłoki, największym patafianom tego świata kłaniał się do stóp i zrobił tyle dobrego dla całej tej śmierdzącej hołoty, która wcale sobie na to nie zasłużyła. Urodziłem się jako tabula rasa w dziedzinie dobra i zła. Byłem taki grzeczny i pełen nadziei, że wszystko będzie tak jak w moim białym beciku. Najgorsze przeczucia nadchodzących lat złudnie dotyczyły tylko pijanego Stefana. Najpoważniejsze sprawy dotyczyły tylko rozmów z kudłatym pieskiem. Myliłem się. Podobnie jak zdarzyło się to wielu innym ludziom na tej planecie, także i do mnie nie dołączono instrukcji obsługi. Współcześni również nie wykazali się zbytnią inwencją. Babcia nauczyła mnie na pamięć paciorka, zamiast nauczyć mnie porządnie grać w karty. Gdyby tak się stało, miałbym w życiu o wiele łatwiejszy start. A tak wszedłem w nie jako frajer bez przyszłości. Najbardziej jest mi jednak głupio, kiedy pomyślę, że ja w jakimś tam sensie też skończę na krzyżu, jak wszyscy przysłowiowi frajerzy. Mój krzyż prawdopodobnie będzie jednym z tych, przed którymi nie klęka nikt.

Jedziemy dalej.

Potem przeskakuję kilka chmur czasu, turlam się w otchłani i ląduję na krętych schodach obitych suknem, pośród stolików zatłoczonej restauracji. Jest Warszawa, jest Hortex, jest maj, jest rok tysiąc dziewięćset siedemdziesiąty piąty. Mam cztery lata i wielki plastikowy pojazd kosmiczny na baterie. Jest niedziela. Świeci wspaniałe, wielkie złote słońce, a ja i moi rodzice spacerujemy po mieście. Rodzice są tacy szczęśliwi. Trzymają się za ręce i kupili mi pojazd kosmiczny na baterie, w tym sklepie zabawkarskim obok kina Moskwa. Ja jestem taki szczęśliwy i mój pojazd kosmiczny jest taki szczęśliwy. Pełzając niezdarnie w górę i w dół krętych schodów, prowadzę swój pojazd po dywanowym suknie.

– Brum brum – zachęcam mój pojazd do pokonywania księżycowych wzgórz, które wyobrażam sobie na schodach.

Mrużę oczy i uśmiecham się do słońca swoją niewinną, księżycowatą buzią. A kelnerzy bluzgają pod nosem i brną ze swoimi tacami, wykonując nade mną akrobacje. Rodzice siedzą przy stoliku tuż obok antresoli, by lepiej mnie widzieć. Rodzice wołają mnie na lody i tortoletkę, ale ja tak lubię swój pojazd i te sukienne wzgórza. Snopy słonecznego koloidu wypełniają restaurację. To jest jak złoty pył, scena z prawdziwej bajki. Kolorowe, choć przyblakłe tablice ze zdjęciami ciastek i tortów błyszczą w słońcu na ścianach Horteksu.

– Synku, przyjedź do nas na ciastko – mówi uśmiechnięta mama.

Uruchamiam swój pojazd czym prędzej i pędzę na ciastko między nogami zdenerwowanych kelnerów.

– Brum brum – pomrukuję, by dodać pojazdowi gazu.

Znowu uśmiecham się do słońca, parkuję mój pojazd między krzesłem a maminą parasolką, która nie była tego dnia potrzebna.

– Proszę o drobne – usłyszę chrapliwy głos i nagle zrobi się rok dwa tysiące pierwszy. Będę miał trzydzieści lat. Mój ojciec będzie martwy od trzydziestu jeden miesięcy. Będę szedł po dwóch piwach Marszałkowską i będzie padał pierwszy śnieg. Futerał z niepotrzebną gitarą będzie ciążył mi przeokrutnie; tego dnia, godzinę wcześniej, nie uda mi się zreaktywować zespołu.

Jeszcze nie wiecie o tym, że był jakiś zespół, a już go nie ma.

– Proszę o drobne – powtórzy ten człowiek z ciemności. Wyłoni się zza rogu Sezamu i dostanie ode mnie dwa złote.

Postanowię skręcić w prawo przed Świętokrzyską, by zobaczyć miejsce mojego dziecięcego szczęścia. Przyjdzie mi do głowy, że nigdy później tam nie byłem i że nigdy już nie byłem taki szczęśliwy. Wbiegnę za róg i zatrzymam się.

W miejscu szklanych witryn Horteksu będzie leżała kupa gruzu, otoczonego taśmą rozpiętą na żeliwnych drągach. Pośrodku niej będą stały moje schody, samotny kikut, odarty do betonu, wykręcony serpentyną w próżnię. Zasrany śnieg będzie prószył na nie coraz mocniej. Będę stał przy taśmie i płakał swoją księżycową, nieszczęśliwą gębą. Przy schodach zatrzyma się kloszard, któremu przed chwilą dałem dwa złote. Zacznie lać na moją słoneczną przeszłość gorącym, długo wstrzymywanym moczem.

Pójdę do baru napić się trochę bardziej niż zwykle. Przypomni mi się, że to nie był pojazd kosmiczny, tylko czołg. I że miał naklejki armii Czechosłowacji. Nie będzie już kina Moskwa ani sklepu z zabawkami. Nie będzie już tego szczęśliwego maja. Nie będzie też tego szczęśliwego mnie.

Jedziemy dalej.

W innym wymiarze jest rok tysiąc dziewięćset siedemdziesiąty ósmy. Mam kolekcję resorowców i rower, który nazywa się Bratek. Rok dwa tysiące zero zero wciąż jest przedmiotem urojeń w stylu sajens fikszyn. Według nich będziemy wszyscy w kosmosie. Opowiada o tym serial sajens fikszyn pod tytułem *Kosmos tysiąc dziewięćset dziewięćdziesiąt dziewięć*. W serialu jest dużo gołych babek i facetów z grzywą na bitelsa, którzy strzelają do siebie z wielkich posrebrzanych klarnetów. Babki będzie można dymać przez telepatię, a promienie laserowe z klarnetów będą rozwalać wieżowce. Jak głoszą twórcy serialu, wszystko to będziemy mieli w roku numer tysiąc dziewięćset dziewięćdziesiąt dziewięć. Jest też inna, bardzo sajensfikszyńska teoria, według której skasuje nas bomba A. W amerykańskich filmach o tej tematyce w roku dwa tysiące zero zero będzie już dawno po atomowej wojnie, którą rozpętają Ruscy. W ruskich filmach będzie po wojnie, którą rozpętają Amerykańcy. W obydwu przypadkach przeżyją tylko nieliczni. Nieliczni będą się nazywali Maks albo coś w tym rodzaju i będą mieli samochody ze złomu. Życie po wybuchu będzie bardzo fajne. Nieliczni o imieniu Maks będą ganiali się samochodami ze złomu z innymi nielicznymi. Pójdzie im o naftę, bo na tej planecie wszyscy tłuką się tylko o to, jeżeli akurat przedmiotem sporu nie jest jakaś laska. Będą chcieli się nawzajem pozabijać, bo nawet po bombie ten wspaniały ludzki odruch im nie zniknie. Ja i moi koledzy mamy po sześć lat i jesteśmy przedszkolakami. Nie możemy doczekać się tych fantastycznych czasów. Jeździć samochodami ze złomu, napieprzać się o benzynę i czuć się jak nieliczni. Na razie jednak ciągle jest rok tysiąc dziewięćset siedemdziesiąty ósmy. Niejaki Mirek Hermaszewski poleciał w kosmos. Tak bardzo pragnął być trendowy w nurcie sajens fikszyn.

Nie ma jeszcze magnetowidów, walkmanów, komputerów osobistych ani komórek. Są za to kartki na cukier. I Tofi, która ma sześć lat i jest popularna wyłącznie na swoim podwórku, z powodu olśniewających zdolności do gry w klasy. Ja również mam sześć lat, lecz w klasy nie gram. Zgodnie z powszechnymi zasadami seksizmu bawię się w wojnę za pomocą karabinu zrobionego z desek.

– Ehhehehę – imituję przez gardło koszące serie. Kumple z podwórka padają w mozolnie odgrywanych konwulsjach.

Karabin ten przypomina wspaniałą pepeszę Janka Kosa, którego muszę codziennie oglądać w serialu *Czterej pan-*

cerni i pies. Serial opowiada o wojnie, a wojna jest obowiązkowo z Niemcami. Według najnowszej, komunistycznej historii nigdy nie toczyliśmy wojen z żadnym innym narodem. Janek jest czarno-biały. Nie jest Maksem i nie jeździ po pustyni, więc mam go w dupie, lecz nie mogę się do tego przyznać publicznie. Skazałbym się bowiem na banicję towarzyską w obrębie całego swojego osiedla, ponieważ całe osiedle nie robi nic, tylko czeka na kolejny odcinek przygód Janka, który wraz z czarno-białą pepeszą oraz takim samym czarno-białym kundlem i kolegami w hełmofonach walczy o utrwalanie władzy ludowej. Z Jankiem jeździ czarno-biała psiutka z Armii Czerwonej, która nigdy się z nim nie bzyka, bo według telewizji polskiej nikt nikogo nie bzykał w wojskach pancernych, gdy trwała druga wojna światowa. W telewizorze błyskają kulki, które lecą z dobrej pepeszy Janka, by przedziurawić niedobre bebechy Heinricha, Johanna, Fritza oraz ich kundla, jeżeli mają takiego. Jak głosi plotka, Amerykanie zaprojektowali taki telewizor, do którego można wkładać własne filmy, wedle uznania. Plotka głosi, że nie muszą to być filmy z dzielnym Jankiem i jego pepeszą. Nie trzeba czekać na nie z programem telewizyjnym w ręku i można wyłączyć je w każdej chwili, gdy chce się wyjść do kibla. Wszyscy nie mogą się doczekać, kiedy dostaniemy te amerykańskie wynalazki. Władzy ludowej bardzo się to nie podoba, ale nie będzie mogła nic zrobić. Władza nie będzie bowiem wcale ludowa. Telewizory, do których można włożyć własny film, to jest to! Podobnie jak coca-cola, którą wybrali Polacy, w przeciwieństwie do Rosjan, wybierających pepsi.

To zresztą u nich typowe, że byli czerwoni, a tak bardzo chcieli się przemalować na niebiesko. U nas dla odmiany typowe było to, że byliśmy niebiescy, ale dla świętego spokoju daliśmy sobie wcisnąć czerwone. No trudno.

Za dziesięć lat wszyscy tutaj ocipieją na punkcie własnych filmów, które będą w kasetach i będzie można włożyć sobie do telewizora, kiedy się chce. Nikt nie będzie już musiał stać w kolejce po program telewizyjny, drukowany w „Kulisach" w piątki po południu. Inni ocipieją z powodu walkmanów; narodowi rzuci się na uszy, chociaż latanie po ulicach ze słuchawkami będzie wykpiwane jednakowo przez komuchów w dzienniku i księży na ambonach.

Minie jeszcze dwadzieścia lat i przyjdzie rok dwa tysiące zero zero. Potanieje gorzała i spadną ceny w autokomisach. Przyjdą nareszcie te wspaniałe, długo oczekiwane czasy, gdy wystrzeli nas w kosmos i będziemy jeździli samochodami ze złomu. Niestety, wciąż nie będzie można dymać panienek przez telepatię.

Gdzieś w innym wymiarze trwa rok tysiąc dziewięćset osiemdziesiąty pierwszy. Dziewiętnasty grudnia.

Mam dziewięć lat. Mama kupiła na święta kiść bananów i gumę donaldówę w Peweksie. Dostanę ją pod choinkę, chociaż my w tym roku nie będziemy mieli choinki. Będzie zaciemnienie i godzina milicyjna. Ojciec będzie się bał, że zabiorą go do armii albo aresztują, albo jedno i drugie. Ojciec był za hitlerowców w konspiracji. Od tamtej pory ciągle się boi, że gdzieś go wezmą. „Oni". Magiczne słowo „oni". Nikt nie ma bladego pojęcia, kim są „oni", ale jedno jest pewne: „oni" zawsze gdzieś zabierają i bardzo często się stamtąd nie wraca. Takie jest ich powołanie, polska tradycja. Całe miasto trzęsie dupą ze strachu na dźwięk kroków na schodach. Całe miasto ma drgawki, gdy ktoś puka do drzwi. Zawsze jest szansa, że przyszli „oni" i cię zabiorą. Całe miasto się tego boi, więc mój ojciec też.

Mama go pociesza, że gdzie tam do armii, emeryta. Bo mój ojciec jest stary. Emerytem jest. Umrze za osiemnaście lat. Za szesnaście lat wyniosę się z tego domu. Za dwadziescia lat poznam Tofi. W osiemdziesiątym pierwszym ona też ogląda czołgi na ulicach. W osiemdziesiątym pierwszym żyjemy w jednym mieście i nie wiemy nic o swoim istnieniu.

Mój ojciec weźmie mnie pod ręce, jak to ojcowie, którzy mówią różne epokowe banały.

– Pamiętaj, synu – powie mi ojciec epokowo – zawsze są oni i my. Zawsze my jesteśmy dobrzy, a oni są zawsze źli.

Powiem mu, że się zgadzam. Że oni i my. Że my dobrzy, a oni źli. Mój ojciec był w AK. Komuniści zaszczuli go z tego powodu, a przecież on chciał dobrze. Teraz nie wie, co będzie dalej. Wszyscy są źli, a on jest dobry. Co takiego zrobiłem, że muszę grać w tym chorym filmie? I że muszę mieć z tym coś wspólnego? Czemu odpowiadam za historię świata? Czy byłem niegrzeczny? Czy nie umyłem rąk przed obiadem? Nie? No to co zrobiłem, że mnie tak dręczy zasrana, zakrwawiona historia tego kraju? Ten śmierdzący kicz, jedna wielka tysiącletnia wojna?

Zjem banany na wigilię. Będą palić się świece. Czołgi pełne wieśniaków będą jeździć po ulicach. Mama się rozpłacze i będzie mi życzyć, abym dożył lepszych czasów. W telewizji będzie Jaruzelski. Nie wiem, kiedy umrze Jaruzelski. W dwa tysiące drugim ciągle jeszcze będzie żywy. W tysiąc dziewięćset osiemdziesiątym pierwszym jego żywotność będzie porażała miasto i cały kraj. Gdy pokaże się w telewizji, wykrzywiając usta w swoim charakterystycznym grymasie, po raz pierwszy zobaczę ojca z papierosem. Będziemy śpiewali kolędę, ale ja nie będę umiał.

Dożyję. Będę mógł się wychwalać, że dożyję lepszych czasów.

Jedziemy dalej.

Blokowisko. Wielkie, nieskończone, obmierzłe, szaroburozielone. Albo różowe, bo niektóre bloki malowali w różowe pasy. One z czasem stawały się bladoróżowe, a jeszcze później zaczynały mieć barwę piasku. Będą takie już chyba zawsze. Las jedenastopiętrowych, betonowych drzew. W każdym z nich tysiąc, półtora tysiąca korników, zamkniętych w swoich dziuplach, walących w swoje rury, gdy ktoś za głośno słucha muzyki, zalewających się nawzajem, gdy komuś pęka przewód od pralki. Wysypujących się na przystanki autobusowe każdego rana, nadciągających jak szarańcza każdego popołudnia. Wrzeszczących na siebie w kuchniach i przed telewizorami. Ących to i ących tamto, ących coś bez przerwy i ciągle, jakby nie byli żywi, tylko nakręcani. Jakby życie było jednym nieskończonym imiesłowem. A może jest?

W nocy te bure stalagmity wyglądały jak dekoracja do *Gwiezdnych wojen*. Gdy jestem dzieckiem, patrzę na ten las szaroburych konstrukcji i czekam, aż nadlecą myśliwce rebeliantów i zaczną się napieprzać między blokami z armadą imperium. Martwię się też, co będzie, gdy gwiazda śmierci wybuchnie albo stanie się z nią coś jeszcze inszego. Przecież jak by nie było mieszkam na tej gwieździe, chociaż rebelianci ewidentnie poświęciliby mnie dla sprawy. Widocznie tak ich wkurza Lord Vader.

Ale oczekiwane błyski i trzaski laserowych dział nie nadchodzą i słychać tylko pijaków, rozwalających butelki o ściany. Blokowisko zasypia jak jeden wielki nawalony kolos, który przepił całą wypłatę. Leży teraz jak kłoda, cały śmierdzi i dopiero rano wstanie, otrząśnie się trochę i powlecze do roboty, żeby następnego dnia wszystko zaczęło się od nowa.

W innej galaktyce będzie rok tysiąc dziewięćset osiemdziesiąty trzeci. Będę uczniem podstawówki i będzie maj. I będzie ósma rano. Na osiedlu pójdzie fama, że do sklepu rzucili arbuzy. To będzie bardzo dobra wiadomość, a nawet powiedziałbym, że elektryzująca. Nawet kolejny odcinek *Kwapiszona i tajemniczej szkatułki* nigdy nie wydał mi się bardziej mózgobijny. Na naszej ulicy ogłoszą więc pospolite ruszenie. Każdy, kto da radę nie pójść do pracy albo przyblokuje dzieciaki w drodze do szkoły, uderzy w wielką, kilometrową kolejkę, ciągnącą się jak wąż po parkingu przed samem. Nikomu nie będzie trzeba powtarzać tej wiadomości dwukrotnie: do sklepu rzucili arbuzy.

Ojciec napisze mi zwolnienie z lekcji, zatajając brutalną prawdę zwyczajowymi bajkami o bolącej głowie, i pośle mnie do tej cholernej kolejki. Dostanę do ręki banknot ze Świerczewskim o nominale pięćdziesięciu złotych.

– Kupisz tyle, ile pozwolą.

Limitowana seria arbuzów w naszym sklepie będzie tak pomyślana, by każdy mógł kupić nie więcej niż trzy. Gruba sklepowa będzie wydzielała je swoimi tłustymi łapami; przy kasie, której przypilnuje dwóch tak samo grubych osiłków, stłoczy się kupa grubych bab, które będą krzyczały i przepychały się.

– Pani tu nie stała – powie jedna gruba baba do drugiej grubej baby.

Na ścianie będzie tabliczka z napisem, że inwalidzi wojenni mają prawo kupić arbuza poza kolejnością. Dwóch emerytów dostanie w mordę za to, że próbowali skorzystać z tej możliwości.

Będę tam stał i tornister z książkami będzie ciążył mi okrutnie, ale nie zdejmę go w obawie, że ktoś mógłby go ukraść. Będę pilnie strzegł tornistra i pięćdziesięciu złotych. Na tej lekcji nie będzie bowiem pani nauczycielki, która spierze w kącie amatora cudzych tornistrów.

– Pani tu nie stała – krzyknie baba drugiej babie.

– Podobno dają po cztery od zaplecza – powie druga.

Zemdleje jedna babcia, a dwie inne będą śpiewały kościelne pieśni.

– A ty, mały, nie w szkole? – zapyta sąsiad, który będzie grubym czterdziestolatkiem.

Wszyscy w tej historii będą grubi. To taki dziwny kraj, że otyłość idzie tu w parze z biedą. Tak jakby orgiastyczne wpieprzanie kartofli miało im wszystkim zatuszować biedę i całkowity, pankrockowy niemal brak perspektyw, które bez żadnego pokrycia obiecywały kolejne zjazdy partii. Nawet ja będę z lekka gruby. Nawet ja się załapię, chociaż wcale nie będę chciał.

– Ty nie w szkole?

– Ja? Ja w szkole.

W szkole jak cholera. Na pogadance o prawdach absolutnie względnych. Arbuzy będą, lecz ich nie będzie. Skończą się za ladą dokładnie w tej chwili, w której nadejdzie moja kolej. Wrócę więc do domu z pustymi rękoma, a właściwie, powinienem powiedzieć, z tornistrem. Jak to z lekcji.

Ojciec mi nie uwierzy i spierze mi dupę, odbierając pieniądze.

Matka się popłacze, bo tak czy owak nie będziemy jedli arbuzów.

Arbuzy skończą się o czternastej. Gruby sąsiad je kupi, a dwie grube baby nie. Sąsiad kupi tylko dwa; kilku ważniaków będzie miało wejścia i nabędzie po cztery od zaplecza. Jednym z nich będzie dozorca naszego bloku.

Matka odkupi od niego pół arbuza po siedmiokrotnie wyższej cenie.

Zgłoszę się na ochotnika, by go pokroić, i będzie to chwila tak podniosła, że z rozpędu wbiję sobie nóż w kciuk. Krew poleje się na talerz z arbuzem i na cały blat w kuchni, ale zdążę ją zetrzeć, zanim skapnie na dywan. Będę się tego wstydził, ale mama nie zauważy. Zjem więc szybko swoją porcję, choć będzie cała upaćkana w mojej krwi. Ten smak zostanie mi w pamięci do końca życia.

W tym chorym kraju nawet za arbuza przelewa się krew. Tacy jesteśmy hardzi. Porąbało nas na maksa.

Zjem też łupinę, ale na pestki nie będę miał już siły. Talerzyk z pestkami będzie do rana zdobił nasz parapet przy oknie wychodzącym na osiedle, z widokiem sklepu, pod którym nikt już nie będzie stał. Ojciec zobaczy ranę i opatrzy mi palec.

– Nie powiemy mamie – powie smutno. – Nie powiemy, bo jesteśmy mężczyznami.

Zajdzie słońce.

– Na kogo wyrosną ci ludzie, wychowani na promocjach batonów i teledyskach emtiwi? – mówię w próżnię.

Otwieram oczy i jest rok dwa tysiące jeden. Mam znowu dwadzieścia dziewięć lat i mam swój ulubiony patos. Za pół roku poznam Tofi, lecz teraz jeszcze o tym nie wiem: siedzę w parku na Szczęśliwicach i macam rozlazłą siedemnastkę, której tyłek rozsadza modne dżinsy, fabrycznie zrobione na stare. Po chodniku biega dziecko z puszką coli w jednej i batonem w drugiej ręce. Czekoladę z batona ma rozmazaną na całej uśmiechniętej twarzy.

– Na kogo oni wyrosną?

Siedemnastka patrzy głupio; nie chce filozofować. Rozpina mi koszulę.

– Jak to na kogo? Na ludzi. A ty na czym niby się chowałeś?

– Ja? Na krwawych arbuzach.

Siedemnastka śmieje się i nie wracamy już do tego tematu. Patrzymy tępo, jak nad parkiem unosi się duży balon z reklamą komórek. Na placyku trwa festyn i słychać modne piosenki.

– Chodźmy się pokiwać – mówi siedemnastka.

Gruby sąsiad umrze w roku dwa tysiące czwartym. Nie wiem niczego o losie dwóch grubych bab. Inni mieszkańcy osiedla całkowicie zniknęli mi z oczu. Razem ze mną zniknie scena, w której trzysta osób czeka na arbuza na osiedlu mieszkaniowym u wrót sklepu siódmego maja tysiąc dziewięćset osiemdziesiątego trzeciego. Nikt już nie będzie wiedział, skąd brały się wtedy problemy egzystencjalne uczniów podstawówek. I nawet mój ulubiony patos w końcu zrobi się obrzydliwy.

Popatrzcie, jak to będzie cudownie.

W tym miejscu znajdował się fragment, w którym główny bohater rozwodzi się nad magicznymi zaletami komputera zet iks spektrum plus. Rzecz dzieje się w roku tysiąc dziewięćset osiemdziesiątym trzecim i główny bohater opowiada, jak przychodził do niejakiego Remigiusza Trądka, ksywa Fafik, lat jedenaście, po czym grali w grę o nazwie „Rajd nad Moskwą". Fragment ten opowiadał z przejęciem, a także charakterystycznym dla tej książki durnym patosem, że gra „Rajd nad Moskwą" była zakazana i że Fafik zdobył ją potajemnie, a potajemność ta była o tyle uzasadniona, że ojciec Fafika należał do partii. Następnie główny bohater opowiada przemądrzale, jak to gry na zet iks spektrum plus miały tandetną grafikę, ponieważ bomby w „Rajdzie nad Moskwą", rzucane na Moskwę, jak się nietrudno domyślić, składały się z dwóch pikseli, podczas gdy dzisiaj wyglądają jak prawdziwe. Ta sama prawidłowość dotyczyła wybuchów tych bomb. Prócz tego główny bohater rozwodził się nad fenomenem Fafika, który był jedynym posiadaczem komputera na całym osiedlu. Bez skrępowania gościł więc w domu po trzydziestu kolegów dziennie. Nie podobało się to ojcu Fafika, który, jak wiadomo, był w partii. Następnie padła aluzja, że w przyszłości Fafik zostanie wziętym informatykiem, a jego partyjny ojciec dalej będzie partyjny, tylko jego partia zmieni nazwę. I tak dalej, i tak dalej, ple, ple, ple.

Usunąłem ten fragment, ponieważ był zbyt kombatancki z komputerowego punktu widzenia. Jako posiadacz pałerbuka mekintosz gie trzy, z systemem oes dziewięć, z odtwarzaczem cedeków i diwidi, nagrywarką, pałerpointem, modemem, ethernetem i przede wszystkim piętnastocalową kolorową matrycą o rozdzielczości tysiąc dwadzieścia cztery na siedemset sześćdziesiąt osiem, uznałem, że peany na temat zet iks spektrum byłyby zbyt emeryckie i muzealne. Bez urazy, Fafik. Myślę, że usunięty fragment jest o wiele bardziej widowiskowy niż gdyby go nie usuwać.

Jedziemy dalej.

Zupełnie gdzieś i kiedyś indziej jest rok tysiąc dziewięćset osiemdziesiąty czwarty. W powieści o tym samym tytule miał być bardzo sajens fikszyn, tymczasem on jest bardzo riki tiki. Oczywiście jest on taki wyłącznie w Ameryce. Ludzie dostają tam z nudów pierdolca. Wyobrażamy sobie, że mają tam już wszystko, czego dusza zapragnie, z wyjątkiem duszy. Nudzą się więc przeokropnie i z tych nudów wymyślają straszne rzeczy. Oglądamy to wszystko w telewizorach albo czarnych skrzynkach, do których możemy wkładać własne filmy. Filmy są kopiowane nielegalnie, ale my się tym nie przejmujemy. Mamy przegrywalnie płyt i kaset, które w całym majestacie prawa kopiują je i sprzedają kopie za niewielkie pieniądze. Nikt się nie przejmuje kopyrajtami: to jest dopiero prawdziwy komunizm... U nas jest przecież rok tysiąc dziewięćset osiemdziesiąty czwarty. Mamy Wielkiego Brata, który łypie na nas zza swoich ciemnych okularów. Policja Myśli jest jednak cienka w te klocki, dlatego nie łapie nas za posiadanie amerykańskich filmów. Oglądamy więc magiczne wizje sajens fikszyn, z których wynika, jak wspaniale będziemy mieli już wkrótce. Nie przestajemy marzyć o tym, że już niedługo będziemy mieli takiego samego świra z nudów jak Amerykanie. Obrazki samochodów ze złomu, którymi jeżdżą nieliczni, nie przestają śnić się nam po nocach. Niektórzy chcą przeżyć wielką przyszłość już teraz. Jeżdżą więc do Erefenu i kupują tam upragnione samochody ze złomu za oszczędności całego życia.

Inni zachwycają się amerykańskimi filmami o Wietnamie. Chodzi w nich z reguły o to, że jakiś samotny amerykański Dżolo, ewentualnie większa grupa takich osobników, biega po zielonym lesie z dużymi palmami i strzela na oślep z fajnego karabinu, w którym nigdy nie kończą się naboje. Dżolo strzela, drzewa szumią. Chcemy być tacy jak on, więc kupujemy na bazarach amerykańskie mundury z demobilu i biegamy po okolicy, udając, że jesteśmy tak dzielni jak Dżolo.

Jest nieźle.

By być bliżej świata, w którym wszystko będzie ze złomu, kupujemy na bazarze puste puszki po zagranicznym piwie. Niektórzy nalewają do nich wody i chodzą po podwórku, bawiąc się w podwórko zagraniczne. Taki jest trend. Za piętnaście lat sen zmieni się w rzeczywistość. Na podwórkach zaroi się od bezrobotnych facetów, którzy siedzą całymi dniami na ławkach i piją piwo z puszek. Jak się nawalą, zbierają złom. W dalekiej przyszłości, w innej galaktyce, pewien frajer nakręci nawet film o takich pijakach złomiarzach. Film będzie w tamtych czasach bardzo na czasie i nominują go do Oscara. Nie dostanie go; będzie za mało trendowy dla jurorów, którzy nigdy nie musieli bawić się w Amerykę, ponieważ mieszkali w niej przez całe życie.

W każdym razie jest rok tysiąc dziewięćset osiemdziesiąty czwarty. Rozpada się definitywnie zespół The Clash, ale ja nie mam o tym zielonego pojęcia, ponieważ jestem tylko grubym dwunastolatkiem z Bulandy, centralnie The Vistula River. Moim marzeniem jak na razie jest jazda samochodem ze złomu, gdy przeżyją już tylko nieliczni. Los zespołu The Clash w ogóle mnie nie obchodzi. Obchodzić mnie będzie dopiero w roku tysiąc dziewięćset osiemdziesiątym ósmym, gdy dowiem się, że taka grupa w ogóle istniała. Jak się nietrudno domyślić, dowiem się tego za późno. Wciąż będę miał nadzieję, że zespół wznowi działalność, bądź co bądź to jedna z niewielu kapel, której wszyscy członkowie pozostawali przy życiu. Już wkrótce możliwość ta stanie się nieaktualna; Joe Strummer umrze w niewyjaśnionych okolicznościach w wigilię roku dwa tysiące drugiego. Mick Jones, Paul Simonon i Topper Headon umrą jakiś czas potem, lecz nie wiem dokładnie kiedy. W dwa tysiące drugim wciąż jeszcze będą żywi.

Zostanę fanem The Clash w niewłaściwym miejscu i niewłaściwym czasie. To zawsze będzie cechowało moje poczynania. Bo ja wszystko w życiu zrobiłem w niewłaściwym miejscu i czasie. Nawet urodziłem się w niewłaściwym miejscu i czasie, ponieważ wciąż twierdzę, że powinienem był urodzić się w Liverpoolu w połowie lat czterdziestych, a nie w Bulandzie trzydzieści lat później. Przyjście na świat w Bulandzie o takiej właśnie porze bardzo skomplikowało moje plany i jestem z tego powodu bardzo zły na zaistniały bieg wypadków. W roku tysiąc dziewięćset dziewięćdziesiątym pierwszym będę układał piosenki, które były modne w tysiąc dziewięćset sześćdziesiątym piątym. Nie zrobię tego we właściwym czasie. W roku dwa tysiące trzecim napiszę książkę, która trafi akurat na moment, gdy nikt w Polsce nie będzie czytał książek. Książka będzie głupia, niepoprawna politycznie, społecznie i psychiatrycznie, ale jak na ironię losu spodoba się kilku ludziom. Może to i dobrze, chociaż nie mnie osądzać, czy dobrze. Jak wiadomo, w roku dwa tysiące trzecim przeżyją już tylko nieliczni. Będą jeździli swoimi samochodami ze złomu, ale nie jestem pewien, czy będą mieli czas i ochotę na czytanie książek.

Chyba po prostu w ogóle nie pasuję do wieku dwudziestego pierwszego. Nie można się tu napierdzielać ze smokami o księżniczki.

Na razie ciągle jest rok tysiąc dziewięćset osiemdziesiąty czwarty. Rok bardzo sajens fikszyn, przynajmniej w powieści o tym samym tytule. Mimo iż będzie zakazana, przeczytam ją już trzy lata później. Będę jedynym znanym mi człowiekiem, który stwierdzi, że jest to książka o miłości. Będę miał wtedy piętnaście lat i we wszystkim będę się doszukiwał jakichś historii o miłości. Jak wszyscy koniobijcy. Dowiem się zatem z *Roku 1984*, że Winston Smith kochał Julię i że gówno z tego wyszło, i że z tego powodu oboje marnie skończyli. Doprawdy, moc dydaktyczna tego dzieła do dzisiaj wydaje mi się rozwalająca.

W tysiąc dziewięćset osiemdziesiątym czwartym byłem przekonany, że można wiele przeżyć i wytrzymać dzięki miłości do drugiego człowieka.

W dwa tysiące drugim, dwa tysiące trzecim oraz w latach następnych nie będzie tego wiedział już nikt i mam coraz silniejsze wrażenie, że będzie to całkiem słuszna koncepcja, by nie pamiętać takich bredni. Sam zaś Wielki Brat będzie już wtedy komercyjną trampoliną dla ludzi, którzy nie będą za dużo umieli, ale zapragną przesiąść się z samochodów ze złomu do nowych bryk z gwarancją na trzy lata.

Piętnastoletni gówniarze będą już wtedy chcieli tylko tego.

Jedźmy dalej.

Gdzieś w tej historii jest zabłąkany rok tysiąc dziewięćset osiemdziesiąty piąty. W roku tysiąc dziewięćset osiemdziesiątym piątym nic się nie dzieje. Jest pieprzoną mgławicą, z której wyłania mi się co najwyżej obóz przysposobienia obronnego, dokąd wydelegowano mnie ze szkoły. Obóz, przynajmniej w moim mniemaniu, polega na tym, by mieć obleśny mundurek ze sztucznego włókna i beret z buracką naszywką. I jak już się ma to wszystko, wkopywać w ziemię wielką drewnianą tablicę z napisem, następnie pełnić przy niej wartę, by nikt jej nie ukradł.

„Układ Warszawski Gwarancją Pokoju i Socjalizmu" – głosi napis na tablicy. Wkopujemy ją co wieczór, a potem wyrzucamy za płot obozu, twierdząc, że nie mamy pojęcia, kto mógł uczynić coś tak przeokropnego. Wychowawca ciska się i urządza apel na dziedzińcu, by napiętnować wrogów socjalizmu. Mówi, że nigdy niczego nie osiągniemy w naszym małostkowym życiu, jeżeli będziemy dopuszczali do tak strasznych sytuacji, że ktoś ciągle wyrzuca tablicę za ogrodzenie. Wrogowie socjalizmu wydają się skruszeni; z opuszczonymi głowami wędrują za płot obozu, by przynieść stamtąd rzeczoną tablicę, następnie wkopać ją z powrotem w miejscu, z którego została podstępnie usunięta. Kolejnej nocy zabawa zaczyna się od nowa i tak ciągle. Wyjedziemy z obozu, a tablica wiecznie będzie lądowała za płotem. Aż do upadku socjalizmu.

W najbliższej przyszłości nastąpi rok tysiąc dziewięćset osiemdziesiąty szósty. Dwudziestego siódmego września tego roku wpadnę na pomysł, by nauczyć się gry na gitarze. Taka dokładna data to nie żaden tani chwyt pisarski: w roku tysiąc dziewięćset osiemdziesiątym szóstym będę prowadził dzienniki, które przetrwają do dalekiej przyszłości. Z nich właśnie będę wiedzieć, że najnowsza moda, jaka zapanuje wśród wszystkich moich rówieśników w roku numer osiemdziesiąt sześć, będzie polegała na tym, by grać na gitarze, mieć głupią fryzurę i krzyczeć brzydkie wyrazy, gdy się na tej gitarze gra. Pójdę więc do ogniska muzycznego przy domu kultury i poproszę pana od muzyki, by nauczył mnie grać. Z pewnego punktu widzenia posunięcie dosyć logiczne – niestety, okaże się, że nie. W pomieszczeniu wraz z panem od muzyki będzie znajdowało się dwóch okularników w żółtych sweterkach typu serek, a także jedna okularnica w bluzce z koronkowym kołnierzem. Wszyscy będą mieli gitary, choć nie takie, jak ja chciałem; ponadto będą trzymać je w rękach jak wiolonczele. Na stojakach będą znajdować się zeszyty, a w zeszytach tych zapisy nutowe fugi Bacha, jak wynikało z ich pitolenia.

– Powiadasz, że chcesz grać – celnie zauważy pan od muzyki.

– Tak, owszem. Noszę się z takim zamiarem – odpowiem grzecznie dla podtrzymania konwersacji.

– Dobrze więc – pan od muzyki pociągnie wątek. – A co chciałbyś grać?

– Coś, co sam ułożę – odpowiem mu ambitnie.

Okularnicy i okularnica zjednoczą się w spazmie tłumionego chichotu.

– A to dobre – rzeknie pan od muzyki z przekąsem. – A jaka to będzie muzyka, szanowny kolego?

Chyba wszyscy nauczyciele od muzyki to śmierdzący, analnoretencyjni pedofile z grzywami na oczy. Nigdy nie widziałem innego.

– Taka jak u Rolling Stonesów, szanowny panie.

– Czyli, mam rozumieć, szarpidrutowa, kolego?

– Ja nie wiem, co to jest szarpidrutowa. Przyszedłem tu nauczyć się grać na gitarze. Interesuję się muzyką i chcę się nauczyć grać. Pan, jak rozumiem, prowadzi tu kółko gitarowe, tak?

Piskliwość jego głosu przejdzie samą siebie.

– Przykro mi. Tu się nie nauczysz takiej muzyki. Wyjdź.

Będę miał ochotę zglanować mu kaban, ale dojdę do słusznego wniosku, że szkoda mi obuwia marszowego typu zając, które nabyłem za wystarczająco ciężkie pieniądze, by pastować codziennie do równie ciężkiego połysku.

W tak zwanej grupie rówieśniczej brak takich butów skazuje człowieka na banicję towarzyską. Zresztą tak samo jak fascynacja Rolling Stonesami. Będę się bowiem fascynował Rolling Stonesami, chociaż nikt na nich nie ogłosi żadnej mody. W tym roku do wyboru są tylko panki, skini, metale i dyskoflety. Nie ma w katalogu takiej pozycji jak „Rolling Stones", więc należy wybrać możliwie najlepszą dostępną opcję, jeżeli nie chce się żyć na marginesie lajfstajlowego towarzystwa. Gwoli wyjaśnienia, The Rolling Stones w roku tysiąc dziewięćset osiemdziesiątym szóstym to właściwie nieistniejący zespół. Wrócą do łask dopiero za jakieś dziesięć lat. Za dwadzieścia lat w zasadzie skończą karierę. Za czterdzieści lat prawdopodobnie będą nieżywi. Red Hot Chilli Peppers pewnie będą wtedy kończyć karierę. A wszystkie małoletnie laski, które dzisiaj rządzą na listach przebojów, będą starymi babami, pędzącymi samotny żywot wśród pięćdziesięciu kotów albo psów. I tak w kółko.

A co się tyczy gitary, to w końcu zmuszę starego, by zakupił dla mnie jedną pudłówkę u Rosjan. Nauczę się grać metodą prób i błędów, następnie zabiorę się do składania pieniędzy na prawdziwe wiosło.

Jedziemy dalej.

Gdzieś w innej galaktyce jest rok tysiąc dziewięćset osiemdziesiąty siódmy. Listopad. Jestem uczniem liceum ze skołtunioną grzywą i parą butów wojskowych typu zając. Mój kumpel z ławki nazywa się Pergolek. Ja i Pergolek mamy podarte bluzy moro z naszywkami Dead Kennedys. Mamy też po szesnaście lat. Stoimy pod Rivierą i dochodzimy do siebie. Godzinę temu goniła nas cała brygada łysych i Pergolek dostał po ryju, a jakiś najgrubszy z nich wszystkich wyrwał mu znaczek Deutera razem z kieszenią. Jak nic zostalibyśmy zglanowani na amen, gdyby nie facet, który wychodził akurat z Peweksu. Facet odstawił magnetowid na maskę jakiegoś samochodu i strzelił pierwszego łysego tak, że tamten wykonał parabolę koszącą nad żywopłotem. Potem przybiegła do nas zupełnie obca załoga, która siedziała wcześniej na murku pod przejściem podziemnym. Przegonili łysych. Zaprzyjaźniłem się z jednym gościem z tej załogi. Miał ksywę Ułan i polecał się na przyszłość. Ale ja nigdy nie skorzystałem z propozycji kolegi Ułana. Musiał sam prowadzić swoją krucjatę. Tego dnia łysi byli bez Flochy. Flocha jest dziewczyną. Szwenda się z łysymi i łysi wystawiają ją, żeby biła po gębie kandydata do oskubania. Flocha nosi na palcach grube metalowe pierścionki, żeby lepiej jej się biło. Flocha okłada delikwenta i zabiera mu pasek albo buty, a skini stoją i patrzą. Nikt Flochy nie rusza, ale ja wierzę w sprawiedliwość. Za osiem lat Flocha skończy na dworcu, podziurawiona igłami jak ser szwajcarski. Za dziesięć lat umrze na ejds. To będą fajne czasy. Skini będą wtedy dobrymi skinami i będą bardzo lubili panków. A muzyka już nie będzie pankrockowa, tylko z Jamajki. Czy jakoś tak.

Za miesiąc napiszę wypracowanie o tym, jak gonili mnie skini pod Rivierą i jak facet z Peweksu uratował Pergolka. Zatytułuję je *Spowiedź dziecięcia ćwieków*. Pan od polskiego postawi mi dwóję, bo uzna, że wypisuję pierdoły niegodne ucznia renomowanego liceum. Stanę się niebywałym nihilistą; cfaja od profesora będzie mnie kosztowała dwa tygodnie frustracji, bo wypracowanie będzie naprawdę dobre i wszyscy koledzy zaczną się w nim rozczytywać po kryjomu, ponieważ nie dam za wygraną i będę je dawał do przeczytania, komu tylko popadnie.

Gdybym wtedy wiedział, że to tylko przedsmak gówna, jakie czeka na mnie w prawdziwym życiu, poważnie zastanowiłbym się nad jego kontynuacją, a przynajmniej wyborem zawodu. Tak czy owak, kryzys polonistyczny popchnie mnie do wykonania napisu, który oznajmi, że „stąd do wieczności”. Wymaluję go na parapecie. Do wieczności będzie prowadziła sugestywna strzałka.

Na razie wieczności jednak nie ma; są za to puste puszki po coca-coli i zachodnim piwie, które można kupić na bazarze po piętnaście złotych, a także podarte mundury amerykańskie, które można kupić za złotych odpowiednio więcej. Wszyscy są zgodni co do wielkiej wartości tych przedmiotów. Panuje bowiem opinia, że już niedługo przyjdzie do nas wolność i że przyjdzie ona z Ameryki. To nic, że w Ameryce niczego o tym nie wiedzą; grunt, że nasza legendarna nieodwzajemniona miłość do tego kraju każe nam kupować te zasrane puste puszki i lejąc w nie ochłodzoną herbatę, udawać, że to prawdziwe płynne frykasy, które dają pełnię władzy nad światem. Co mądrzejsi zbierają też puste pudełka po amerykańskich papierosach i przytwierdzają je szpilkami do ściennych makatek. Chcą przez to pokazać, że teoretycznie wypalili wszystkie te zagraniczne wspaniałości. Bo skoro można je kupić tylko w Peweksie, wydaje nam się oczywiste, że są niekwestionowanymi wspaniałościami.

Nie wiemy jeszcze, że już za rok marzenie się spełni. Wygniecione paczki po amerykańskich fajkach będą leżały w każdym śmietniku i przestaną być takie lajfstajlowe jak kiedyś. Piwo w puszkach będzie leżało w każdym sklepie obok bananów, pomarańczy i szynki, których nigdy tam nie było, i właśnie wtedy zrozumiemy, że wszystkiego tego jest w pytę, tylko że my nie mamy już na nic kasy. Bazary przejdą w gestię Rosjan, Białorusinów, Rumunów i Bułgarów, którzy przyjadą tu sprzedawać skarpety i kiełbasę, byle tylko wywieźć stąd do domu najsłabszy nawet zapach nowego świata.

Jedźmy dalej.

W Rivierze będzie koncert Kobranocki. Mówią, że to nie za bardzo pankowe iść na koncert Kobranocki. Ale co z tego, kiedy ja lubię? Fajnie grają chłopaki. Co tu po pankowaniu, jak ja lubię nawet Sztywny Pal Azji? Jak się słucha alternatywy, nie jest się pankiem całą gębą. To cholerny wstyd, ale trzeba się przyznać. W końcu alternatywa to też subkultura. Głupia sprawa, bo za dziesięć lat będzie komerchą. Pytałem w tej sprawie niejakiego Francola, który jest największym pankiem na osiedlu. I on mi powiedział, jak mu załatwiłem papierosa, że na razie jest się w porządku, jak się słucha alternatywy. Lepsze to niż dyskomuł albo inny wełniak. Mam więc płaszczyk do kolan z postawionym kołnierzem oraz kudły zmierzwione i napis „T. Love" na rękawie. A zamiast glanów mam zamszaki. Zamszaki są wygodniejsze, bo przewiewne i krótsze. I rzadziej je skubią, bo w takich rumunach to strach wyjść na ulicę. Od razu ktoś podejdzie, w ryj da i zabierze. A przecież zima idzie.

Na wojskowe zające trzeba z kolei mieć papier, że się kupiło w sklepie chemicznym. Jak się nie ma papieru, to milicja zabiera, że wojskowe. Paragony z chemicznego idą na bazarze za cholerne pieniądze, milicja szaleje i buty ściąga jak najęta. A tu przecież zima idzie.

Kurde, szlag mnie trafia od tej zimy.

A żeby było dziwniej, nikt, ale to przenikt, nie dowala się do nas za to, że nosimy wojskowe plecaki, zwane kostkami, chociaż nie kojarzą się znowu aż tak kubistycznie. Najwyraźniej armia doznawała szału pedanterii wyłącznie w dziedzinie marszowego obuwia.

– Boli mnie cewa – śpiewa zespół Doktor Hackenbush i to zdecydowanie dodaje nam otuchy, zwłaszcza takiej zimy jak ta.

Nasi rówieśnicy są durniami i słuchają Samanthy Fox. Samantha jest gruba i śpiewa „wsadź mi, wsadź mi". Wszyscy są wniebowzięci i chcą wsadzić Samancie, lecz ona jawi się tylko na plakatach. Nasi durni rówieśnicy wieszają więc Samanthę nad łóżkiem i walą konia. Brzydzimy się tym. W końcu jesteśmy nielicznymi, którzy przeżyli, chociaż bez samochodów ze złomu. Mamy skołtunione włosy i uważamy, że rokendrol będzie zawsze żywy. Roger Daltrey z The Who wyjaśnił nam w *Pictures of Lily*, co mamy sądzić o plakatach z Samanthą. Nikt nie śmie walić konia przy The Who, ale przynajmniej z takimi poglądami możemy uważać się za awangardę ludzkości. Na cycach Samanthy rysujemy więc swastyki i strzelamy do nich z wiatrówek. Młodzież szkolna, która nosi dekatyzy, ma nam za złe, że robimy takie sprośne rzeczy, bo w kiosku brakuje już plakatów i nie ma przy czym się brandzlować. Bardzo nie lubimy młodzieży szkolnej w dekatyzach. Uważamy, że ona psuje naszą opinię w oczach świata, tańcząc to swoje dicho na potańcówkach w sali gimnastycznej. I spuszczając się w te dekatyzy przed plakatem Samanthy Fox, którego nie można nigdzie dostać. Olewamy to. W końcu jesteśmy nihilistami, którzy wypisują na parapetach „stąd do wieczności" i rysują tam sugestywną strzałkę w kierunku okna. I mieszają z błotem poezję narodową, skandując za jakimś zespołem: „słuchaj, dzieweczko, ona nie słucha, aparat słuchowy wypadł jej z ucha".

I jeszcze żar z rozgrzanego jej brzucha bucha. Tak jakoś to leciało.

Na bazarze leżą też plakaty z niemieckiego „Brava", ale ich nie kupujemy, bo są warte połowę miesięcznych zarobków. Nie brakuje ich więc, czego nie da się powiedzieć o rodzimej prasie. Ale to chyba normalne, że w tysiąc dziewięćset osiemdziesiątym ósmym w polskich kioskach brakuje dokumentnie wszystkiego, od fajek aż po zasrane plakaty z Samanthą Fox.

W księgarniach można za to kupić pierwszą płytę Dead Kennedys *Fresh Fruit for...* for coś tam z warzywami. Nie ma w tej kapeli gołych babek, więc płyta nie sprzedaje się najlepiej. Nawiasem mówiąc, kupują ją tylko nieliczni, którzy przeżyli, i tak dalej. Do czarnego krążka dołączany jest plakat z kolażem czarno-białych fotografii. Jest idealny na drzwi od pokoju, ten plakat w sensie. No i płyta jest w dechę. Kupiłem ją i słucham w domu na adapterze firmy Unitra. Adapter nazywa się Artur. Beznadziejnie się nazywa, jak ta fryzura George'a Harrisona z *Hard Days Night*. Harrison umrze w roku dwa tysiące pierwszym. *Hard Days Night* nie umrze nigdy. Co do Dead Kennedys, nie mam zdania. Jest przecież rok tysiąc dziewięćset osiemdziesiąty ósmy. Słucham płyty na przyspieszonych obrotach i mój tata dostaje cholery, bo oni i bez tego grają zdecydowanie za szybko i za głośno jak na upodobania mojego taty. Mój tata jest już emerytem i nie lubi pank-rocka.

Nie lubią go także nauczyciele naszego liceum, w którym generalnie nie lubi się wszystkiego, co jest związane z normalnym dorastaniem. Szkoła jest katolicka i pod wezwaniem „Najświętszego Syna", ale wszyscy mówią na nią „Fuks", przypuszczalnie od obco brzmiącego słowa „fuck", bo Fuks jest porąbany jak wiadro gwoździ. Nie ma tam kobiet. Pod koniec dwudziestego wieku, w cywilizowanym kraju płynącym mlekiem i gorzałą, mało: w stolicy tego kraju jest szkoła średnia, do której nie przyjmują kobiet. A przecież nam bardzo trzeba kobiet. Myślimy o nich za dnia i spotykamy tylko w nocy, lecz w nocy nie są takie, jakbyśmy tego chcieli. Za dnia się wstydzimy i udajemy twardzieli, ale kolejne noce przychodzą jak meserszmity nad okupowaną Warszawę. Dziewczyny, nasze wymarzone dziewczyny w parkach i wytartych dżinsach. Te piękne i rumiane, które stracą z nami cnotę pod namiotami albo w internacie, po szkolnej dyskotece. Gdzie one są? Nie ma ich, to chyba tylko wymysł fantazji. Nie istnieją. Skoro nie ma ich w szkole, chyba nie ma ich nigdzie. Nie mamy zatem wyjścia. Dojrzewamy przez przypadek.

Chciałem nieskromnie zauważyć, że przed chwilą padło kompletnie zapomniane i z czasem mylące słowo „internat". Przejdźmy jednak do kolejnej sceny, długiej, ale plastycznej.

Długa, nudna, ale plastyczna scena pod tytułem DOJRZEWANIE GŁÓWNEGO BOHATERA PRZEZ PRZYPADEK (*wedle kanonu tragedii greckiej*).

OSOBY

Niekoniecznie in order of appearance

GŁÓWNY BOHATER
STARSZA DZIEWCZYNA (przez przypadek)
KOLEŻANKA STARSZEJ DZIEWCZYNY
PIJANY FACET, ZWINIĘTY W KŁĘBEK POD KALORYFEREM
MATERAC

Miejsce akcji: róg ulicy Powsińskiej i tej drugiej, nie pamiętam nazwy. Tuż po szkolnej dyskotece. Na ścianie przed wejściem wisi plakat z napisem „W Polsce nie ma narkomanii – podpisz się".

GŁÓWNY BOHATER

Śmieje się głupio, wypił jabola.

Te, ten. Ten tego. Fajna zabawa, prawda?

STARSZA DZIEWCZYNA

Chichocze, też piła.

Człowieku, człowieku, przybity jakiś jesteś, no nie? Fazy nie masz.

GŁÓWNY BOHATER

Ośmiela się.

E tam. Fazy jest od groma we mnie. Chodź, to ci pokażę.

STARSZA DZIEWCZYNA

ironicznie

Ojej, a co ty chcesz mi pokazać, człowieku?

GŁÓWNY BOHATER

Dodaje sobie animuszu.

Chodź, to zobaczysz.

Odchodzą do internatu. Mijają Pijanego Faceta, Zwiniętego w Kłębek pod Kaloryferem. To Grzesiulek, poznam go dziesięć lat później.
Wchodzą do pokoju.

KOLEŻANKA STARSZEJ DZIEWCZYNY

A kto to?

STARSZA DZIEWCZYNA

szarpiąc Głównego Bohatera gwałtowniej w stronę pokoju

Jest spoko. Wyjdź, proszę.

KOLEŻANKA STARSZEJ DZIEWCZYNY

Dobra, dobra. Ale wiesz, co ja sądzę o tym twoim spoko.

Następuje nudniejsza część sceny.

STARSZA DZIEWCZYNA

Uuuch, mały.

MATERAC

Trrrr, trrrrr, trrrrrr.

STARSZA DZIEWCZYNA

Uuch.

MATERAC

Trrr, trrr, trrrr.

STARSZA DZIEWCZYNA

Uuuuch.

MATERAC

Trrr, trrrr, trrrr.

STARSZA DZIEWCZYNA

Udaje, oczywiście.

Eech.

MATERAC

Trrrrr, prrrrr, trrrrr.

STARSZA DZIEWCZYNA

Skończysz wreszcie?!

MATERAC

Trrr, trrr, trrr, tr,tr,tr, trrrrrrrrrrrrrrrrr...... trrr.... trr.... tr.. ttt.... t.......

Kurtyna

Jedziemy dalej.

Tak że, w sensie, Dead Kennedys puszczane na obrotach przyspieszonych, tak, to mi będzie pomagało żyć. A w szkole będzie spokojnie. Listopad, rok tysiąc dziewięćset osiemdziesiąty ósmy. Za dwa miesiące pożyczę *Fresh Fruit* wraz z plakatem mojemu koledze Barańczakowi, zwanemu Kredkiem. Kredek nigdy nie odda mi tej płyty. Następny raz spotkam Kredka w tysiąc dziewięćset dziewięćdziesiątym trzecim. Przyjdzie z Malwiną na koncert Iggy Popa. To będzie pierwszy polski koncert Iggy Popa. Iggy będzie goły i będzie darł mordę. Iggy żyje z tego, że jest goły i drze mordę. No trudno. Później spotkam Kredka w tysiąc dziewięćset dziewięćdziesiątym szóstym. Spotkamy się w ogródku piwnym na Krakowskim Przedmieściu. Oprócz Malwiny będzie miał już wtedy troje dzieci.

Kolejny raz spotkamy się w roku dwa tysiące pierwszym. Kredek nie będzie miał już Malwiny ani dzieci. Będzie je miał jakiś inny facet. Kredkowi zostanie bar przy ulicy Cudnej siedemdziesiąt osiem. Nawiasem mówiąc, zostanie on również i mnie. Obaj wyłysiejemy i będziemy pili wódkę. Kredek wciąż nie będzie chciał oddać mi tej płyty.

Jedziemy dalej.

Mija jedna wieczność, turlamy się w następnej, przebiegamy przez kilka innych. W końcu zatrzymujemy się w galaktyce numer tysiąc dziewięćset osiemdziesiąt osiem. Jest wiek dwudziesty, planeta Ziemia. Właśnie trwa lato, a ja mam równo szesnaście lat. Jadę pociągiem pełnym kłaków do miasta Jarocin, gdzie dostanę w twarz od następnego śmiałka; on zaś będzie zamierzał ukraść mi buty.

To była jakaś choroba z tymi butami. Każdy każdemu chciał je zabierać. Może nie pamiętam tych czasów za dobrze, ale chyba mieliśmy jakiś zasadniczy problem z przemysłem obuwniczym.

W mieście Jarocin odbywa się tak zwany festiwal rockowy. Polega on na tym, że wszyscy dają sobie po mordzie i zabierają sobie buty, a w przerwach pozują do zdjęć dziennikarzom, których jest tu tak samo dużo jak widzów, a może nawet więcej. Czasami cała ta hołota przychodzi pod scenę zrobioną z budowlanych rusztowań, na której dzielni młodzi ludzie z brzydkimi fryzurami krzyczą straszne wyrazy i grają na gitarach. Inni młodzi ludzie, słysząc te melodyjne pieśni, udają, że dostali małpiego rozumu, i skaczą z nogi na nogę, potrącając się nawzajem. Taki trend, w sensie, choć za diabła nie wiem, skąd wzięła się nazwa „pogo". Od tego skakania unosi się pod sceną tuman kurzu i młodzi ludzie nazywają to zadymą. Za wiele, wiele lat, gdy wszyscy oni będą już starymi zgredami, słowo „zadyma” będzie wciąż funkcjonowało jako określenie bijatyki. Nikt już nie będzie miał ani grama czelności pamiętać, skąd tak naprawdę wzięło się i co oznaczało wspaniałe słowo „zadyma”, gdy wymyślano je w przecudownym mieście Jarocin w latach osiemdziesiątych umierającego właśnie dwudziestego wieku. Ale na razie nikt nie myśli o przyszłości. W mieście Jarocin panuje kwintesencja mody na przekonanie, że przyszłości po prostu nie będzie. To właśnie dzięki temu miasto Jarocin jest takie wspaniałe i bardzo popularne. Jedziemy tam, by wziąć udział w tych wszystkich wspaniałych wydarzeniach i przekonać się, że nie będzie przyszłości. Chlać jabole, rozbijać butelki i głosić słowo bezpańskie. Tak nam przewróciła w głowach ta cała anarchia, zmienianie świata i kilka idiotycznych zespołów, których wokaliści nadmiernie drą gębę podczas wygłaszania tych wszystkich przemądrych haseł.

Pociąg do miasta Jarocin jest pełen kłaków, ponieważ jadą nim tak zwane sezony. Sezony to wzorowi uczniowie i inne ciekawostki przyrodnicze, które na co dzień noszą wyprasowane kołnierzyki i ładne fryzury. Podczas sezonu turystycznego przyodziewają podarte skórzane kurtki i golą na głowach irokezy, a robią to w pociągu do miasta Jarocin właśnie.

Jedziemy więc takim właśnie pociągiem i wciąż jest lato tysiąc dziewięćset osiemdziesiąt osiem. Jesteśmy zasranymi sezonami. Pijemy jabcoki i rzucamy pustymi butelkami przez okno, a bard pokładowy drze japę wraz z magnetofonem kasetowym marki Unitra, kładąc nieświadomie podwaliny pod historię nadwiślańskiego karaoke.

– Pewnej nocy złej, wśród burzy i mgły, jechał pociąg w świat, a w pociągu my. Nalałem fulla mu, on nalał teraz mi, poczułem w głowie ciepło, jak spływa do mych żył.

Do mych żył spłynęła odrobina ciepła, kiedy napisałem te słowa. Armia grała *Aguirre* i zapatrzyłem się przez okno na cholerne osiedle, a sąsiedzi oglądali festiwal Eurowizji na cały regulator. Podrapałem się po łysinie i napiłem piwa. Czy oni nazywali piwo fullem, czy mnie się coś powaliło?

– Spytaj milicjanta, on ci prawdę powie! – krzyczy pionier karaoke na wysokości Poznania. – Spytaj milicjanta, on ci wskaże drogę!

Czochram więc kołtun na swej blond łepetynie, bo jako jeden z niewielu nie miałem ochoty dodać szyku podłodze moimi kłakami. Główny śpiewak w grupie Moskwa reprezentuje ten chlubny nurt, więc jestem całkowicie usprawiedliwiony, że nie chciałem mieć na łbie irokeza, w krajach cywilizowanych zwanego mohawkiem, jak się dowiedziałem w wieku dwudziestym pierwszym.

Na stacji wita nas milicja i łomocze pałami o tarcze. Ja pierdzielę, jak w średniowieczu. Będzie z tego bitwa, kurde, daję słowo, że będzie zasrany Grunwald. Lud gore, jak tak spojrzę po tych wszystkich sezonach, wytaczających się z pociągu w mieście Jarocin. Idziemy szpalerem pod MOSiR i mistrz karaoke, któremu baterie i struny głosowe wysiadają przy wrzasku tłuszczy, nie poddaje się i krzyczy coraz głośniej.

– Rozkaz! Rozkaz! Idziemy ze śpiewem, rozkaz, rozkaz, a sztandar powiewa nam...

Sztandar co prawda nam nie powiewa, za to jesteśmy wszyscy coraz bardziej nawaleni. Idziemy ze śpiewem. Idziemy pod sceny ulicą imienia Armii Czerwonej. Salud, salud, ty żyjesz.

– Śit Wiciuś! – krzyczy jakiś nieletni falset w tłumie. Dookoła śmiechy.

– Bunt, kurwa. To jest bunt – powiadam do najbliższego ortodoksa z czerwonym grzebieniem i anarchią na plecach. Atmosfera jest taka nagrzana, że aż głupio nic nie powiedzieć. Facet idzie obok mnie i jak dotąd zdawało mi się, że rozumie ironię. Staram się nawet akcent mieć pankrockowy, ale ortodoks patrzy na mnie z wyrzutem i gasi jak wapno:

– Nie irytuj się.

Wkrótce nastąpi koncert grupy Zielone Żabki. Będzie on o tyle istotny dla tej książki, że wspomniałem o nim na jej początku. Koncert będzie dość prostym przeżyciem artystycznym, ale odegra wielką rolę w moim zniechęceniu do tej subkultury. Podczas kawałka o bzdetnym tytule *Numerek w krzaczkach* jakiś napalony półgłówek wyjedzie mi z piąchy między oczy, a potem będzie usiłował zabrać mi buty. Tak, on też będzie chory na tajemną obuwniczą chorobę. Nie oddam mu butów, pobijemy się więc okrutnie, a gromadka jego i moich kolegów będzie patrzyła na to zajście jak giermkowie lub średniowieczna gawiedź obserwująca solówkę dwóch rycerzy. Jednak w pewnym momencie zacznę przegrywać, osiłek okaże się bowiem odrobinę silniejszy. Moi koledzy dołączą więc do bitwy, a w związku z tym to samo uczynią koledzy osiłka. Zacznie się niezła naparzana, z której wyjdziemy zwycięsko i w butach. Nie będzie nam się jednak chciało brać dalszego udziału w festiwalu. Ideologicznie rzecz biorąc, wyda nam się to wszystko bardzo niepewne. Jak to się bowiem stało, że byliśmy pankrockowcami, a inni pankrockowcy chcieli pozbawić nas butów? Uznałem, że sprawa jest niegodna dalszej zabawy w to świństwo.

Wyśpimy się zatem w tak zwanym plenerze, a potem wsiądziemy do pociągu pełnego kłaków, z którego zdążyli już posprzątać kłaki.

Tak, w tamtych czasach nikt nie jeździł bez załogi na festiwale artystyczne. W przeciwnym wypadku można było nieźle dostać po ryju.

Nad miastem góruje ruina zamku.

– Przepraszam, gdzie jest ulica Armii Czerwonej? – pytam i świat przewraca się jak w kalejdoskopie. Jest rok dwa tysiące. Mam dwadzieścia osiem lat. W mieście Jarocin próbują reaktywować festiwal. Z tego, co mi wyjaśniano, trwa również zlot weteranów.

– Którędy do ulicy Armii Czerwonej? – ponawiam pytanie pod adresem babci w dużym kapeluszu. Jest spokojne sobotnie popołudnie i babcia ubrała go, bo wszyscy starzy ludzie wkładają wyjściowe ubrania w takie popołudnia jak to.

– Panie, już nie ma Armii Czerwonej. Teraz to ulica Najświętszej Marii Panny – zaśmiewa się babcia, którą szanuję za jej świąteczny kapelusz.

Chcę jeszcze coś powiedzieć, podziękować jej, wygenerować trochę ciepła, w końcu trzy piwa na trasie uruchomiły we mnie potrójne człowieczeństwo, ale ona odchodzi, lekko kuśtykając. I jej kapelusz kiwa się, machając na boki koronkowymi kwiatkami.

Podobnie jak nie ma Armii Czerwonej, tak i festiwalu też już nie ma ani trochę. Imprezę sponsoruje browar i jakieś dżinsy, które wciąż pokazuje na scenie ten lajfstajlowy gagatek, zwany mistrzem ceremonii. Na scenie skacze i kwika jakaś panna w różowych legginsach. Wtórują jej trzy inne, ale ubrane na niebiesko. Siądę potem w bufecie i wypiję dwa następne kufle, patrząc na ruiny zamku, wyłaniające się spośród drzew na stoku góry.

Nie spotkam tam nikogo ważnego. Żadnego sezona, który jechał ze mną wtedy pociągiem pełnym kłaków. Żadnego z kolegów, którzy bili się ze mną przeciwko osiłkowi, ani żadnego z kolegów osiłka, którzy stanęli w szranki przeciwko nam. Napatoczy się na mnie za to sam osiłek. Nie pozna mnie jednak. Będzie to gruby, cwaniakowaty człenio z plakietką sponsora, biegający między dziennikarzami z naręczem ulotek.

– Piękne czasy tu w Jarocinie były kiedyś, panie – powie do jednego z dziennikarzy, przyglądając się z niejakim zafrapowaniem.

To ja będę jednym z dziennikarzy, więc przytaknę mu i wezmę jedną z jego ulotek, by jak najszybciej odszedł, a wraz z nim przeszłość, którą nieudolnie próbowałem sobie przywrócić w tym idiotycznym miejscu.

Potem zrobi się ciemno i scena opustoszeje. W sektorze dla VIP-ów będzie słychać pieśń patriotyczną pod tytułem *Hej, sokoły*. Wsiądę więc do pociągu pełnego kłaków, w którym ktoś przed dwunastoma laty sprzątnął wszystkie kłaki, i wyjadę z tego miasta, wyobrażając sobie, że nie jestem sam i że pionier karaoke ciągle drze mordę, gdy obalamy kolejne butelki sikaczy. I postawię kołnierz marynarki, a podróżną teczkę przycisnę, jak dziecko przyciska do siebie pluszowego misia, bo to będzie nocny pociąg i będzie w nim cholernie zimno. I będę zły na siebie, że nie poprosiłem na bramce o podstemplowanie delegacji.

A kiedy nam zabraknie sił, zostaną jeszcze morze i wiatr. Nadejdzie nasz czas...

Jedziemy dalej.

W innym wymiarze jest rok tysiąc dziewięćset osiemdziesiąty dziewiąty. Lipiec. Ciągle jestem małoletni i zmywam brudne talerze w knajpie o nazwie La Luna. Tyram tutaj od dziewiątej rano do drugiej w nocy. Nie mam pozwolenia na pracę i nie dają mi jeść. Nienawidzę La Luny. Gonią mi tu kota jak niewolnikowi. Knajpa jest włoska, chociaż w chińskiej dzielnicy. Wszystko to znajduje się w Londynie, a ja mam tu siedemnaście lat i martensy na dziewięć dziurek, które w Polsce są nieosiągalnym marzeniem każdego gnoja. Przed trzema tygodniami skończyłem drugą klasę liceum i dałem dyla z wycieczki, która wstrzeliła się idealnie między jedną turę polskich wyborów a drugą. Wybory w Polsce miały obalić komunistów.

Wybory w Polsce spowodowały, że wielu ludzi dało dyla. Wszyscy myśleli, że Iwan Groźny przyjedzie do nas czołgami i wybije nam z głowy sprośne myśli pod adresem towarzyszy z Pezetpeer.

– Jak będziesz duży – powiedział mi kiedyś ojciec – będą tylko dwie możliwości, by zrobić karierę: wstąpić do partii albo uciekać na Zachód.

Miałem siedemnaście lat i zdecydowanie zbyt wiele planów na życie, by zgnić nad Wisłą w Bulanda Country, gdzie mogę co najwyżej wstąpić do partii, a poza tym nawet to robi się nierealne, od kiedy Iwan Groźny zamierza przyjechać tu czołgami. Rodzice wykupili mi zatem wycieczkę w biurze turystycznym. Wycieczka udała się do Glasgow, lecz się nie udała. Wszyscy z niej uciekli. Wrócił tylko pilot i troje emerytów... No cóż. Lepsze jest widmo nielegalnego zmywania garnków w restauracji La Luna niż czołgi Iwana nad Vistula River. W nadziei, że Iwan nie zawiedzie, a ja dostanę azyl, zmywałem więc gary, nieświadomie spędzając w ten sposób swoje pierwsze zagraniczne wakacje w mieście, gdzie tabuny moich rówieśników z Hiszpanii, Francji i Włoch obijało się, żarło pizzę, oglądało mumie w gabinecie madame Tissaud i cykało fotki z pankami na Piccadilly Circus. Byli wolnymi ludźmi, a ja niewolnikiem z Bulandy, śmierdzącym Polaczkiem wartym mniej niż jego sześciomiesięczna wiza, bez prawa do pracy.

Trzy lata wcześniej nie uwierzyłbym, gdyby mi powiedzieli, że wyjadę za granicę. Ja sam, łażąc po Oxford Street jak chory z urojenia, nie wierzę specjalnie w to, że naprawdę tu jestem.

W całym tym nieszczęściu kopnął mnie tylko jeden zaszczyt. Znalazłem agencję, która zatrudniała Gladis Burger. Miałem fioła na punkcie Gladis Burger, równo piętnaście lat starszej ode mnie. Nagrywałem wszystkie filmy, w których grała, na pożyczonym magnetowidzie. Bo wtedy wszyscy mieli pożyczone magnetowidy i tak naprawdę to nie mam bladego pojęcia, skąd brali się ich rzeczywiści posiadacze. Myślę, że wcale ich nie było i po prostu każdy pożyczał magnetowid od każdego, a te cholerne magnetowidy krążyły tak sobie w zaklętym kręgu bez właścicieli. Fragmenty z Gladis Burger oglądałem po trzydzieści razy i nie wyobrażałem sobie życia bez tej kobiety. Oczywiście Gladis Burger nie chciała mnie, a nawet powiedziałbym, że nie miała pojęcia o moim istnieniu. Przyszedł jednakowoż dzień, w którym stan jej wiedzy uległ zasadniczej zmianie. Agencja John and Jean Shirkey Associations, jeżeli dobrze pamiętam, mieściła się przy Golden Square Garden, piętnaście metrów od ławki, na której zwykle spałem. Spał tam również jeden pank o ksywie Mushroom, który miał dwa irokezy, jak husarz. Oprócz niego spał też Murzyn bez ksywy, który ciągle słuchał radia. Murzyn i pank nie kochali Gladis Burger, gdyż mieli o wiele poważniejsze problemy egzystencjalne. Ja wprost przeciwnie. Moim jedynym problemem była wtedy tylko ona. Obdzwoniłem wszystkich Burgerów z książki telefonicznej, a oni ryczeli ze śmiechu, że Gladis już u nich nie mieszka. Gdy zorientowałem się, że w domu pod siódemką znajduje się biuro J. and J. Shirkey Ass., natychmiast zaatakowałem lokal, by mi czym prędzej udostępniono moją miłość. Ze dwa albo trzy razy odprawili mnie z kwitkiem, informując uniżenie, że nie znajdę tam nikogo takiego. Ale w końcu pewnego dnia filmowa dżaga stawiła się w tym biurze i usiadła na wyciągnięcie ręki ode mnie. Cała sprawa zajęła nie więcej niż osiemdziesiąt sekund. Dostałem zdjęcie z autografem, z którego wynikało, że Gladis Burger nie ma nic przeciwko temu, bym miał w życiu dużo szczęścia. Następnie kazano mi wyjść. I tyle. Mam to pieprzone zdjęcie do dziś. Jak nie wierzycie, mogę pokazać.

Następnego dnia radio powiedziało, że polska opozycja obaliła komunę. Iwan zawalił sprawę i nie wjechał na czołgach do Bulandy, The Vistula River. Łaskawie pozwolił, żeby towarzysze z Pezetpeer ustąpili towarzyszom z byłego Komitetu Obrony Robotników. Polska zmieniła nazwę na Trzecią Rzeczypospolitą, a ja mogłem skończyć swoje nienormalne wakacje, wyciągając pomięty open ticket z ramki ze zdjęciem nordyckiej blondyny z serialu i dziesięcioma funtami, odłożonymi na czarną godzinę, która właśnie wybiła. I wróciłem do domu, na styk ze szkołą.

Wal się, La Luna!

Ostatniej nocy padał deszcz i nie mogłem już leżeć na mojej ławce. Nawet Murzyn i pank zwinęli interesy i pochowali się gdzieś po bramach. Zawołałem taryfę, by powiozła mnie gdzieś na pole namiotowe na obrzeżach miasta, gdzie w wielkich namiotach brudasy dowolnego formatu spędzają noce takie jak ta. Nie wiedzieć czemu taksówka nie była zwykłą londyńską taksówką. Była to taksówka niezwykła, czyli osobowy peugeot brązowego koloru, jednakowoż z kogutem na dachu. Śniady koleżka, zawiadujący kierownicą tego przybytku, wysadził mnie gdzieś na zadupiu, skasował całe jedenaście funtów i powiedział w języku anglo-pakistańskim:

– Tu dookoła kemping, mister.

– Gdzie, kurwa, kemping?

Dookoła będzie głusza, pełna jednakowych białobeżowych domków ze schodkami i gankiem.

– Dookoła – powie i stanowczo wskaże drzwi.

Dookoła będzie istotnie kupa gówna, a nie kemping. Okrążę kupę kilka razy, natrafiając wreszcie na duży, dziwny budynek, do którego wejdę, ponieważ nikt nie będzie mnie zatrzymywał.

Budynek ten będzie szpitalem, a pierwszy napotkany

człowiek, zupełnie, jakby był stworzony przez Kafkę, nie przez obłąkanego taryfiarza, odpowie mi, że nigdzie nie ma tu żadnego kempingu i że w sprawie noclegowni mam się dowiadywać w recepcji szpitala, która jest za dwoma zakrętami w lewo.

Na recepcji kobieta każe mi zaczekać, aż ustali, gdzie właściwie w tej okolicy należy szukać kempingu, pola namiotowego czy jakiejkolwiek innej instytucji Jej Królewkiej Mości, skłonnej przenocować takiego dziwnego długowłosego blondyna z nieokreślonym akcentem. Powie mi, że mam pójść do poczekalni i zaczekać. Usiądę więc na ławce i zasnę. Rano obudzą mnie wrzaski jakiegoś kolesia, który będzie świeżo przywieziony z mordobicia w pobliskim pubie. Będzie on jedną z ofiar zamknięcia tego lokalu. Z nogą w gipsie, w który dopiero co włożyli mu ją doktorowie, facet ten, nie do końca trzeźwy, krzyknie na mnie, bym dopchał go na wózku pod dom. W przeciwnym razie on, Rollins Parker John, bo tak się przedstawił, wszystkich zabije i spali ten szpital, a także postara się, byśmy nigdy już nie zaznali spokoju.

Uznam, że warto popchnąć do domu wózek z Johnem Parkerem Rollinsem, który ma złamaną nogę i rzuca takie straszne obietnice wobec reszty Zjednoczonego Królestwa.

Rollins okaże się fajnym facetem, a jego żona grubą pijanicą. Obejrzę z nimi film *Jak wygrałem wojnę* i zeżrę trzy pudełka herbatników. Później pojadę na lotnisko, gdzie zrobią mi rewizję osobistą z powodu długich włosów, butów firmy Doktor Martens oraz kamizelki przeciwodłamkowej U.S. Army, zakupionej na Portobello Road w charakterze modnego bezrękawnika.

W boeingu zjem trzy porcje pokładowe wszystkich moich sąsiadów pozostających na wyciągnięcie ręki, następnie wrócę do domu. To będzie zupełnie inny dom. Kolesie, do tej pory ścigani za przestępstwa polityczne, będą siedzieli w parlamencie, z ulic znikną pieprzone czerwone transparenty, takie jak ten, który pasjami wywalałem za płot na obozie przysposobienia obronnego, inflacja zaś będzie taka straszna, że pięćset złotych, które schowałem do spodni przed wyjazdem, by mieć po powrocie na taksówkę i coś do żarcia, na lotnisku wystarczy do zakupienia jednej małej szklaneczki „napoju firmowego", czyli wody z sokiem.

– Poproszę napój raz. Najdroższy napój w moim życiu.

– Że co słucham, proszę?

– A nic już, nic. Tylko żartowałem.

Pojadę dalej.

Ależ miło było posiedzieć w kraju, który w osiemdziesiątym dziewiątym wyglądał jak wielki Peweks. Były tam puszki z colą, banany i szynka, bankomaty, o których nie wiedziałem, do czego w zasadzie służą, a w sklepach nie było w ogóle kolejek, chociaż półki zawalono towarem. I żadnego małego fiata na ulicach. Tak, Anglia to był bardzo egzotyczny kraj. Szkoda, że dziś londyńska ulica wygląda tak samo jak nasza, a w naszych supermarketach jest nawet większy wybór towarów niż tam. Także wózki, do których trzeba wrzucać dwa złote, żeby odpiąć je z łańcucha, też są takie same. Zrobiliśmy się strasznie banalni.

Tak czy owak, w osiemdziesiątym dziewiątym Londyn to bardzo egzotyczne miasto. Dwanaście lat później wrócę tu jako pan redaktor na służbowym wyjeździe. Londyńska ulica będzie wtedy tak samo kokakolowa jak warszawska. Pójdę na Golden Square Garden, żeby powspominać stare czasy. Usiądę na ławce, na której spałem jako długowłosy szczeniak z Bulandy. Łyknę parę grzdyli sake, którą kupię w japońskim sklepie za rogiem. Łza mi się zakręci w oku, kiedy pod siódemką okaże się, że agencja John and Jean Shirkey Associations nie istnieje i siłą rzeczy nie mieści się w tym lokalu. Zamiast agencji będzie tam kawiarnia internetowa. Psiakrew, kawiarnie internetowe prześladują mnie na każdej długości geograficznej. Wejdę do kawiarni i zamówię tam piwo, po czym poznam blondynkę o takiej samej fryzurze jak Gladis Burger w osiemdziesiątym dziewiątym. Okaże się Polką o imieniu Dorota.

– Jak to zrobiłeś, że wyrwałeś na West Endzie Polkę, która nie jest kurwą? – spyta później znajomy Angol.

Wracając zaś do towarzyszy z Pezetpeer, to niedługo cierpieli po utracie władzy w słynne wakacje w osiemdziesiątym dziewiątym. Już po połowie dekady powrócili jako apostołowie nowego ładu, demokraci pełną gębą i piewcy wolnego rynku. Na całym świecie zjawisko to będzie znane pod nazwą postkomuny.

Również papierowe obrusy z McDonalda na Shaftesbury Avenue, które przywiozłem do domu w charakterze relikwii, przestały być trendowym suwenirem z Zachodu i musiałem odkleić je ze ściany mojego pokoju, gdzie występowały w roli zdjęć gwiazd rocka, jakie spotykano w pokojach moich zachodnich rówieśników. W Warszawie stanie bowiem polski McDonald i już niedługo reklamówki dwóch buł z kotletem przestaną być świętą komunią, a nawet znajdzie się taka grupa gagatków, którzy będą się tym otwarcie brzydzili.

Jedziemy dalej.

Gdzieś w innej galaktyce jest rok tysiąc dziewięćset dziewięćdziesiąty pierwszy, najprawdopodobniej poniedziałek. Stulecie numer dwadzieścia. Jestem długowłosym uczniem liceum i mam z tego powodu nieźle przerąbane, bo długowłosych tępią wszyscy, od skinów aż po nauczycieli. Ale ja nic sobie z tego nie robię, bo właśnie kupiłem wymarzone kowbojki i szewc podkuł je w sposób wymarzony. Z punktu widzenia popkultury jestem okrutnym popaprańcem. Słucham samych staroci, których prawie nigdzie nie można dostać: Stonesów, Kinksów, Byrdsów i The Who, i kompletnie nie pasuję do reszty rówieśników, która słucha tylko Guns'n'Roses. Ale ja to chrzanię. Mam gitarę typu Aster F i efekt typu over drive. Mam dżinsy Wranglera ze stretchu, rozszerzane u dołu. Mam meksykańską derkę i nieźle nasrane, żeby nosić to wszystko. Mam dziewczynę o ksywie B.C. Woman, której się nie podobam. Olewa mnie ona, jej matka, jej ojciec, jej siostra i jej pies. Ale mnie to nie przeszkadza.

Ja i moi kumple zerwaliśmy się z biologii i siedzimy na skwerze przy Grzybowskiej. Trzydzieści lat wcześniej stała tu fabryka metalurgiczna. Pracował w niej mój dziadek, ojciec mojej matki. Za siedem lat już nie będzie tego skweru. Będzie tu stał hotel Mercure. Ale teraz przy Grzybowskiej jest skwer i przecina go kilka wydeptanych beżowych alejek. Niebo jest bure. Siedzimy z kolegami przy skwerze na Grzybowskiej. Na pobliskiej ławce leży nasz kolega Krezus. Krezus spił się jak świnia i nie miał siły gdziekolwiek się ruszyć. Zostawiliśmy go na ławce, zresztą na jego własną prośbę, więc zległ tam pozbawiony wszelkich frustracji i trosk. Ja i moi koledzy mamy już dość przekonywania kolegi Krezusa, że nie warto leżeć na ławce przy Grzybowskiej, a bardziej opłaca się wrócić z nami do internatu. Nawalony Krezus nie chce nas słuchać. Przez tę hecę z Krezusem nie zdążyłem na Spitfire Blues Band do Fugazi, ale może to i dobrze, bo pewnie okazałoby się, że mam za mało pieniędzy na bilet. Klub Fugazi stoi w budynku, w którym było kiedyś kino W-Z. Sześć lat wcześniej byłem w kinie W-Z z dziadkiem. Oglądałem *Powrót do przyszłości*. Mnie się podobało, dziadek nic nie zrozumiał. Za trzy lata będę początkującym dziennikarzem. Klub Fugazi zbankrutuje, a ja będę pisał o tym artykuł. Za pięć lat powstanie tam dyskoteka i będzie się nazywała Dekadent. Do Dekadenta przyjdzie kiedyś Tofi. Ja też tam wtedy będę, ale rozminiemy się. Będzie bardzo ładna tej nocy. Włoży nowe dżinsy specjalnie dla swojego nowego chłopaka. Nie będę wiedział o tym wszystkim. Stanę przy barze i zacznę gawędzić z inną kobietą, której imię już na zawsze pozostanie dla mnie tajemnicą. Ta kobieta zostanie później prezenterką nowej stacji telewizyjnej. Będę mógł ją zobaczyć, jak czyta wiadomości o Arabach, którzy zabili Żydów, oraz o Żydach, którzy rachują się z Arabami. Będzie to w roku dwa tysiące drugim. Nigdy więcej nie przyjdę już do Dekadenta. Za osiem lat będzie tam już tylko pusta ruina zarośnięta chwastami. Dziadek umrze w roku tysiąc dziewięćset osiemdziesiątym siódmym. W budynku kina W-Z wciąż jeszcze będzie wtedy kino W-Z.

Cholera, jak w maglu. Albo w jakimś kalejdoskopie.

W tysiąc dziewięćset dziewięćdziesiątym pierwszym zrobiła się wiosna. Kobiety pozbyły się kurtek i watowanych kufajek, rozpuściły włosy i zrobiły się ładne. Sprzedałem tę złotą myśl koledze Krogulowi, ale on stwierdził, że przez tegoroczną wiosnę po prostu znowu na pastwę sedesu zostanie rzuconych tyle plemników, że wystarczyłoby na kolejne tysiąclecie. W tym czasie we wnętrzu Krezusa zachodziły przebogate reakcje chemiczne wywołane siedmioma kruszonami.

Kruszon był genialnym mózgotrzepem i został wymyślony przez Fructopol albo inną klikę od witamin. Składał się ze spirytusu i soku, a rozlewano go do butelek po oranżadzie z gustownymi mandarynkami na etykietach. Był skrajnie zmyłkowy dla glin i można go było pić publicznie. Krezus pił go publicznie. Ja go piłem publicznie i być może wy też piliście go publicznie w tamtych czasach. Już wkrótce ktoś w aparacie przemocy pojął, że produkcję kruszona trzeba wstrzymać, bo glina nie widzi po butelce, gdy kontroluje przechodniów.

Produkcję cennego mózgotrzepa wstrzymano więc, by

łatwiej było aresztować wrogów Trzeźwej Rzeczypospolitej.

Za tydzień już nie będę taki hardy. B.C. Woman porzuci mnie w wielkim stylu, wyzywając od miernot, które nie mają czym zaimponować. Zrobi to na prośbę matki, która wbije jej do głowy, że długowłosy palant grający na gitarze nie jest dobrą partią dla dziewczyny, która chce zdawać na ekonomię. To będzie bardzo ważny dzień. Po raz pierwszy otworzę oczy. Będę strasznie zły.

Któregoś dnia w przyszłości, której jeszcze nie ma, spotkam ją na przystanku. Będzie coś jakby trochę grubsza i będziemy już dorośli. Nasze światy będą już wtedy bardzo daleko od siebie, ale z jakichś niewyjaśnionych przyczyn zatrzęsą się pode mną nogi. Nie wiem, czy zatrzęsą się pod B.C. Zachowa się jak idiotka.

– Nie wiesz, czemu tramwaje nie chodzą? – zapyta nerwowo, a zanim zdążę odpowiedzieć, parsknie śmiechem i powie, odrzucając włosy z czoła:

– Zrobiłam cię. Tramwaje nie chodzą. One jeżdżą.

„Tak, jeżdżą" – będę chciał jej odpowiedzieć, ale nie zrobię tego; odejdę demonstracyjnie i zniknę w czeluściach pasażu podziemnego pod skrzyżowaniem Alej Jerozolimskich i tej drugiej, nie pamiętam, jak się nazywa. Tego popołudnia zobaczę ją ostatni raz. Scena z jej twarzą w kadrze będzie mnie nachodzić jeszcze długo i na przemian raz irytować, raz śmieszyć, raz wzbudzać tęsknotę. W końcu zrobię się już tak dorosły i minie tyle czasu, że zapomnę, jak wyglądała B.C. i nawet nie będę próbował sobie przypomnieć. Wszystko to stanie się historią, w którą nie będę już nawet wierzył. To będzie w przyszłości.

Jedźmy dalej.

Ciepło, rodzina, ciepło. Wszyscy tylko ciepło i ciepło. Nic, tylko się podpalić. Prawdopodobnie, gdy już będzie po wszystkim, ktoś z idiotyczną egzaltacją zapłacze nad twoim losem. Będzie zatem i współczucie obok tego ciepła. Ale najwięcej zabawy będą mieli pijani studenci medycyny przy twojej sekcji zwłok, o ile coś z ciebie zostanie. Jeśli zaś skończysz zaledwie poparzony, to znaczy, że jest lepiej, niż myślałeś. Będziesz miał ciepło jeszcze dłuuugo, długo, długo.

Nie pozbieram się tak łatwo po B.C. Woman. Tej nocy, gdy mnie zostawi, zamknę się w pokoju z gitarą i fajami. Rzucając grzywą w sposób co najmniej szopenowski, ułożę długą, melancholijną piosenkę, inspirowaną flamenco. Będzie naprawdę dobra, z niezłym fragmentem instrumentalnym. Będzie się nazywała *Painwaltz Carnival*. Nie będę o tym wiedział, że moja solówka do tego kawałka będzie najlepszą i chyba jedyną solówką gitarową, jaką zagram przez najbliższe jedenaście lat, albo i więcej. Solówka tego kawałka będzie naprawdę w dechę. Będę ją sobie grał aż do rana. Wzruszę się jak cholera, że ułożyłem coś tak pięknego. To doprawdy żałosne, że ludzie wymyślają najciekawsze rzeczy, kiedy jest im smutno.

Następnego dnia w drzwiach naszego mieszkania mój ojciec znajdzie kartkę z napisem: „Bydlaku! Jeżeli nie przestaniesz zakłócać spokoju, spadnie ten twój długowłosy łeb!".

Generalnie to myślę, że wszystkie mózgobijne piosenki, wiersze i filmy zaczęły się od jakiejś B.C. Woman, która odeszła. Motorem sztuki jest najwyraźniej „syndrom Wereszczakówny", który dla mnie zostanie w pamięci jako syndrom gówno wartej B.C. Woman. Gównowartość jednej przygrubej kujonicy w ciągu jednej zimy w czwartej klasie potrafiła dokonać tak wiele. Aż nie chce mi się wierzyć.

Tak. Myślę, że gdyby nie Wereszczakówna, Mickiewicz byłby do końca życia belfrem w Nowogródku.

– Przestań pisać te bzdury – powie matka pewnego dnia.

– Dlaczego bzdury? – zadam jej bazowe pytanie, bo będę miał przecież lat osiemnaście, a to jest dobry wiek, by zadawać bazowe pytania.

– Bo z tego nie będzie chleba.

Za kilka lat, gdy pisanie bzdur stanie się moim głównym sposobem zarabiania na chleb, najczęściej taki krojony w ładnej torbie, będę miał wielką ochotę wypomnieć jej, że kompletnie nie miała racji. Ale, jak to zwykle bywa z matkami i synami, na starość zapałam do niej takim sentymentem, że nie będzie mi się chciało jej denerwować.

Zanim jednak wszyscy się zestarzejemy, utyjemy i zaczniemy wypominać różne rzeczy swoim matkom bądź im tych rzeczy nie wypominać, wciąż jeszcze mamy do przebrnięcia rok tysiąc dziewięćset dziewięćdziesiąty pierwszy, szkołę i młodość. Przyjdzie więc wiosna tego roku i zrobi się ciepło. Bez zapałek i bez B.C. Woman. Wypijemy jeszcze parę kruszonów i zdamy maturę, na którą trzeba będzie łapać stopa, bo emzetka zarządzi akurat strajk.

Matura okaże się łatwa jak pierdnięcie. Zdam ją ze średnią pięć zero bez żadnych nerwów, pewnie dlatego, że jedyne, co będzie mnie wtedy obchodziło, to B.C. Woman, która odeszła. W ogóle matury są łatwe do zdawania i nie wiedzą o tym tylko ci, którzy mają to przed sobą albo są tak głupi, że nie zdali. Choć nie będę o tym wiedział, w dziewięćdziesiątym pierwszym maturę zda Tofi, lesba Martyna Łękowska, zda ją Kwadrat, Bolo i Dynia. Lesba Martyna wyjedzie za granicę. Wszyscy pozostali to jak na razie przyszłość.

Maturę zda Krogul, a Krezus nie.

Jak pięknie jest myśleć o przyszłości, której nie ma jeszcze w plecaku, przygniatającym nas do ziemi.

Wkrótce potem spróbuję zostać anglistą, ale mi się nie uda. Do legendy przejdzie egzamin, na którym mnie uwalono.

– Co miał wspólnego Jan Gutenberg z samogłoską?
– Myślę, że nic, proszę pana.
– Niech pan się jednak zastanowi.
– Jan Gutenberg wynalazł druk, proszę pana. W druku są samogłoski, proszę pana.
– Nie o to nam jednak chodzi. Proszę się zastanowić.
– Ale nad czym mam się zastanowić, proszę pana?
– Co miał wspólnego Jan Gutenberg z samogłoską?
– W jego nazwisku są trzy samogłoski, proszę pana.
– Dziękujemy. Proszę wyjść.

Tego dnia było bardzo gorąco. Miałem dżinsy, białą koszulę, krawat i kamizelkę, jak Brian Jones na okładce pierwszych Stonesów albo raczej jak Francis Rossi ze Stejtus Kfo. Po raz pierwszy piłem piwo Faxe z dużej, litrowej puszki. Przed tablicą z wynikami egzaminów poznałem bardzo ładną dziewczynę. Pożyczyłem jej długopis. Miała długie, proste włosy. Myślałem, że zostanie matką moich dzieci. Nigdy więcej się nie spotkaliśmy.

To wszystko bez sensu. Jedźmy dalej.

Mój dziadek wykituje, a jego siostra zaprosi mnie na wakacje do Stanów. Postoję siedem godzin w kolejce do ambasady, ale odmówią mi wizy. Nie wiem dlaczego, ale oni odmawiają wizy średnio co drugiemu Polakowi. Pewnie myślą, że pranie ich brudnych gaci bez łerk permitu jest naszą jedyną życiową ambicją.

W kinach będą grali *Podwójne życie Weroniki*. Wcześniej nigdy nie lubiłem filmów, do których robią plakaty z babką całującą się z facetem. Wolałem już pornole niż takie romansidła. Bo jak na plakacie są takie rzeczy, to pewnie romansidło, nie inaczej. Prawda? Wolałem już *Powiększenie* Antonioniego albo *Zawód reporter*, albo *Popiół i diament*. Niby dłużyzny, ale jednak kręciło. Któregoś dnia, wlokąc się po ulicach, zobaczę plakat *Podwójnego życia Weroniki* i kupię sobie bilet, bo akurat będzie zbierać się na deszcz.

To będzie kino Luna. Siądę w pustej sali i łyknę ten film w milczeniu. A potem wrócę do ojca i poproszę go o pieniądze.

– Na co ci pieniądze? – spyta ojciec.

– Na kino – odpowiem.

Następnego dnia znów zobaczę *Podwójne życie Weroniki*. I następnego też. I jeszcze następnego. Przeniosę się do *Podwójnego życia Weroniki* i będę pląsał wśród tych smutnych nutek razem z Irène Jacob. Bileterki będą się ze mnie śmiały, ale ja nie będę się nimi przejmował. Bo czym się tu przejmować, jeżeli wskoczyło się do filmu, i to jeszcze do takiego, jak ten. W ten sposób obejrzę *Podwójne życie Weroniki* równo trzydzieści razy.

Taki będzie ze mnie zdołowany nastoletni kretyn.

Ojciec pozwalał mi być zdołowanym nastoletnim kretynem, bo on w ogóle pozwalał wszystkim na wszystko. Odkąd przeżył wojnę i trzy żony, był zainteresowany głównie tym, by mieć dach nad głową i regularne dostawy jedzenia. Reszta była dla niego zbędnym luksusem. Nie rozumiałem go, zwłaszcza w takich momentach jak wtedy, gdy przyszedł do mnie mój kumpel Kwadrat, a ojciec zaczął pokazywać mu tandetne plastikowe adidasy, które kupił dla mnie za bezcen na rosyjskim bazarze.

– Zobacz, zobacz – mówił ojciec do Kwadrata. – Takie ładne buty, a on nie chce chodzić.

– Proszę pana – zaśmiał się Kwadrat – one są tak wiejskie, że już bardziej się nie da.

Ojciec zrobił obrażoną minę.

– No, kolego – powiedział ze smutkiem. – Gdy ja byłem w waszym wieku, nieraz trzeba było zastrzelić człowieka, żeby mieć takie ładne buty.

Kwadrat przeraził się nie na żarty i ja też przeraziłbym się tych słów, gdybym nie znał mojego ojca. Niestety, mówił prawdę. Był nastolatkiem w latach czterdziestych i z braku lepszego zajęcia dołączył pewnego dnia do konspiracji. Lajfstajlowy tryb życia w tamtych czasach polegał na tym, że naprawdę trzeba było zastrzelić niemieckiego żołnierza, by mieć nowe buty.

Problem obuwniczy tego kraju, jak widać, jest raczej ponadpokoleniowy.

Postawił mi się tylko raz w życiu, choć w sumie to nigdy nie miewaliśmy sporów na żaden temat, bo byłem raczej posłusznym gówniarzem. W roku tysiąc dziewięćset dziewięćdziesiątym kazał mi pójść na wybory prezydenckie, bo uznał, że skoro jestem pełnoletni, powinienem spełnić swój tak zwany obywatelski obowiązek. Posłużył się szantażem: obwieścił, że nie dołoży mi do gitary, którą zamierzałem sobie właśnie kupić. Nie mogłem dopuścić do takiej straty, na wybory więc poszedłem, uznawszy, że biznes jest biznes.

To były moje pierwsze i jak dotąd ostatnie wybory w życiu, nie licząc wyborów miss akademika albo miss pola namiotowego gdzieś na wakacjach. Gitara natomiast była jak najbardziej pierwsza, ale w żadnym wypadku ostatnia. W dalekiej przyszłości została rozpirzona o schody w irlandzkiej knajpie z okazji moich dwudziestych szóstych urodzin. By zapewnić jej taką świetlaną przyszłość, posłuchałem ojca i poszedłem na głosowanie. Skreśliłem wszystkich kandydatów, dopisując na dole nazwisko Micka Jaggera, ponieważ z ulotki wyborczej wynikało, że kandydat, na którego zagłosuję, będzie mnie reprezentował przez najbliższe pięć lat.

Sprawa wydała mi się więc bardzo prosta i uczciwie rozegrana. Reprezentował mnie w tamtych czasach Mick Jagger.

Jedźmy dalej.

Gdzieś indziej jest rok tysiąc dziewięćset dziewięćdziesiąty drugi. Jest znowu wiosna. Kobiety znowu zrobiły się nieprzyzwoicie ładne. To głupia sprawa, kiedy pomyśleć, że tak już będzie do końca świata. A gdyby tak choć raz coś drgnęło i zmieniło się w tej materii. I tu nagle: cyk! I kobiety wychodzą na ulice, i są obleśnymi bazylami. Ale nic z tego. Przynajmniej w roku tysiąc dziewięćset dziewięćdziesiątym drugim nie zrobiły tego i zwyczajowo wyszły w miasto o wiele ładniejsze niż zwykle. Przyznają państwo, że to czysta chamówa. Lenistwo i stagnacja matki natury wydają mi się zdecydowanym nadużyciem i jedyna nadzieja w tym, że już niedługo rozpocznie się przesławna dekada nieludzkich kataklizmów, klęsk żywiołowych i zamachów terrorystycznych, które nareszcie zmącą święty spokój tego grajdoła. Ale to dopiero za dziesięć lat. Na razie jest święty spokój, cacy-cacy i w ogóle. Jest rok dziewięćdziesiąty drugi. Mamy po dwadzieścia lat, długie włosy i łapiemy życie garściami. Ciągle jeszcze jest za co złapać.

Ja i mój kolega Kwadrat założyliśmy kapelę rokendrolową, bo to jest jedyna rzecz, jaką może zrobić biedny chłopak w zaspanym mieście, gdzie nie ma miejsca na żadne rebelie. Ja to zresztą rozumiem. Zamiast przejmować się losami świata, łatwiej kupić gitarę i piecyk, a potem zmajstrować jakieś ładne songi, które będą rajcowały nieletnich anorektyków. Z takimi pioseneczkami niebywale łatwo jest dostać się do radia, a stamtąd w wielki świat, czyli koncerty, dziwki, narkotyki i miliony dolarów. Ja i Kwadrat postanowiliśmy rajcować małolatów jak jasna cholera. Tylko w ten sposób mogliśmy liczyć na to, że zauważą nas wszystkie te samolubne panienki z dobrych domów, które były wiecznie nieosiągalne dla naszego portfela.

Zresztą ja nie miałem portfela ani Kwadrat też nie posiadał takiego urządzenia. Było nieosiągalne dla naszych portfeli, że się tak niezgrabnie wyrażę.

Za dziesięć lat pioseneczki takie jak nasze już nie będą rajcowały nawet nas. Rajcowne będą wtedy wyłącznie pierdzące pulsatory, które puszczane będą w radiach samochodów z przyciemnianymi szybami. Będzie je nadawała każda trendowa stacja.

– Pierd, pierd – powiedziała trendowa stacja, w chwili gdy pisałem te słowa.

W każdym razie w roku tysiąc dziewięćset dziewięćdziesiątym drugim jest w miarę klawo, jeśli nie liczyć uwalonych egzaminów na studia, B.C. Woman, która odbija się czkawką, oraz polskiej armii, która notorycznie próbuje nas wcielić w swe szeregi, choć my przecież wcale sobie tego nie życzymy. Gonią nas do pracy, ale Kwadrat i ja nie mamy zamiaru wykonywać czynności tak banalnych jak roznoszenie ulotek, akwizycja damskiej bielizny albo sprzątanie biur. Jesteśmy bowiem stworzeni do rzeczy wielkich, choć żaden z nas nie precyzuje, na czym owe rzeczy miałyby polegać. Nawet kariera księgarza spaliła na panewce, po tym jak z nudów wkładaliśmy do książek listy. „Drogi czytelniku! Nareszcie kupiłeś ten debilny album o zdumiewających pająkach. Jesteś tak głupi, że w przygotowaniu mamy dla ciebie jeszcze zdumiewające bąki z dupy oraz nie mniej zdumiewających komunistów". W końcu ktoś zirytował się tym przekazem i zakablował nas u właściciela straganu. I tak wylecieliśmy, ale udało się zebrać na gitarę i piecyk. Tylko z kablem do tej gitary były chore jazdy, bo nie było go w żadnym sklepie w całej Warszawie. Wreszcie zlitował się nad nami jakiś facet z bloku, który spekulował drutem od zarania. Sprezentował nam pięć metrów i lutownicę, a wtyczki zakupiliśmy w sklepie elektrycznym. Były docelowo przeznaczone do megafonów, a kasjer w brudnym fartuchu nie mógł wiedzieć o tym, że zamierzamy użyć jego wtyczek do podbicia całego świata, a także wybzykania wszystkich osiedlowych lasek, które dotąd nas nie chciały. Kasjer był ćwokiem i nie rozumiał takich wielkich rzeczy.

Gigantów rokendrola w ogóle mało kto rozumie.

Jest więc maj, rok tysiąc dziewięćset dziewięćdziesiąty drugi. Piękne czasy. Wszyscy kradną i robią przekręty na giełdzie. Jest w Warszawie giełda. Nikt nie przejmuje się notowaniem akcji. Giełda służy do robienia przekrętów i bicia emerytów w kolejkach. Emeryci stoją, by kupić akcje. Wszyscy ich biją, by akcje odebrać. Inni dla odmiany chcą kupić emerytów. Ja to wszystko olewam. Trendowy ćpak Cobain przejdzie samego siebie i strzeli sobie w głowę, ale dopiero za dwa lata. Na razie jest żywym ćpakiem Cobainem i lansuje brudne ciuchy. W każdym razie życie jest cholernie rozrywkowe w roku dziewięćdziesiątym drugim. Nikt nawet nie podejrzewa, że wkrótce brud i syf przestanie być modą, a stanie się normą. Ludzie będą brudni naprawdę. Mam długie włosy i podartą koszulę Bundeswehry, z której odprułem rękawy i niemiecką flagę. Kwadrat ma podartą koszulę Bundeswehry, z której odpruł flagę niemiecką, i w ogóle wszyscy, którzy chcą być rokendrolowi, mają takie koszule w naszym mieście. Głupia telewizja lansuje takie ciuchy, ponieważ trendowy ćpak Kurt Cobain nosi te szmaty na teledyskach Nirvany i rozwala z główki pianina. Wszyscy pragniemy być tacy jak on. Trendowy ćpak Cobain przejdzie samego siebie i strzeli sobie w głowę, ale dopiero za dwa lata. Na razie jest żywym ćpakiem Cobainem i lansuje brudne ciuchy. Wszyscy są czyści, piękni i młodzi, ale chcą być brudni i brzydcy, według najnowszego trendu lansowanego przez innych ćpaków. Dlatego robią dziury w swetrach i nie myją głowy przez trzy tygodnie. Oficjalnie nazywa się to grunge i jest cool jak jasna cholera. W każdym razie życie jest cholernie rozrywkowe w roku tysiąc dziewięćset dziewięćdziesiątym drugim.

Któregoś dnia, by przybliżyć do siebie czasy, w których świat będzie uważał nas za gigantów, zbieramy się w piwnicy u Kwadrata.

– Dżampink Dżek flesz itse ges ges ges – krzyczy Kwadrat.

Tłuczemy w gitary i podskakujemy, żeby wszystko to wyglądało odpowiednio trendowo.

To dobre – myślimy, odrobinę chaotycznie.

No i generalnie zakładamy zespół. Nasze rokendrolowe piosenki opowiadają o strasznych rzeczach i są bardzo epokowe, lecz nikt nie chce przyjąć tego do wiadomości, ponieważ aktualny trend jest zupełnie inny niż ten, który opisujemy w naszych piosenkach. Jedna z naszych piosenek nazywa się *Koniec świata*. Inna nazywa się *Sarajewo*. Polityczna jest, w sensie. Inny nasz kawałek jest po angielsku i nazywa się *Happiness Offends*. Wynika z niego, że szczęście jest uczuciem obraźliwym dla innych. Jest to bardzo filozoficzny kawałek.

Gramy te średnio lajfstajlowe numery w knajpie dla motocyklistów, która nazywa się Gie Siedemdziesiąt. Kurde, głupia nazwa, no nie? Szkoda, że nie nazywa się AK-47 albo T-34. Mamy wokalistę, który drze ryja i podskakuje. Chce być taki jak ćpak Cobain. On drze ryja, chłopaki grają, kasa leci. Na tym polega rock and roll. Ale bywalcy tego lokalu nie pragną być tacy trendowi jak ćpak Cobain w podartej koszuli. Oni pragną wyłącznie lać w siebie browary i słuchać popierdywania ich kretyńskich motorynek na dziedzińcu. To ciężkie zadanie dla małolata, który musi przygrywać takim ludziom w czasie największej spożywalności, czyli w piątek wieczór po dzienniku. Sprawa jest poważna. Motocykliści rzucają w nas pustymi butelkami po piwie i pokrzykują wesoło brzydkie wyrazy.

– Hej, kurwa – oznajmiają regularnie – zagraj coś, co by wszyscy znali, kurwa.

Motocyklistom chodzi prawdopodobnie o *Hej, sokoły*

albo jakieś pieśni religijne. Sam już nie wiem. Wynika z tego, że nie chcą słuchać naszych przebojów. Nie chcą tego również piękne panie tych młodzieńców, czyli przepite grube baby w czarnym makijażu i skórzanych spodniach, a także z tlenioną fryzurą w kolorze błąd. W ogóle nikt nas tam nie chce, więc po pewnym czasie robimy im łaskę i rezygnujemy z kariery. Pozwoli nam to porzucić myśli o milionach dolarów, tysiącach widzów w Madison Square Garden albo dymaniu wszystkich kobiet świata i skoncentrować się na zaatakowaniu uniwersytetu. Pójdziemy więc na studia. To wielki błąd. Gdyby Guns'n' Roses tak łatwo załamywali się w swoim wczesnym okresie, też pewnie zostaliby dziennikarzami. A tak to mają miliony dolarów i są już dawno po odwyku.

Morowa młodzież rockowa chodzi w wolnych chwilach na „abebe". „Abebe" to taka nowa świecka tradycja i zarazem pierwszy kapitalistyczny neon na Górnym Mokotowie. Wisi nad gmachem Wydziału Inżynierii Lądowej Politechniki. Gmach jest obleśny i stoi naprzeciwko parku. Park jest obleśny. Stoi naprzeciwko politechniki, a w zasadzie leży naprzeciwko politechniki, i nazywa się Pole Mokotowskie. Neon jest ładny i ma kolor czerwony. W roku tysiąc dziewięćset dziewięćdziesiątym drugim morowa młodzież rockowa spotyka się na Polu Mokotowskim, by pić tam jabcoki. Pije się je, by włóczyć się po ulicach i myśleć o poezji. Można również oddawać mocz w miejscach publicznych. Jabcoki są obleśne i kosztują dwa tysiące. Jabcoki pije się duszkiem – to bardzo trendowe. Najbardziej trendowi młodzi ludzie potrafią wypić jabcoka na dwa grzdyle. Mniej trendowi na trzy. A drzewa szumią i migoczą gwiazdy. Jabcok zwany jest też turboptysiem. To niezwykle lajfstajlowe tak nazywać jabcoka. Gdy ktoś jest bogaty i przy okazji chce być bardzo trendowy, wypija turboptysia jednym grzdylem i natychmiast wymiotuje na chodnik. To klasyka pankrocka tak zwymiotować turboptysiem. Matki z dziećmi oraz starsze panie uwielbiają ten zwyczaj. Jest on także szczególnie bliski policjantom oraz funkcjonariuszom straży miejskiej. Ustawa nie zakazuje publicznego picia turboptysiów. Stanie się to dopiero przy kolejnym planie pięcioletnim. Można więc pić turboptysie na „abebe". Można rzygać turboptysiami na „abebe" i uciekać przed policją na „abebe". Można wszystko. Za dziesięć lat będę mógł się chwalić przyjaciołom, że w dziewięćdziesiątym drugim mogłem wszystko. Nie zrobię tego; za dziesięć lat będę już dorosły i nie będę miał przyjaciół.

No dobra, jedziemy dalej. Jest znowu rok dziewięćdziesiąty drugi. Trendowe picie jabcoka nazywane jest trąbieniem albo hejnałem, ponieważ jabcok wygląda jak trąbka, degustator zaś jak hejnalista na wieży. Gdy się unosi głowę, by wytrąbić hejnał, ogląda się niebo i wspomniany neon. Trendowe wyrzyganie jabcoka nosi miano fontanny.

W wolnych chwilach odwiedzam w swych trendowych brudnych ciuchach szkołę handlową, czyli przybytek, w którym kształci się przyszłą klasę wyzyskiwaczy. Lubię tam przychodzić. To mnie nastraja negatywnie do świata. Szkoła ma wygląd starożytnego cyrku, z czterema kondygnacjami wokół pustego dziedzińca, a wszystko to zwieńczone piramidą ze szkła. Przyszli wyzyskiwacze siedzą na kondygnacjach jak Rzymianie na balkonach. Na dole brakuje tylko chrześcijan i lwów. Raz na jakiś czas mogliby wpuścić tam jakiegoś robotnika albo chlora i lwa. Rektor mógłby odgrywać rolę Nerona z tym swoim kciukiem. To byłaby bardzo poglądowa lekcja kapitalizmu, o wiele lepsza niż kolorowe przezrocza z kopalni złota w Johannesburgu. Lubię ten betonowy cyrk. Wieczorami jest tam cudna, demoniczna atmosfera. Lubię włóczyć się po korytarzach w pomarańczowym półcieniu, pisać wiersze i pić wino. Gdy jest za dużo ludzi, piję wino w sraczach.

Na wydziale o jakiejś obco brzmiącej nazwie studiuje B.C. Woman, która jest teraz jedną nogą bizneswoman. Na szczęście okaże się tylko nogą i zamiast bizneswoman skończy jako sekretarka w firmie produkującej odkurzacze. Będzie polewała kawę prezesowi. Trzy lata później przyjdę do tego prezesa jako pan dziennikarz, ale nie spotkam tam B.C. Nie będzie jej wtedy w pracy. Teraz B.C. Woman nie wie jeszcze o tym wszystkim i jest wyniosła jak pawica, bo naczytała się za dużo Mac Kenziego. Każe mi spierdzielać ze swego pola widzenia, gdy przychodzę do jej szkoły pisać wiersze i pić wino. Jej koledzy mają wyprasowane kołnierzyki i parujące czachy pod ulizanymi grzywkami. Wcale nie chcą zmieniać świata poprzez pisanie wierszy i picie wina w brudnych sraczach. Chcą liczyć pieniądze i modlić się zawzięcie, by było ich jak najwięcej. Najlepiej, żeby pieniądze pochodziły z zagranicy. I o tym właśnie myślą B.C. Woman i jej koledzy z wielkiej szkoły ze szklaną piramidą na dachu, gdy srają rano i gdy walą konia wieczorem, oglądając na jedynce *Capital City*. Taki jest trend.

Jedziemy dalej. Pewnego wiosennego dnia roku tysiąc dziewięćset dziewięćdziesiątego drugiego zacznę mieć chore przekonanie, że o wiele fajniej będzie mi zmieniać świat na mądrzejszy i piękniejszy, gdy zostanę magistrem. To będzie bardzo niedobre przekonanie. Ja wcale nie zmienię świata, ale w roku tysiąc dziewięćset dziewięćdziesiątym drugim nie śmiem nawet podejrzewać, że tak się stanie. Złożę więc tak zwane papiery na wydziale filozofii naszego uniwersytetu i całkiem dobrze zdam egzaminy. Będę czwarty na trzy setki zdających.

Okaże się, że jestem w pytę niezłym gościem.

W międzygalaktycznej wieczności jest kaseta marki Stilon Gorzów, minut sześćdziesiąt, lecz nagrane tylko dwadzieścia siedem. Rok jeden dziewięć dziewięć dwa, wiek dwa zero. Miesiąc jeden jeden, dokładnej daty nie podano. Podziemie Auditorium Maximum, Uniwersytet Warszawski, dwa piętra pod wykładem z makroekonomii. Dyktafonu użyczyła firma Sanyo. Dwaj bohaterowie rozmawiają o dupie Maryni. Słychać trzaski i szumy, a także cykliczny chrobot napędu dyktafonu, który nagrał się na taśmę i sprawia dźwiękowe wrażenie podobne do obracania szczotką do zębów w pustym kubeczku.

ROZMAWIA BZYKU: Cześć, jestem Bzyku. Zerwałem się z wykładu i piję wino produkcji krajowej. Jesteśmy w szatni uniwersytetu i zaraz się nawalimy. A potem będziemy sobie na głos czytali wiersze. Wraz ze mną pije mój kolega.

ROZMAWIA GŁÓWNY BOHATER TEJ KSIĄŻKI: Cześć. Ja nie studiuję na tym wydziale, bo nie chcę zostać bankierem, więc studiuję dwie ulice dalej. Ale siedzę w piwnicy uniwersytetu i piję wino krajowe z kolegą Bzykiem. Kolega Bzyku ma rację, będziemy nawaleni i będziemy czytali sobie wiersze.

ROZMAWIA BZYKU: Tak, bo my jesteśmy idiotami i piszemy wiersze, a potem je sobie czytamy, bo teraz są takie fajne czasy, że nikt inny nie czyta wierszy, tylko my je sobie czytamy, jak je sami napiszemy. Otwórz tego jabola, bo ja nie mam scyzoryka.

ROZMAWIA GŁÓWNY BOHATER: Zaraz, zaraz. O, tu go mam.

(Następuje chwila przerwy. Przy akompaniamencie nagranego chrobotania słyszymy trzaski plastikowego korka, usuwanego scyzorykiem z szyjki. Potem chlupanie wina długimi, nerwowymi chlupnięciami: tak piją ludzie, których nie obchodzi smak, ale efekt).

ROZMAWIA BZYKU: Karolina odeszła. Pierdolę to wszystko. Może kiedyś się zemszczę i podjadę pod jej dom na harleju. Wiesz, z browarem w ręku i petem w gębie. I spalę gumę na chodniku, jak ona będzie wychodziła z tym fajansiarzem z klatki.

ROZMAWIA GŁÓWNY BOHATER: Jasne. Ustaw się tak, żeby poleciał żwir na kutafona.

ROZMAWIA BZYKU: Daj łyka. Któregoś dnia zwiejemy z tego rezerwatu. Uciekniemy w cholerę. Zarobimy kupę kasy i uciekniemy. Stary, Izi Rajder to dupa w porównaniu z nami. My będziemy lepsi, zobaczysz. Życie będzie jak film.

(Następuje kolejna chwila przerwy. Słychać chlupanie wina. Potem scyzoryk chrzęści na szyjce kolejnej butelki. Słychać chlupanie wina itede).

ROZMAWIA GŁÓWNY BOHATER: Nie damy z siebie zrobić kamerdynerów systemu. Nikt nas nie ruszy. B.C. też odeszła.

ROZMAWIA BZYKU: Ma kogoś?

ROZMAWIA GŁÓWNY BOHATER: Nie wiem. Pewnie ma, bo przecież ona chce być biznes łumen. Na otrzęsinach była z jakimś fagasem w krawacie. Samochodem przyjechali. Całą noc z nim przetańczyła. Spaliłem trzydzieści fajek.

ROZMAWIA BZYKU: No to, kurwa, pięknie. To jakiś dupek. Nie przejmuj się dupkiem. Bądź sobą.

ROZMAWIA GŁÓWNY BOHATER: Od urodzenia jestem sobą. Jakoś nie przypominam sobie, żebym kiedykolwiek był kimś innym.

ROZMAWIA BZYKU: No i bardzo dobrze. Olej ją. Olej wszystko. Zobaczysz, oni wszyscy pójdą w odstawkę. My się odbijemy. Błogosławieni cisi.

ROZMAWIA GŁÓWNY BOHATER: Albowiem to oni osiągną królestwo niebieskie.
ROZMAWIA BZYKU: Znaczy się wykorkują? No nie...
ROZMAWIA GŁÓWNY BOHATER: No nie. Nie wykorkują. Myślę, że Dżizas ma dla nas lepsze propozycje. Ześle nam kupę forsy w totolotka. Albo zrobimy karierę i sami zarobimy. I wtedy zwiejemy na jakieś rafy koralowe.
ROZMAWIA BZYKU: Nie, najpierw objedziemy Amerykę na harlejach.
ROZMAWIA GŁÓWNY BOHATER: No nie, ja objadę w szewrolecie kamaro.
ROZMAWIA BZYKU: Tak, zgoda. Ty objedziesz w szewrolecie. Obok siebie będziemy jechali.
ROZMAWIA GŁÓWNY BOHATER: Uciekniemy w jasną cholerę. Nikomu się nie damy.
ROZMAWIA BZYK: Nikomu, kurwa! Świat będzie nasz.

(Następuje kolejna przerwa, podczas której scyzoryk głównego bohatera szarpie się z korkiem następnej butelki. Chrobotanie silniczka dyktafonu wypełnia ciszę, dopóki korek nie ląduje z trzaskiem na kamiennej podłodze piwnicy. Za chwilę słychać głośne uderzenie i lawinę tłuczonego szkła. Główny Bohater rozbija butelkę o ścianę).

ROZMAWIA GŁÓWNY BOHATER: Taa. Świat będzie nasz. Wszystkich skasujemy. Tak, stary. I wtedy zobaczysz, będą chcieli czytać nasze wiersze.
ROZMAWIA BZYKU: Taa. Daj łyka. Oby nam się. Przeczytaj mi swój wiersz.
ROZMAWIA GŁÓWNY BOHATER: A ty mi przeczytaj swój.

(Następuje prezentacja wierszy. Oba są pretensjonalne z perspektywy czasu. Główny Bohater i Bzyku skończyli czytać i otwierają kolejną butelkę sikacza. Słychać chrobotanie kasety i brzęk tłuczonego szkła).

ROZMAWIA BZYKU: Zabić ich wszystkich! Tych obszczymurów w krawatach. Tych kutasów, którzy sprzątnęli mi Karolinę. I tobie sprzątnęli B.C. Obiecaj mi, obiecaj mi, proszę, że ich zniszczymy. I że nigdy nie będziemy takimi chujami!

ROZMAWIA GŁÓWNY BOHATER: Obiecuję ci. Zniszczymy ich i nigdy nie będziemy takimi chujami!

ROZMAWIA BZYKU: To byliśmy my. My, tutaj i teraz, żywi i niezniszczalni, Auditorium Maximum, listopad tysiąc dziewięćset dziewięćdziesiąt dwa.

ROZMAWIA GŁÓWNY BOHATER: Siedemnasta. Nie, poczekaj. Osiemnasta trzydzieści.

(Słychać chrobotanie i trzask wyłączanego dyktafonu. Zapada cisza, która trwa jedenaście lat. Daleko stąd, w innej galaktyce, jest rok dwa tysiące trzeci. Planeta Ziemia. Główny Bohater i Bzyku mają po trzydzieści lat i ważą po dziesięć kilo więcej. Spotykają się w Big Eden w Galerii Mokotów, gdzie jedna zaparzona kawa kosztuje tyle, że mogą ją kupować głównie tacy faceci. Kładą swoje teczki na blat. Zawijają rękawy koszul).

ROZMAWIA BZYKU: Co słychać?

ROZMAWIA GŁÓWNY BOHATER: Pracuję. A co u ciebie?

ROZMAWIA BZYKU: Pracuję. A poza tym co powiesz?

ROZMAWIA GŁÓWNY BOHATER: A, w zasadzie nic. A ty?

ROZMAWIA BZYKU: A, w zasadzie też nic.

ROZMAWIA GŁÓWNY BOHATER: Widziałeś nowy *Czas apokalipsy*?

ROZMAWIA BZYKU: Nie. Nie widziałem.
ROZMAWIA GŁÓWNY BOHATER: Stary, no dlaczego?
ROZMAWIA BZYKU: Nie mam czasu.

Następuje rozwiązanie akcji. Główny bohater i Bzyku rozchodzą się, wypiwszy kawę. Bzyku wsiada do hondy siwik i jedzie na spotkanie z klientem. Główny bohater wsiada do hjundaja czarnej strzały i jedzie przed siebie. Puszcza kasetę, na której słychać chrobotanie silniczka dyktafonu.

– My będziemy lepsi, zobaczysz – mówi na niej Bzyku. – Życie będzie jak film.

Ale obiecaj, obiecaj mi...

Jedziemy dalej.

Gdzieś daleko stąd, w odmiennej galaktyce, w której żyją zecerzy i ereswu Prasa-Książka-Ruch, trwa lato tysiąc dziewięćset dziewięćdziesiątego trzeciego. Zdradzę wam tajemnicę: zecerzy, ereswu i lato zostaną w niej na cholerne zawsze. Tylko ja będę miał pecha i zły los popchnie mnie dalej, w inne chore, coraz dziwniejsze galaktyki, jak jakiegoś ofermę, pieprzonego skajłokera, który wypadł ze statku kosmicznego nawalać się z czarnym lordem ciemności, ale nie dostał na drogę świetlistej szabelki; ma więc przerąbane in advance, chyba że skasuje Vadera przy użyciu cudownej mocy.

– Napij się, młody – mówi facet, którego roboczo nazwałem Człowiekiem-Kluchą, ponieważ jest on człowiekiem, ale wygląda jak klucha.

Klucha jest podstępny i kieruje działem krajowym gazety codziennej o kretyńskim tytule, wyświetlającym się nad przystankiem tramwajów. Jednym z nich Klucha przyjeżdża i odjeżdża z tej firmy. Teraz jednak zamyka mnie w pokoju redakcyjnym, który chwilowo jest pokojem dla betonów. W redakcji tej bowiem trwa całkiem udana libacja alkoholowa, z okazji imienin siedmiu Andrzejów i sześciu Barbar, które tam pracują. Człowiek-Klucha i jego pijani kumple zaprosili na libację studenta filozofii, którego na trzeźwo przyjęli jako praktykanta.

– Młody – mówi Człowiek K., choć nie może już ustać na nogach – a teraz mam dla ciebie niespodziankę: masz tu biureczko, masz tu maszynę. Masz pół godziny. Jak napiszesz... – tu urywa i drze gębę w stronę swoich kompanów: – Panowie! Co młody ma napisać?

– Sonet o kupie! – pada odpowiedź gdzieś z czeluści działu kulturalnego, skąd dochodzi smród przeokropny.

– Właśnie – kończy Człowiek K. – Sonet o kupie masz napisać. Barokowy. Dajemy ci pół godziny. Jak napiszesz, barokowy, o kupie, damy ci pół etatu. Chcesz pół etatu?

Panie Jezu, który gładzisz grzechy świata, ależ jak ja pragnę tej połowy etatu, to nie masz pojęcia. To dwie emerytury mojego ojca.

– O kupie, w pół godziny. Sonet – odpowiadam mu odruchowo. – Jasne, zaraz będzie gotowy.

Zamykają mnie w pokoju z tą maszyną. Morsztyn i jego rymowanki o cyckach. Morsztyn i jego rymowanki o cyckach. Że zaraz, jak to leciało. Bielsze mojej laski szyje niż śnieg, lilije. Coś tam coś tam panny mojej płeć czy jak to tam było. Bielsze jest światło, gdy bije w mej dupie, niźli ta droga brązowa, wytyczona w kupie.

Bomba!

Mija pół godziny. Są tak pijani, że nie widzą już na oczy. Chlapię z nimi jeszcze jeden kielonek i znikam, opuszczając budynek z głupim neonem, wyświetlającym się nad przyjeżdżającymi i odjeżdżającymi tramwajami. Kartka z sonetem leży na biurku, zachlapana gorzałą i sokiem.

Następnego dnia, w wielkiej glorii, o której można by nawet powiedzieć, że będzie to gloria prawie maturalna, Człowiek-Klucha i kumple wezwą mnie do siebie i wręczą do podpisania umowę o pracę. Na pół etatu. Pogratulują mi i Człowiek-Klucha powie na stronie, że skoro sonet o kupie wyszedł mi jak z rękawa, to i pozostałe duperele, o kupach, o których zwyczajowo pisze się na łamach gazet, również nie powinny przysporzyć mi zbyt wielu trudności.

W tej samej odmiennej galaktyce trwa zatem ciągle ten sam, jakże odmienny od innych rok numer tysiąc dziewięćset dziewięćdziesiąt trzy. Wiek numer dwadzieścia. Znowu jest lipiec. Są tu również zecerzy i ereswu, choć w formie syndyka masy upadłościowej czy jak to się nazywało. Ostatnio gdziekolwiek spojrzę, lipiec pojawia się jak zafajdany grzyb po deszczu. W lipcu tego roku jestem więc dziennikarzem w „Głosie Poranka", ostatniej warszawskiej popołudniówce, która wychodzi rano. I której kretyńska nazwa oświetla z góry tramwaje, przywożące nas pod same drzwi i odwożące spod nich, gdy zachodzi taka potrzeba. Zatrudnił mnie Człowiek-Klucha, który był na cyku. Mówiłem wam, że to chory kraj. Skończyłem pierwszy rok studiów i z wolna przestaję rozumieć, po co w ogóle je zacząłem. Zabiorą mi tylko młodość i pół wątroby. Minęło już dwanaście miesięcy, a my wcale nie zmieniamy świata. Dla odmiany pracujemy od rana do nocy. Nie wybzykaliśmy jeszcze ani jednej panny z akademika i jest nas trzech: Ja, Bolo i Kwadrat. Dostaliśmy wszyscy pół etatu w miejskim dziale gazety, chociaż Kwadrat i Bolo nie musieli już pisać po pijanemu barokowych sonetów o gównie. Wystarczyło, że ja zrobiłem z siebie kretyna. Mamy dzienną pracę na dziennych studiach. Musimy w czasie pracy drałować na wykłady. I jeszcze ten i ów w naszej pracy bawi się z nami w ściganie kota. Za dziesięć lat zagrywki takie będą tępione sądownie pod nazwą mobbingu, teraz jednak wyleniały chudy palant o nazwisku Jarecki czy tam Marecki (oni wszyscy są jednakowi) goni nas z pustą szklanką do mycia, gdy nażłopie się kawy. Nie ma sensu się stawiać i denerwować Jareckiego czy tam Mareckiego; to skrajny debil i mógłby tylko niepotrzebnie się na nas rzucić. Mamy na niego o wiele lepszy sposób: ochoczo myjemy te jego cholerne szklanki, ale nie wodą. Wystarczy przecież powstrzymać poranne siki przez godzinę albo dwie, by wszystko to zebrało się w pęcherzu do umycia Jareckiemu/Mareckiemu jego śmierdzącej szklanki. Największa przyjemność polega zaś na obserwowaniu tego cymbała, gdy patrzy się na nas ze swoją wielkopańską miną żałosnego padalca, pijąc nasze szczochy i zabełconą kofeinę.

Inni pracownicy tej spółki cenią nas, choć przecież nie terroryzowaliśmy nikogo, że naszczamy do jego szklanki po kawie, jeżeli nie będzie dla nas odpowiednio wyrozumiały. Teraz rozumiecie, że to nie było takie łatwe dostać te cholerne pół etatu w ostatniej popołudniówce w Warszawie, centralnie The Vistula River. Ale potrzebowali gówniarzy, którym wystarczy parę złotych za tyranie od rana do nocy. W ten sposób stolica poznała mnie, Bola i Kwadrata. Ja, Bolo i Kwadrat to byli koledzy, a Warszawa to było miasto wojewódzkie. Były to piękne czasy, jak już pewnie nieraz wspominałem. Ich piękność polegała między innymi na tym, że posiedliśmy magiczną broń, przed którą cały świat padał na twarz: nasze prasówki.

Zwane szmatami.

Dawno temu w Bulandzie, centralnie The Vistula River, legitymacja prasowa była ważniejsza od dowodu. Otwierała wszystkie drzwi. Jej posiadacz był sumieniem społeczeństwa. Miał na tyle godności i klasy, że nie brał łapówek za artykuły. Była bowiem zasada: nigdy nie dać dupy.

To była piękna zasada. Dziś już nie ma takich zasad albo brzmią odwrotnie. Na widok legitymacji dziennikarskiej policjanci puszczali wolno z przerażeniem w oczach, a dziwki zasłaniały twarze ze strachu, że ktoś je sfotografuje.

Dziennikarz był kimś. Był kronikarzem wszystkiego i wszystkich. Sama zaś prasa naprawdę była władzą i służyła do opisywania rzeczywistości. Artykuły pisano na maszynach i robiono to w kilkadziesiąt minut, więc nie nadawał się do tej roboty żaden kutas, który klepie jednym palcem i robi błędy. Wreszcie artykuły składał zecer w kupie ołowiu, a każdy, kto zobaczył swoje nazwisko złożone w tej kupie, uważał, że jest królem świata. To było mocne. Byłem w pracy, nawet kiedy spałem. Pisałem po cztery takie artykuły dziennie. Jeździłem po Polsce jak naładowany. Miałem po pół godziny na zebranie informacji, a potem drugie pół na napisanie artykułu. W redakcjach wrzał stukot maszyn. Na przemian lała się kawa z gorzałą. Całe życie mijało w oczekiwaniu na jakiś wybuch, wypadek albo demonstrację. Każda eksmisja menela wyciągała z łóżka. Kraksa samolotu zatrzymywała w pracy do rana. Bo dziennikarzem jest się przez całą dobę. Nawet o wpół do dwunastej w nocy, wracając do domu wypompowany jak dętka, gdy nagle staje się i widzi, jak faszyści na Nowym Świecie tłuką Murzyna albo rozwalają wystawy, trzeba do nich lecieć i ryzykować fangę w ryj, i notować ich słowa. Robić im zdjęcia. Gadać z Murzynem. I w końcu nie dojechać do domu, lecz wrócić do swojej maszyny i obdzwoniwszy komisariaty, pogotowie i własnego szefa, zostać nad tym klepadłem do świtu. I cieszyć się, i czuć dumę, że jest się oczami i uszami tego miasta.

Dziś nie wyjaśni już tego pan profesor instytutu dziennikarstwa, który, jak sądzę, będzie którymś z moich kumpli z roku. Dlatego dobrze radzę: zapamiętajcie sobie te słowa. Być może, że w chwili, gdy je czytacie, nie ma już dziennikarstwa w naszym mieście. Całkiem możliwe, że dziennikarstwo polskie umarło w dniu, w którym zamiast *Hebanu* Kapuścińskiego hołota z uniwersytetu zaczęła czytać podręczniki do public relations.

Dzisiaj, gdy prasa żyje z reklam, czasopismem nie rządzi redaktor naczelny, ale dział reklamy. Jego lewymi i prawymi rękami są art dajrektorzy i graficy, a także wszelkie pociotki, kumple, niepiśmienne có-ruchny i kurewki, których wpycha się do redakcji na siłę, by pierdzieli w stołki jako kolejni zastępcy zastępców zastępców. Dziennikarze są najmniej istotni. Między reklamami i sesjami mody trzeba wepchnąć czasami kilka zdań w języku pisanym i dlatego trzyma się jeszcze dziennikarzy, choć mało kto wie, do czego są właściwie potrzebni.

Nikt nie szanuje tej profesji, dlatego dziennikarzem może zostać byle dupek, który akurat nie ma lepszego pomysłu na życie. Byle dupek puka do drzwi redakcji i jest dziennikarzem. Już wkrótce dowie się, że z otwartymi ramionami czeka na niego piętnaście agencji pablik rilejszyns (bo przecież nikt już nie rozumie terminu „rzecznik prasowy"), gotowych wysłać go na Hawaje, kupić mu nowe ciuchy albo dać do „testowania" fajny samochód, byle tylko ładnie napisał o tym wszystkim w gazecie. Czasami przysyłają mu nawet gotowca, żeby się nie zmęczył. W myśl zasady wszechobecnych anglicyzmów nazywa się to press kitem. Pismaki wyrywają sobie te fuchy z rąk jak tanie dziwki pod latarnią szarpiące się o klienta. W myśl chorej, wyniesionej z PRL zasady, że trzeba się nachapać ile wlezie i póki starczy koryta. A potem spierdalać. Gazety są pełne takich etatowych dupowłazów, którzy parają się taśmowymi wycieczkami dookoła świata, oblatywaniem nowych modeli bryk i przyjmowaniem kilogramów prezentów od firm, które w ten sposób kupują sobie takiego pismaka razem z jego godnością, której ten pajac nie posiada. W związku z tym w roku dwa tysiące drugim legitymacja dziennikarska nie jest dobra nawet do wytarcia dupy, bo już od dawna nie jest papierową książeczką, tylko zafoliowanym identyfikatorem. Częściej służy do otwierania drzwi własnej redakcji jako karta zbliżeniowa niż jakichkolwiek innych w jakikolwiek inny sposób.

W roku tysiąc dziewięćset dziewięćdziesiątym trzecim na wydziale dziennikarstwa pewien prostolinijny facio prowadził zajęcia z przedmiotu o nazwie „etyka". Był bardzo zły, gdy sugerowano mu, że już wkrótce etyka dziennikarska zniknie. Tak samo jak prostolinijność. Nie chciał zaliczać prac semestralnych, które nieśmiało przepowiadały, że z etyką dziennikarską może nie być za wesoło.

Jedziemy dalej.

Jest samo południe, małe miasteczko. Moja ulubiona scena, w której odwracam się na pięcie na środku pustego placu.

Jak w filmie.

Klaudia Pankiewicz była rok ode mnie starsza i miała całkiem zgrabne, jędrne ciało. Gdy przyoblekała je w ciasną brązową bluzkę, wyglądała trochę komicznie, a trochę kusząco. Był z niej kawał baby, ale w końcu dla takich kawałów baby człowiek żyje. Był dalej rok tysiąc dziewięćset dziewięćdziesiąty trzeci i było lato. Klaudia i ja siadaliśmy na balkonie, na ostatnim piętrze wieżowca, i słuchając *Combat Rocka*, najwolniejszej płyty Kleszów, jaka istnieje, gapiliśmy się na niebo. Miały też miejsce debilne gadki, stosownie do sytuacji wygłaszane przy zamkniętych oczach. Klaudia była taka jak ja i paliła camele. Miała grzywę na oczy i wiedziała, kim był Brian Jones. Była prawdziwą boginią. Miałem dwadzieścia jeden lat, ale nie dobierałem się do niej. Taka była święta.

– Goł strejt tu hel, boj – śpiewali The Clash na tej płycie.

Mieszkała w akademiku polibudy. Jeździłem tam tramwajem numer czterdzieści trzy, który w drodze do Klaudii przemierzał całe brudne miasto. Jeździłem tam jak maniak, żeby posiedzieć przy niej chociaż godzinę i wracać, zanim się ściemni. Rozmawialiśmy o Heyu, który wydał pierwszą płytę. Rozmawialiśmy o wierszach, które dla niej pisałem. Miała duże, zielone oczy. Dopiero patrząc w te oczy, zrozumiałem, o co chodziło ludziom, którzy mówili mi, że można utonąć w oczach kobiety. Patrzyłem sobie więc w te oczy i tonąłem. Wystarczyło dotknąć jej dłoni, żeby poczuć przyjemność. A czasami wystarczyło jej wcale nie dotykać.

Klaudia Pankiewicz rżnęła się z całym akademikiem, szczególnie katując studentów z inżynierii lądowej. Ruchał ją kumpel z pokoju obok i ruchała ją koleżanka zza ściany. A na koniec ruchał ją jej chłopak, który był komendantem straży pożarnej w małym miasteczku.

Pojechałem więc, hen, daleko za Wrocław, do małego miasteczka. Był lipiec tysiąc dziewięćset dziewięćdziesiąt trzy. Było południe i wyglądało jak na filmie. Umówiłem się z tym kolesiem na środku głównego placu przed szkołą. Pogadać o miłości do Klaudii chciałem. Główne place przed szkołami są zawsze puste na filmach i tak też było tym razem. Wcześniej wypiłem piwo w barze, który świecił pustkami.

– Jesteś nietutejszy – powiedział barman.

– Jestem nietutejszy – potwierdziłem.

– To dobrze, że jest pusto – odparł. – Nie przychodź tu po zmroku.

Dopiero po latach dowiedziałem się, że to był bar dla recydywistów, a to miasteczko miało największy współczynnik przestępczości w całej Polsce.

Ale w lipcu tysiąc dziewięćset dziewięćdziesiątego trzeciego niewiele mnie to wszystko obchodziło. Nie wiedziałem, jak cholernie trendowa zrobi się przestępczość. Nie wiedziałem, że trzeba znać bary, do których się chodzi. Nie wiedziałem, że kiedyś spotkam Tofi i że będę chlał przez nią w jednym z barów, nie wiedziałem, że już za chwilę będę szedł o dwunastej w samo południe głównym placem tego małego miasteczka.

Jest dwunasta, w samo południe. Idę głównym placem, a z drugiej strony idzie facet Klaudii Pankiewicz. Jest w cywilnym ubraniu, ale idzie pewnie, zupełnie inaczej niż ja. Ja idę jak dupa. W końcu spotykamy się na środku placu przed szkołą, w samo południe. On pyta, czy to ja jestem ten a ten, a ja mu odpowiadam, że tak i że on musi być ten a tamten. Następuje chwila konsternacji, jak w każdym dobrym westernie.

– Najlepiej będzie, jeżeli jeszcze dzisiaj wyjedziesz z miasta – mówi facet Klaudii Pankiewicz.

To była moja kolejna ulubiona scena, w której odwracam się na pięcie i odchodzę w stronę dworca, przewieszając przez jedno ramię wojskowy plecak z demobilu. Gdybyśmy byli w filmie, kamera odjechałaby wysoko, jak w finałowej scenie *Powiększenia*, a ja zniknąłbym i zostałby już tylko pusty plac w małym miasteczku.

Jedziemy dalej.

W innej galaktyce jest jesień, rok ten sam. Drugi miesiąc strajku Huty Centralnej, która już nie jest Hutą Centralną, od kiedy sprzedano ją obcym kapitałom. Prawie cały przemysł sprzedano różnym ludziom z zagranicy, w ramach przechrztu z komunizmu na kapitalizm. Sprzedano więc i hutę. Ludzie z zagranicy zachowują się w tej hucie jak nienormalni. Zbudowali sobie osobną stołówkę i osobne biura, a robotnikom zmniejszyli pensje o połowę i gonią ich do roboty jak niewolników. Nie pozwalają im chorować, bo za chorobę grozi wywałka. Huta pracuje jak obóz pracy przymusowej. Są baraki dla więźniów, są baraki dla werkschutzów, są też i kapo, czyli Polacy, którym płaci się za poganianie robotników. Huta nie chce pracować jak obóz. Robotnicy wyrzucają prezesa za płot i organizują strajk okupacyjny. Domagają się zwiększenia pensji, ale przede wszystkim ludzkiego traktowania. Domagają się też nowych maszyn i przestrzegania przepisów BHP, bo nie mogą już tyrać tak w tym gnoju. Raz na tydzień wyjeżdżają z huty i jadą autobusami do Warszawy. Idą ulicami miasta, aż pod Urząd Rady Ministrów, by tam bić się z policją i wręczać petycję ministrowi. Minister bierze petycję i uśmiecha się głupawo. Telewizja filmuje to i młoda laska w żakiecie uśmiecha się głupawo. Młoda laska daje dupy w telewizji. Młoda laska jest głupia, ale dupę ma ładną. Młoda laska jest nadzieją naszej telewizji. Gliny pałują robotników przed wejściem i zaganiają ich z powrotem do huty. Młoda laska pokazuje do kamery, jak gliny ich pałują. Jedziemy więc do huty, rozmawiamy z robotnikami i dyrekcją. Naszą gazetę czyta wielu robotników. W naszej gazecie codziennie musi być nowa relacja o robotnikach. Robotnicy zapraszają nas na wspólne koczowanie. Robimy reportaż z nocnej wachty strajkujących. Mają tam syf, brud i zakaz picia. Proszą nas o pomoc. Jako jedyni mamy pozwolenie na przekraczanie bramy zakładu, więc wyjeżdżamy do sklepu nocnego. Kupujemy dwadzieścia flaszek wódki i dwadzieścia mineralnej. Wylewamy mineralną. Wlewamy wódkę. Wódka w butelkach po mineralnej wjeżdża do strajkujących robotników. Robią się po niej rozmowni. Rozmawiają z nami o tym, jak wyżywić troje dzieci za sto pięćdziesiąt dolarów miesięcznie. Rozmawiamy z nimi o tym, że nie da się tego sensownie zrobić. Rozmawiają z nami o tym, że córki się puszczają, a synowie kradną. Rozmawiamy z nimi o tym, że nadejdzie dzień i że podniesie się pięść, i inne takie, żeby podnieść ich na duchu. Robotnicy są podniesieni na duchu. Wypili wódkę i chcą podnieść pięść, i chcą, żeby nadszedł dzień. Potem rzygają i kładą się spać. Ciągle jest rok tysiąc dziewięćset dziewięćdziesiąty trzeci. Rano wyjdziemy z fabryki i będziemy rozmawiali z dyrekcją. Zagraniczny dyrektor, który kupił fabrykę i robotników, powie nam, że żaden postulat robotników nie zostanie spełniony. Że wyrzucą ich siłą albo zmuszą do roboty. Dyrektor mówi, że wie, jak rozmawiać z robotnikami, by wrócili do roboty. Jutro przyjedzie policja. Skacowani robotnicy będą się modlić. Policja wypałuje skacowanych robotników. Wyrzucą ich albo zagonią do pracy.

W przyszłości będzie rok, którego numeru nie znam. Odbędzie się egzamin w szkole handlowej.

– Jak wyrolować robotników? – zapyta w przyszłości egzaminator szkoły handlowej.

– Przytoczę słynny przykład Huty Centralnej z roku tysiąc dziewięćset dziewięćdziesiątego trzeciego, zwany metodą modlitewną – z uśmiechem powie w przyszłości student.

– Brawo – powie egzaminator.

To będzie bardzo dobry przykład. Student zda egzamin. Po egzaminie będzie świętował. Poprzedniej nocy jego matka modliła się do Boga, by egzamin powiódł się jak najlepiej. To będzie w przyszłości.

Gdzieś w innym świecie jest listopad, rok tysiąc dziewięćset dziewięćdziesiąty czwarty. Bardzo odjazdowy listopad, jeżeli chodzi o ścisłość. Karaś i ja mamy podarte wojskowe kurtki typu emka i stoimy w kącie wielkiej sali na tyłach restauracji Bella Puppa. Karaś i ja to pismaki. Mam dwadzieścia dwa lata. Skończyłem je dwa dni temu i jest godzina jedenasta. Mamy dyżur od szóstej rano. On robi zdjęcia, ja nie wypuszczam notesu z rąk. Dlatego kieszenie jego podartej emki są wypchane obiektywami aparatu typu Nikon ef cztery, moje zaś analogicznie wypełnione są w połowie notatnikami, a w połowie niedokończonymi pudełkami fajek i piwem w puszkach. Wszystkie pismaki mają takie rzeczy w kieszeniach swoich kurtek typu emka. Wszystkie pismaki w naszym mieście biegają po nim w takich kurtkach, ale na tej sali nie ma ich z nami zbyt wielu. Przeważają chore kreacje. Trwa pokaz mody z okazji czterdziestych urodzin Pana Projektanta Klaudiusza Olkę-Kulkę. Po lokalu wystrojonym jak barokowy burdel kręcą się tak samo wystrojone panie. Pomykają też równie wysnobowani panowie o lśniących obliczach, niechybnie zorientowani w lewo. Sztynks pachnideł, którymi ta menażeria zlała się w sraczach przed wejściem na salę, jest tak przeraźliwy, że można się pokasłać. Wszystkich obchodzi tylko jesienna kolekcja, którą zaprezentuje już za chwilę gromadka anorektycznych panienek, wypuszczonych z boksu przez facia, który wymyślił to wszystko, czyli dziwoląga o roześmianym obliczu, odzianego w grecką tunikę, sandały koloru gówna i myckę na głowie, choć mycka ewidentnie służy mu do szpanu, ponieważ gość nie posiada pejsów. To Pan Projektant Klaudiusz. Szczerzy mordę do obiektywów. Jest w siódmym niebie, bo przecież jeszcze dziesięć lat temu był zwykłym szwaczem w pieprzonych zakładach odzieżowych. A teraz jesienne kreacje. Kreacje wiosenne. Pismaki na pokazach. Zawodowa sprawa. Nowa polska rzeczywistość, obok bandytów z kijami bejzbolowymi oraz przekrętów na giełdzie, od niedawna polega również i na tym, że mamy tu projektantów i pokazy mody, takie jak na upragnionym Zachodzie. Pokazy są bardzo wystawne i cholernie zagadkowe; pokazuje się tam ubrania, których nikt na pewno nie będzie nosił. Na podest pokryty welwetem wychodzą takie zabiedzone dziewuszki, które nie dojadają i mają zapadnięte oczy. Pewnie umrą z głodu, takie jakieś są nieżywe. Mają na sobie różne podarte szmaty, spięte agrafkami albo poklejone taśmą. Publika przebrana za barokowe pawie ryknie z zachwytu.

– Och Boże, jaka wspaniała linia – bełkotnie matrona w listopadzie dziewięćdziesiąt cztery i usiądzie z wrażenia. – O Boże, to strzał w dziesiątkę! Jaki oryginalny pomysł!

Na widok strzału w dziesiątkę także i pismaki przybiegają obejrzeć półżywą chudą panienkę obklejoną plastrami. Karaś pstryka fotki. Ja pytam matrony, co to za wspaniała linia. Matrona okazuje się bardzo ważną osobą z branży. Paple i paple, że ledwo nadążam notować jej paplanie. Matrona, nie przerywając gadania, patrzy na mnie spode łba i mruży swoje usteczka, uwalane w szmince.

– Och, jaki brzydki strój ma ten młody dziennikarzyna – chichocze potem do drugiej matrony.

Druga matrona łyka winiacza i nie kryje zdegustowania, nie przestając bić braw. Raz na jakiś czas łypią na pismaków bokiem.

– Jaki on jest niesmaczny.

Ja co prawda jestem niesmaczny w swojej kurtce typu emka, ale za to zdążyłem już od rana zrobić materiał o policji rzecznej. Gliny zabrały nas na wodę pokazać sidła kłusowników. Gdybym nie miał kurtki albo gdyby Karaś nie miał kurtki, przewiałoby nas w kamień, a nery mielibyśmy do wymiany. Potem robiłem szybkiego niusa o prezydencie miasta, który sprzątał śmiecie w parku. Karaś machnął mu fotkę, jak razem ze mną pakuje puste flaszki do plastikowego worka. Będzie reklama dla pisma jak nic. Obiecali puścić mnie, prezydenta i śmiecie na pierwszą stronę, i już zaczynałem myśleć o śniadaniu w barze Syrenka, kiedy wyszła ta heca z pokazem mody. Włożyliśmy więc swoje brudne kurtki, napchaliśmy kieszenie sprzętem i dalej jazda do Belli Puppy. Jak dyżur to dyżur, na to nie ma rady. No i teraz mieszamy się z tą pachnącą hołotą. Jesteśmy niesmaczni, ale krewetki, które podaje pan kelner na pokazie pana Klaudiusza, wydają nam się bardzo smaczne. Za komuny nie było tu krewetek, więc nigdy wcześniej ich nie jedliśmy. Po komunie też nam się nie zdarzyło, ponieważ z jakiegoś nieznanego mi powodu ktoś wymyślił, że skoro nie łowi się u nas krewetek, to te obleśne, glizdowate, zimne precelki o smaku gumy do żucia powinny być cholernie drogie. Ale oto jesteśmy na pokazie mody i pan kelner podaje nam krewetki na wielkiej posrebrzanej tacy, ponieważ tylko takie tace są godne, aby podać na nich małe glizdowate precelki o smaku zaschniętej gumy do żucia. Wpieprzamy więc krewetki garściami, żeby chwalić się potem w domu, jakież to przysmaki dane nam było jeść tego pięknego dnia. Pokaz mody jeszcze się nie skończył, ale towarzycho przebrane za barokowych alfonsiaków podryguje po całej sali jak najęte. Wystrojone babki komentują jesienną kolekcję Pana Projektanta Klaudiusza. Pan Projektant Klaudiusz kłania się i zbiera cmoki w policzek od wystrojonych pań. Życie tych ludzi jest bajką z cudownej promocji bajek. Wydawałoby się, że nie ma świata z wyjątkiem tej sali. Wychudzone dziewuszki wyginają się przed fotoreporterami. Karaś wygina się pod tym głupim podestem, żeby uchwycić dobre ujęcie, lecz inni fotoreporterzy rozpychają się straszliwie i nie pozwalają mu zrobić dobrego ujęcia. Co rusz jakiś fotoreporter popycha Karasia i szturcha go, żeby zdjęcie, do którego ów się właśnie przymierza, wyszło mu poruszone. To taka metoda na uczciwą konkurencję. Spieprzyć coś komuś, żeby nie był lepszy. Ale nic to. Karaś walczy. Podstawia nogę największemu chojrakowi i już jest pod sceną. Pstryk! Półżywy szkieleton rasy żeńskiej uwieczniony na fotogramie, jak dyga w miejscu, opuszczając ze swych trupich ramion szal zrobiony z niebieskiej folii. Druga płaska laska, od stóp do głów owinięta w kolorową srajtaśmę i melonik z kokardą, symuluje bloki karate. Karaś pstryka w dzikim szale. Inni Karasiowie popychają się bez pamięci. W kuluarach ogólna wrzawa. Matrony zajęte szczebiotaniem. Gesty, miny i kółka dymu. Krewetki. Pan kelner podtyka tacę. Płaskie laski dygają na welwecie. Błyskają flesze. Ręka boli od notowania. Spiker wrzeszczy w uniesieniu. O Boże, jaka wspaniała kolekcja. O Boże, jaka wspaniała kolekcja. Jaka linia, jaka kreska. Dzwoni pejdżer. Tak, pejdżer. Przecież jest rok dziewięćdziesiąty czwarty. Dryyyyyn dryyyyyn. Wzywają nas natychmiast do parku na Skaryszewie. Policyjny temat. Był przeciek. Trup kobiety, wyłowiony z wody. Gliny znalazły go w parku. Trzydzieści ran kłutych. Trup dwa tygodnie w wodzie. Natychmiast! „Express" już tam jest. Karaś, Karaś! Spadamy. Trup w jeziorku. Pakuj manele. Krewetki w kieszeń. Pan Klaudiusz. Brawo, brawo. Matrony. Szampan w długich kieliszkach. Jaka linia. Jaka wspaniała linia. Na parking, do samochodu, gazem! „Express" już tam jest. Maluszek sunie przez miasto. Żremy krewetki garściami. Popakowałem je przecież do serwetek. Pieron jeden wie, kiedy znowu trafi nam się bankiet z krewetkami. Pejdżery dzwonią. Szybko, szybko. Jest park. Wysiadamy. Nad jeziorkiem gliny i „Express". Ekipa już siedzi, ichni Karaś cyka foty. Kurwa mać, będą mieli lepsze otwarcie numeru niż my! Karaś leci jak oszalały. W biegu zakłada obiektyw. Obiektyw wypada mu z rąk. Lecę za nim z notatnikiem. Nad stawem gliny, „Express" i ten trup. Wyjęli go z wody po dwóch tygodniach. Przed nami leży człekokształtna zielonkawa masa, podziurawiona jak ser. Glina wyjaśnia, że dźgali go nożem. Rzygamy krewetkami na trawnik. Rzygam, robiąc notatki. Karaś rzyga zza aparatu. Ale nie można przecież zmarnować ujęcia. Będzie może gorsze otwarcie, ale jak wrócimy bez trupa, urwą nam jaja. Paw po krewetkach jest różowy. Wygląda jak galareta. Jest zimne listopadowe południe. Szaro. Glina nawija o trupie. Karaś wymienia rolkę filmu. Zaraz zakryją zwłoki i zawiozą. Patrzę, że zarzygałem sobie kawałek swojej kurtki typu emka.

O Boże, jaki jestem niesmaczny.

W redakcji burdel. Biegają laski z sekretariatu. Była u nas telewizja robić program o gazecie. Wkręcam papier w maszynę. Mam pół godziny na napisanie trzydziestu wierszy o trupie w kanałku. Trup w kanałku idzie na czapę w miejskim. Czapa to pierwsza strona. Kopnął mnie zaszczyt. Nerwowo wkręcam papier w maszynę. Wczoraj w godzinach porannych nad Kanałkiem Skaryszewskim wielokropek itede, itede. Stołeczna policja odnalazła itede. Trup był kobietą. Miał trzydzieści ran kłutych. Spędził dwa tygodnie w wodzie. Potem mam czterdzieści minut na opisanie jesiennej kolekcji Klaudiusza Olkę-Kulkę. Nowa linia. Strzał w dziesiątkę. Na specjalnym pokazie przedstawiono itede. W restauracji Bella Puppa itede. Obecni byli przedstawiciele świata mody. Uroczystość uświetniła kuchnia itede, itede. Jest dwudziesta. Mam dziesięć minut na opisanie zdjęcia prezydenta zbierającego śmiecie. Wczoraj wielkie sprzątanie. Itede, itede. Wypowiedź prezydenta. Jestem dumny, że w naszym mieście panuje taki porządek. Mówi prezydent. Itede, itede. Nowa linia. Wspaniała kolekcja. Trzydzieści ran kłutych. Mam dwadzieścia dwa lata. Jest listopad tysiąc dziewięćset dziewięćdziesiątego czwartego. Mam kurtkę typu emka. Zarzygałem ją krewetkami nad trupem. Dziś pierwszy raz jadłem krewetki. Dziś pierwszy raz rzygałem krewetkami. Wspaniała linia. Trzydzieści ran.

Jedziemy dalej.

Gdzieś w odległej galaktyce przychodzi zima. W dalszym ciągu rok ten sam. W tej scenie jest sobota i jest wigilia, rano. Mam dalej dwadzieścia dwa lata. Jadę pociągiem osobowym znad morza i wiozę gitarę elektryczną, którą odebrałem w warsztacie na rogatkach miasta Gdańsk-Oliwa. Wiozę ją w tekturowym pudle i układam piosenkę o dziewczynie, która mogłaby jechać tu ze mną. Wydaje mi się, że spotkam ją, gdy tylko ułożę słowa. Tworzę przesąd, który podchodzi jak najbardziej pod nerwicę natręctw. Według mojego przesądu poznam wspaniałą dziewczynę, która odmieni moje życie, już niedługo ją poznam. Chyba cała polska armia jedzie tym pociągiem na świąteczną przepustkę. Jest ich pełno na korytarzach i w przedziałach, okupują wszystkie ubikacje. Klną jak szewcy, klną jak ja. W Warsie jest ich jeszcze więcej niż pełno. Siedzę wśród nich na barowym stołku restauracyjnego wagonu. Jest bardzo zimno, trzymam na kolanach gitarę, którą odebrałem w warsztacie. Wykwity lodu malują się na szybach. Zimne myśli o ciepłych dłoniach dziewczyny dodają mi otuchy, by dalej skrobać tekst mojej piosenki w czarnym notesie, kupionym przed dwoma tygodniami w domu towarowym przy Marszałkowskiej.

– Niech wrócimy do życia – powie za osiem godzin kloszard na wigilijnym spotkaniu kloszardów, łamiąc się ze mną opłatkiem. Wigilia będzie urządzona przez Monar, a ja wezmę tego wieczoru dyżur w naszej gazecie. I będę szwendał się z Karasiem po publicznych wigiliach dla różnych ludzi.

To taki zwyczaj robić te wszystkie wigilie. Robić wigilie kloszardów, wigilie pedałów, wigilie kalek i wigilie strażaków. Czasami myślę, że wszyscy oni mają po prostu innego boga. I kategorycznie muszą osobno świętować z nim swoje wigilie. I nigdy nie poznać tych, którym inny bóg kazał wpieprzać wszystkie te żurki, ryby i uszka z barszczem. I symulować miłość; to przecież takie ludzkie.

– Niech wrócimy do życia – powie kloszard niezgrabnie, a ja wezmę od niego ten opłatek, chociaż będę się przecież brzydził, bo kloszard będzie miał brudne ręce. Wezmę kawałek białego ciasta i zjem, i on też tak zrobi z moim kawałkiem, który ułamie sobie prosto z mojej ręki. Będziemy udawali, że jesteśmy chrześcijanami. Kloszard będzie płakał. Mnie też zrobi się ciężej na duchu. To wigilia. Taki piękny czas. Ludzie jednają się i dają sobie jeść, i całują się, i są kochani. I czekają na gościa, który nie przychodzi. I kładą dla niego puste nakrycie. Kloszardzi będą pełni nadziei. Wigilia będzie w pustym przejściu podziemnym na Wyścigach. Kotański, który ją zorganizuje, umrze w roku dwa tysiące trzecim. Zginie w wypadku samochodowym spowodowanym przez pijanego debila, który wtoczył się na jezdnię. Nie wiem nic o losie kloszardów.

Później pójdę pod blok, w którym mieszka B.C., i popatrzę w okna, w których ona i jej starzy będą się całować i życzyć sobie samych wspaniałości. I ich choinka będzie się świeciła, tak jak choinki w innych oknach tego bloku. Pomyślę sobie, że życie jest piękne, bo jest wigilia i wszyscy są dla siebie tacy dobrzy i tak pięknie jednoczą się tego dnia. Pójdę do klatki schodowej i nacisnę guzik domofonu.

– Czy mogę być waszym niespodziewanym gościem? Proszę mnie wpuścić.

– Jak śmiesz, parszywy gnoju.

– Ale ja kocham pańską córkę. Wpuśćcie mnie. Chcę być waszym niespodziewanym gościem.

– Wynoś się albo zejdę i ci mordę rozwalę.

– Proszę zejść. Rozwalić mi mordę.

Będę długo chodził wokół tego bloku. Głos w domofonie nie będzie już odpowiadał na moje wezwania. Zrobi się późno i świecidełka w oknach będą po kolei gasły. W końcu zgaśnie cała wigilia.

W scenie, w której będzie już ciemno, usiądę na ośnieżonej belce z drewna i zapalę papierosa. Wszystko dookoła odjedzie i stanie się obce, a o północy, gdy wigilii już nie będzie, odetchnę z ulgą, że już jest po sprawie. Kloszardzi wrócą do kanałów, dodatkowe nakrycie zniknie z każdego polskiego stołu w każdym polskim domu, do którego nie wpuszczono niespodziewanych gości. Nikt już nie będzie się bratał ani całował, ani życzył wspaniałości.

Wszystko wróci do normy.

Jedziemy dalej.

W pogmatwanym czasie są różne inne fajne galaktyki. Jednak na razie, kiedy patrzę na zegarek, ciągle jest dziewiętnasta trzydzieści sześć, nieustający koniec września dwa tysiące pierwszego, wiek dwudziesty pierwszy. Mam znowu dwadzieścia dziewięć lat. Znowu mam białą koszulę, nieźle przepoconą. I marynarkę z kolekcji Sanset Sjuts, a barman polewa lufkę, a Pieńkowska czyta wiadomości w głównym wydaniu. Tofi rżnie się ze swym pięknym Lolkiem. Turn the visuals off.

– Pierdolnijmy! – wrzasnął Dynia i uniósł się na barowym stołku znacząco, jak kawalerzysta w siodle.

– Pierdolnijmy! – krzyknęła lotna brygada.

Na Cudnej był jakiś wypadek. Wszyscy wybiegli zobaczyć, bo podobno są trupy. Wszyscy oprócz nas. My pijemy za Tofi. Co też pan najlepszego robi, panie redaktorze. Tak sobie myślę. Żeby walić żołądkową bez browaru na początek. To barbarzyństwo. C'est dramatique, panie redaktorze. Pan szybko się stoczy, jeżeli dalej tak pójdzie. Odpowiadam swojemu wewnętrznemu głosowi, że lepiej się staczać niż stać w miejscu jak ten tramwaj, który dojechał na pętlę. Przynajmniej jest jakiś ruch. I siedzimy tu, obleśni trzydziestoletni.

– No pierdolnijmy! – Dynia wykazywał zrozumiałą niecierpliwość, machając kieliszkiem jak dyrygent batutą.

Jeb!

Poszło aż za gładko jak na pierwszy raz. Jeszcze sekunda i Wielka Grzewcza Moc Nawalonego rozmywa wszystkie inne troski gdzieś na wysokości dwunastnicy. Dzięki ci, o Nawalony. No i co by tu zrobić z tak pięknie rozpoczętym dniem, no?

Ręce lepiły mi się od porozlewanej żołądkowej, a oczy od zmęczenia. Nie chce mi się spać, bo ciągle śni mi się, że śpię z nią. Że śpię z Tofi. Nie dymam Tofi, no bez przesady. Tylko z nią śpię. A przecież nie można codziennie kirać gorzały, żeby zasnąć chociaż na te parę godzin. Czasami trzeba stawić czoło realowi. Leżeć pół nocy i zastanawiać się: czy pompki, czy może koniobijka. A czasami ćwiartka w gardło. Ten na górze wiedział, co robi, zamieniając w Kanie wodę w jabola. Do dzisiaj mówią, że to był cud. A że akurat niemoralny? A co to kogo obchodzi, skoro po ćwiartce można zasnąć, nie wyobrażając sobie wreszcie tych posranych małżeńskich przytulanek, w dodatku z babką, która już od dawna sypia z kimś zupełnie innym i gdzieś absolutnie indziej. O nie, używki na pewno nie są bez sensu. One po prostu w każdym znaczeniu drogo kosztują, ale ich działanie jest nieocenione. Dlatego czasem ćwiartka w gardło. I dalej jazda o trzeciej w nocy. I święty spokój do siódmej, kiedy brzęczy budzik, wygrywany przez małego kaprala Erikssona er trzysta dwadzieścia es. A potem jeszcze do tej pracy. Dwie, o nie, już trzy półlitrowe kawy z rana. Trzy półlitrowe kawy w południe. Ostra sraka o jedenastej. Ostra sraka o wpół do drugiej. Kanapka z tuńczykiem o trzeciej. Małe piwko o wpół do czwartej. Mały pawik o siedemnastej. To nie był najłatwiejszy dzień. Wydaliśmy wreszcie superdodatek o talibach i terroryzmie, a także wkładkę ilustrowaną, która objaśniała, gdzie walnęły boeingi. Sprzedawało się toto jak świeże buły, wszyscy tak byli spragnieni tragedii. Gdzieś w tej cholernej robocie podłapałem przeziębienie i teraz chrzaniło mi się w głowie od gorączki, zapijanej gorzałą i opalanej fajkami jak wędzonka. To przez tę gorączkę nie miałem siły zawlec się do domu i przebrać w skórzany płaszcz, który noszę ostatnio po knajpach. W tym debilnym garniturku nie ma za grosz nihilizmu, a to kompletnie nie nadaje się do picia gorzały i zawodzenia nad nieszczęsną miłością do Tofi. Poza tym niektórzy koledzy, reprezentujący proletariat, głośno wspominają o żenadzie. Nie dziwię im się. Skóra to co innego. Z wnętrza takiej skóry świat wygląda odpowiednio fatalnie. Jest przyciężki tak jak ona i tak samo ciężko śmierdzi. Idealne warunki do autodestrukcji. Wtłaczasz się do baru, siadasz za blatem, kołnierz postawiony, rękawy trzeszczą, gdy wyciągasz je nad kontuar wraz z dłońmi i rzucasz stówę na deski.

– Powiedz kiedy – małpujesz Hłaskę.

– Powiedz, powiedz czeeeeemu... – barman małpuje piosenkę Ich Troje.

– Pierdolnijmy! – wita cię Dynia, który już jest na gazie. On jedyny nie jest małpą.

Ale tego dnia zapomniałem swojego skórzanego w-pytę-na-luzaku-czarnego-płaszcza. Z tej gorączki taryfa zawlokła mnie prosto do baru. Mroczny kaszaniarz, który ją prowadził, z wyglądu siedemdziesięcioletni, brał zakręty na trzecim biegu i tył poloneza bujał się na boki jak policyjne szewrolety w amerykańskich filmach. Facet miał tego dnia ewidentnie zły humor. Klął co chwilę na ministra Balcerowicza, a klaksonu używał z przeświadczeniem, jakoby był to spust karabinu maszynowego. A na koniec policzył mi za ten nieziemski kursik o cztery złote za dużo.

Lubię takich kolesi. Są tak porąbani, że już nie ma dla nich ratunku.

Tylko że bez skóry to świat barowy z tego garniturka od Sanset Sjuts wygląda coś za bardzo schludnie, żeby go polubić. Mieć mesydż dla galaktyki, stłuc butelkę, machnąć pawika na mur, krzyknąć coś o rewolucji. W takim Sanset Sjutsie jest się tylko zwykłym panem redaktorem, lat trzydzieści, faciem po chamsku przybierającym na wadze, którego życie już od dłuższego czasu jest bezcelowe niczym dymanie na rowerku treningowym. Do niczego nie zaprowadzi. Dlatego byłem po dwakroć sflaczały, kiedy wlazłem do Cudna Baru w tych biurowych łachmanach, a stówa na blacie położyła mi się zupełnie bez należytego filingu i bez gracji, a jak powiedziałem Tolusiowi, że ma uważać, kiedy jej braknie na kolejne lufki, spojrzał z politowaniem jak na emeryta i odparował, że źle wyglądam i że umrę, jak wszystko to przepiję.

Podły kutas.

– Pierdolnijmy – zamruczał błagalnie Fawor, który podniósł głowę zza góry kufli.

– Pierdolnijmy – rzekłem. – Nie czajmy się.

Fawor chlusnął w gardło zawartość szklaneczki i położył swoją długowłosą głowę tam, skąd ją podniósł. Fawor to klawy gość. Przyjechał tu ze Śląska, bo tu wszyscy skądś przyjeżdżają. Oprócz Warszawy cały ten kraj jest biedny jak mysz kościelna. W Warszawie natomiast, z powodów, które nie są mi formalnie znane, prawidłowość ta nie obowiązuje. Dlatego wszyscy tu przyjeżdżają. Gdy już przyjadą, całkiem głupieją. W Warszawie zmieniają się nie do poznania. Stają się chamami pierwszej klasy. Samych zaś warszawiaków nie ma już prawie w ogóle. Ja sam, oprócz siebie i Dyni, nie znam żadnego. Cała Warszawa przyjechała ze wsi. Czasem myślę, że cała Polska przyjechała ze wsi i że najwyższy czas wyemigrować na wieś, bo tylko tam jest właściwa cywilizacja.

Nic fajnego nigdy mi się nie śni, a jeżeli już, to makabryczne pierdoły albo Tofi, ale tej nocy zdarzył się wyjątek i śniło mi się, że pojechałem z kolegami z pracy na wycieczkę do Nowego Jorku. To oczywiście jest możliwe tylko w snach, bo moi koledzy z pracy dobrze dbają o to, bym nigdzie nie jeździł, tylko siedział w ich cieniu i tyrał za czterech, ale tej nocy i po takiej dawce żołądkowej gorzkiej sytuacja się zmieniła. W tej scenie staliśmy na tarasie jakiejś wielkiej nowojorskiej budowli, na bardzo wysokim piętrze, na którym odbywał się bankiet, ani chybi na cześć naszego przyjazdu albo coś w tym rodzaju. Ewidentnie naoglądałem się za dużo filmów, bo to przecież nienormalne, by urządzano w Nowym Jorku bankiet na cześć jakiegoś polskiego dziennikarza. Co najwyżej w Warszawie wystawiają rauty, gdy przyjedzie byle dupek z Uesa.

Jak na film nadawany po pijaku przez sen, był to obraz bardzo atrakcyjny. Po ciemnym nowojorskim niebie latały policyjne helikoptery, z dołu słychać było syreny, klaksony i ruch uliczny, wielkie blokowisko migało feerią światełek, a my staliśmy w małej grupce przy balustradzie i podziwialiśmy to wszystko z drinkami w dłoniach. Przejechałem po tej pustyni wzrokiem jak kamerą, a potem odezwałem się ze zdziwieniem:

– Nigdzie nie widzę World Trade Center.

– Ha ha! Ty kretynie! Yyyy – zapiał mój szef, który uwielbia robić ze mnie kretyna nawet w najbardziej błahych sytuacjach. – Przecież już nie ma Łotre Sęte. Yyyy – dokończył.

Faktycznie. Zupełnie zapomniałem. Przecież jest koniec września. Już po wszystkim, widzieliśmy to przecież w telewizji. W snach zapomina się takie istotne rzeczy.

Nagle w pełnej konsternacji odwrócił się do nas Amerykanin w białym garniturze i nachylił się ze zmarszczonymi brwiami. Najechałem na niego i zrobiłem zbliżenie.

– Panowie – powiedział grobowym tonem – my jesteśmy w World Trade Center.

Jedziemy dalej.

Ciągle jest ta sama galaktyka i ten sam koniec września dwa tysiące pierwszego, wiek dwudziesty pierwszy. Mam dwadzieścia dziewięć lat i mój kac też ma dwadzieścia dziewięć lat. Jest godzina siódma dwanaście rano, *Przyjaciółki i kochanki*, odcinek siedemset czterdziesty dziewiąty. Andrea zwierza się Juanicie, że matka Clarity zastała siostrę Melanii z kochankiem Angeliki. Manuel wyjawia Emanuelowi swoje prawdziwe nazwisko. Obaj jadą do Klary, by poprosić don Roberta o ślub. Don Roberto dowiaduje się, że Roksana traci dziecko. Idę do sracza rozprawić się ze swoją pierwszą kackupą. Naprawdę niepotrzebnie wlewam w siebie tyle tej śmierdzącej niemieckiej kofeiny. Po rurach słychać walenie sąsiada.

– Kurwo ty! – nadaje sąsiad do sąsiadki.

– Chuju! – celnie ripostuje sąsiadka.

Za oknem dresiarze, którzy wrócili z nocnego patrolu, stoją przy swoich golfach z zapalonymi silnikami i przyciemnianymi szybami. Muzyka typu umpa-umpa rozsadza ich golfy, a oni stoją przy otwartych drzwiach i palą papierosy. I oglądają radia samochodowe, które ukradli w nocy.

– Kurwa – mówi najważniejszy dresiarz.

– W pizdu – komentuje drugi.

Chodzę po mieszkaniu i bluzgam sam do siebie. Kurwa. Idź w pizdu. Kurwa. Chcę nasiąknąć tym brudem. Usrać się w tym polskim szambie już do końca. I jeszcze jedna mała kawa. I już nie będzie ćwiartki w gardło. Za dwie godziny włożę obrzyganą marynarkę z kolekcji Sanset Sjuts i pójdę do roboty. A nie, nie włożę jej. Najpierw umyję plamy. Znowu Los Fastidios i znowu nie zdążyłem na refren, i znowu paw leciał na kafelki.

Tofi o tej porze leży fachowo wydymana, wtula się w swego pięknego facia w swoim pięknym łóżku w swoim pięknym domu. Jak wiadomo, po tamtej stronie świata wszystko jest piękne. Piękna Tofi leży pięknie przy pięknym faciu. Pięknie się dymali tej nocy. Teraz pięknie wstaną i będą cmokać się pięknie. Rano wsiądą do swoich pięknych samochodów i rozjadą się pięknie. To będzie piękny dzień.

Armando i Don Roberto odwiedzają Jimenę i wyjawiają jej prawdę. Ofelia i Leonardo biorą ślub w tajemnicy przed Juanem, a Manuela ogłasza Antoniowi, że nienawidzi Ulissesa.

Na Jedynce jakaś przemądrzała baba opowiada o WTC.

– Objawił się syndrom WTC – opowiada baba – nowojorczycy uprawiają przypadkową miłość.

– Czy to poważne? – wtrąca się głupie dziewczę z telewizji, byle tylko się wtrącić.

– Tak, to poważne – odpowiada baba.

Gadają długo, lecz ja ich już nie słyszę. Wyłączyłem telewizor i wyszedłem z mieszkania. Idę do pracy. Baba i dziewczę rozmawiają w gmachu telewizji, dziewiętnaście ulic ode mnie. Ja wychodzę z bloku przy ulicy Dickensa pięć. Idę ulicą Górczewską.

– To poważne, gdyż rozpada się wiele stałych związków. Przeżywamy kryzys moralności – mówi dalej przemądrzała baba, której nie słyszę.

– Och, rzeczywiście – mówi dziewczę z telewizji, udając przerażenie, którego nie słyszę.

To poważne. Dziewczę dymało się z senior midja menedżerem ostatniej nocy. Myślało, że midja menedżer załatwi jej stały kontrakt na program. Niestety, midja menedżer jest mendą i nie załatwi jej niczego, lecz dziewczę nie wie o tym, przytakując mądrej babie w porannym programie. Na razie dziewczę uśmiecha się spod podkładu, wsmarowanego w gębę. Ściska ku sobie uda, które jeszcze jej drżą. Jest poważnie zawstydzona, bo przypomina sobie właśnie, że brała do ust jego pytę w smakowej prezerwatywie. Było kleiste i niedobre, ale wzięła, ponieważ prosił. Mieszał się w niej lęk, pożądanie, wino i woń kariery. Wzięła do ust. Gdy się spuszczał, przygrzmocił jej głową o poręcz fotela.

Nie wiem tego wszystkiego, idę do pracy. Przechodzę przez furtkę ciecia, wkładając do otworu w ścianie legitymację dziennikarską, która już od dawna działa tylko jako karta zbliżeniowa. Jadę windą, patrząc w lustro, czy moja gęba doszła już do ładu i czy na marynarce nie ma pawia. Muszę stwarzać pozory, że życie jest piękne.

Nie wiem tego wszystkiego, ale w telewizji dziewczę,

które dymało się z midja menedżerem, zakończy program, w którym udział wzięła przemądrzała baba.

Za tydzień dziewczę dowie się, że midja menedżer nie załatwił jej kontraktu i że nie poznaje jej na korytarzach. Poczuje się przez chwilę jak dziwka, ale tylko przez chwilę. Koleżanki wytłumaczą jej, że taka jest po prostu dola. Dziewczę usłucha, łzy obetrze. Usprawiedliwi się i pomyśli triumfalnie, że lepki malinowy smak tej prezerwatywy był naprawdę podniecający.

Nie wiem tego jeszcze. Wchodzę na korytarz. Jest wrzesień dwa tysiące jeden. Mam dwadzieścia dziewięć lat. Mamy kryzys moralności.

Chwytam klamkę.

Jedziemy dalej. Kręcimy kierownicą i zawracamy. W zupełnie innej galaktyce jest korytarz wydziału filozofii i jest siedemnasty stycznia. Rok tysiąc dziewięćset dziewięćdziesiąty piąty. Mam dwadzieścia trzy lata. Uzależniam się od dziewczyny imieniem Lenka. Lenka jest okrąglutka, rumiana i pochodzi z byłej Czechosłowacji. Mój czołg z dzieciństwa, który brałem za pojazd kosmiczny, pochodził z byłej Czechosłowacji. To głupia sprawa zakochać się w dziewczynie z byłej Czechosłowacji. W dodatku warunki są takie same jak zwykle – Lenka chce wszystkich, tylko nie mnie. Jakbym był trędowaty albo co. Czasami myślę, że naprawdę jedyne, co je wszystkie odstrasza, to miłość. Gdyby ich nie kochać, zapewne waliłyby się jak Bastylia, w try miga. A tak to się boją, że miłość i że konsekwencje, i tak dalej. Lenka, jak już zeznawałem, wszystko ma okrągłe i przyrumienione w stylu totalnie czechosłowackim; elementy te w ten sposób zyskują tylko na lubieżności. Taki typ urody, który charakteryzuje się wydatnymi powiekami, zupełnie jakby miała wiecznie przymrużone oczy albo była ciągle przepita. A może Lenka rzeczywiście jest taka. Cholera ją wie. Strasznie chcę poznać Lenkę, ale nie wiem, jak to zrobić. W sukurs przychodzi mi kolega Karaś. Wymyślamy, że napiszę artykuł o studentach z zagranicy. To cholernie lajfstajlowa sprawa, studenci z zagranicy w roku tysiąc dziewięćset dziewięćdziesiątym piątym. Wszyscy pokazują ich w telewizji albo o nich piszą. Nikt jednak nie robi tego z powodu miłości platonicznej, wszyscy szukają po prostu taniej sensacji. Tak czy owak idziemy na uniwersytet z kieszeniami pełnymi sprzętu.

Na korytarzu pośród tłumu stoi Lenka. Nie da się jej nie zauważyć, bo trudno nie zauważyć takiego widoku, nawet pośród tłumu w wytartych dżinsach i wyciągniętych swetrach.

Lenka stoi i pali papierosa, a dwie głowice jej piersi, ta najweselsza parabola ludzkości, unoszą się miarowo pośród kolorowych wzorków jej wyciągniętego swetra, gdy wydmuchuje dym na dziedziniec wydziału.

– O w dupę mać – mówi Karaś romantycznie i ja się z nim zgadzam w tej kwestii.

– O w dupę mać – powtarzam.

Podchodzimy do niej w swoich podartych emkach, patrząc jak zaczarowani.

– Czy panna Lenka? – zaczyna Karaś, gdy zbliżamy się do najweselszej paraboli ludzkości na wyciągnięcie ręki.

– No, jeszcze panna – odpowiada panna Lenka, udając, że robi to pewnie.

– Podobno jesteś z Czechosłowacji? – mówię, wystawiając głowę zza framugi drzwi, za które wciągnął mnie tłum walący na przerwę. – Może to zabrzmi głupio, ale prócz tego jesteś bardzo ładna.

– Nie ma już Czechosłowacji – nie daje się zbić z tropu, ale jest czerwona jak burak.

Rany boskie, po raz pierwszy w życiu widzę kobietę, która zaczerwieniła się z powodu niebędącego alkoholem.

– Czy pójdziemy na kawę? – postanawiam przejść do ofensywy.

– A kolega? – Lenka pokazuje palcem na Karasia, który zdążył już przykręcić obiektyw do swojego nikona ef cztery.

– A kolega... – myślę, co zrobić z Karasiem, a może z samym sobą i całą tą sytuacją, gdy sytuacja klaruje się sama.

– Kolega zaprasza państwa na małą sesyjkę do biblioteki – ciągnie Karaś, którego przekrwione gały zamieniają się w suwmiarkę do eksplorowania najweselszej paraboli ludzkości.

Będzie siedemnasty stycznia. Pójdziemy do biblioteki i Karaś odstawi popisowy numer z obracaniem Lenki w prawo i w lewo, wręczaniem jej segregatorów i przybieraniem najgłupszych min na świecie. Błyski flesza przyciągną do nas gromadę kujonów i strażnika, zadziwionych tym nagłym teatrem, który zawitał do ich zakurzonego świata.

– Uśmiechasz się najpiękniej na świecie.

Będzie czerwona jak burak. Jak krew. W jej napompowanych powiekach utonie cała Warszawa, Karaś, biblioteka i ja, kiedy pójdę z nią przez dziedziniec uniwerku, a cały zewnętrzny świat będzie unosić się jak niebyły. Nie będzie zimy, tłumu ludzi, autobusów zarzyganych brudnym śniegiem. W wyciszonej pustce będę szedł tylko ja i ona, owinięta w ciepły szalik.

– Tu na pewno jest za drogo – pozwoli się kokieteryjnie szarpać za ramię w wejściu do kawiarni. W środku będzie niemodny, ale ciepły pomarańczowy półmrok, przy którym Lenka stanie się jeszcze ładniejsza. Opowie mi coś o tej Czechosłowacji, ale ja nie będę słuchał. Zostawi mi telefon i namiary, a kawa będzie po wiedeńsku i przyniosą do niej dwie szklanki wody. Powiem, że przy niej nie chce mi się wcale myśleć. Będzie dalej czerwona, a ja nie będę myślał wcale.

Wczoraj w telewizji pokazywali terrorystów i mnóstwo krwi. Dlaczego miłość spotyka mnie zawsze, gdy jest bonus trakiem do jakiejś cholernej medialnej tragedii?

Przeproszę ją za Karasia. Powie zmieszana, że na zdjęciach tak bezczelnie staje czas. Będę jej słuchał jak boga.

Będzie dwudziesty drugi stycznia. Będę miał dwadzieścia trzy lata. Zdjęcia, które odbiorę z ciemni wieczorem, staną się parawanem na moim biurku, gdy zacznę pisać ten głupi artykuł. A wszyscy koledzy z pracy będą chcieli je oglądać.

Dzień, w którym nieopatrznie mówiąc: „Podobno jesteś z Czechosłowacji?", zmarnuję sobie następne dwa lata swojego życia.

Przeskakuję kilka spokojniejszych galaktyk, wpadam do dzieciństwa, kotłuję na rowerze dookoła bloku, gram w kapsle i biję się z okularnikiem Bączkiem, byle tylko nie myśleć przez chwilę o Lence i o tym wszystkim, co zaraz się stanie. Nakrywam się czasem jak kołdrą, która pomaga mi nie słyszeć budzika co rano. Nie wiem, który to rok, ale mam granatowy mundurek z białym kołnierzykiem i grzywkę ulizaną na bok. Siedzę w trzeciej ławce przy oknie i patrzę na dramat mojego kolegi Tomka Paska, któremu nauczycielka wystawia dwóję za śpiew. Chodzi o piosenkę z podręcznika, którą musieliśmy wszyscy znać, bo opowiadała o dwudziestym pierwszym wieku, który dopiero nadejdzie, i że wtedy będziemy już dorośli i inne takie tam. Tomek Pasek nie umie śpiewać; nauczycielki jednak nie obchodzi, czy Tomek coś umie, czy nie. To głupia gruba baba, która chce koniecznie upodlić Paska, każe mu więc śpiewać, choć ten ma twarz mokrą od łez i śpiewać nijak nie może.

– No, Tomeczku, raz-dwa-trzy – intonuje głupia baba,

machając ręką w powietrzu. Cała klasa parska śmiechem, poszturchując się pod boki i pokazując zapłakanego Tomka Paska, który wzdryga się nagle i zaczyna nie tyle śpiewać, ile rapować, kiwając się z nogi na nogę.

– W dwudziestym pierwszym wieku... będziemy już dorośli – rapuje Pasek przez zaciśnięte gardło – świat będzie wspaniały, a życie będzie proste...

Co to znaczy dorosnąć? Jak byłem małolatem, mówili mi, że wszystkiego się dowiem, kiedy dorosnę. A teraz mam trzydzieści lat. Co to znaczy dorosnąć?

Jedziemy dalej.

Budzik zrywa mnie z powrotem do roku numer tysiąc dziewięćset dziewięćdziesiąt pięć. Mam dwadzieścia trzy lata, od siedmiu dni znam Lenkę z byłej Czechosłowacji. Studiuję filozofię i pracuję w gazecie. Nie skończę tych studiów; skończę jednakowoż młodość. Na razie nie wiem jeszcze tego wszystkiego. Wiem tylko, że nie przestaję rozmyślać o dwóch wielkich, sprężystych czechosłowackich cyckach, bujających się przy wydychaniu papierosowego dymu. Chwilowo zostaje mi tylko tyle – ja i Lenka byliśmy tylko dwa razy na kawie. Lenka mnie olewa. Raz piliśmy piwo, przy czym ona wyszła po jednym, a ja zostałem na dalszych pięć. Kolekcjonuję wydruki z kas fiskalnych, w których zapłaciłem za nią i za siebie. Wyobrażam sobie przy tym, że kiedyś, za lat trzydzieści, będzie to fantastyczna pamiątka dla naszych dzieci, gdy one same zaczną podrywać swoich przyszłych mężów albo żony. Nie wiem jeszcze, że jest to makabrycznie naiwne przeświadczenie. Nigdy nie będzie żadnych naszych dzieci ani w ogóle niczego, co będzie dla nas fajną pamiątką.

Doprawdy, świadomość przyszłości dobija mnie, gdy piszę te słowa, słuchając bredzenia Cohena i nurkując w roku numer jeden dziewięć dziewięć pięć. Utopiłbym się w tym roku, gdybym tylko mógł.

Uwaga: jest cholernie głęboki rok tysiąc dziewięćset dziewięćdziesiąty piąty. Dobry, choć brutalny, szybki i hardkorowy rok. Ja i moi kumple dzielimy czas między studia i pracę; można dostać od tego szajby, ale my jesteśmy twardzielami. Znakiem tego zamiast szajby dostajemy całkiem sporo pieniędzy za nasze studenckie dziennikarstwo. Mamy ich tyle, że nie zawsze wiemy, co zrobić z taką ilością forsy. Kwadrat obsesyjnie inwestuje w sprzęt do grania. Mówiłem mu, że to bez sensu, skoro my już i tak skończyliśmy karierę w barze dla kierowców pierdzących motorynek, ale obsesja Kwadrata nie liczy się z realiami; chłopak nigdy nie miał tylu pieniędzy w rękach. Po każdej wypłacie lata więc do sklepu na plac Konstytucji i kupuje sobie wszystkie te niepotrzebne bajery, za którymi tak wzdychał, gdy był nastolatkiem. Kupił już półprofesjonalny piecyk Marshalla, pełną kolekcję fuzz boksów, oryginalną kaczkę wah-wah, sygnowaną przez Gibson USA, a na koniec zupełnie ocipiał i przytargał do domu siedemnastoletniego telecastera, którego wyczaił na giełdzie. Prawdziwe cacko, jeżeli chodzi o ścisłość, bo gitary tego sortu starzeją się jak wino. Niestety, smutna prawda polega na tym, że identyczny telecaster na gwarancji kosztuje trzy razy mniej i jest tak samo dobry, ale pierdolec Kwadrata nie dawał się okiełznać z powodów pozornie błahych. Biedak wyczytał gdzieś, że Stonesi mieli trasę w roku, w którym jego odrapana gitara została wyprodukowana, jeśli wierzyć certyfikatowi. Biorąc pod uwagę, że na takim samym telecasterze pitoli Jego Nietrzeźwość Keith Richards, kupno tego sprzętu należało do bezdyskusyjnych obowiązków Kwadrata o charakterze religijnym.

Bolo sra pieniędzmi w sposób dżentelmeński. Nabywa drogą kupna coraz droższe ubrania, obija się po mieście taksówkami i inwestuje w akcje jakiejś firmy budowlanej.

Robi przy tym wokół siebie tyle hałasu, że nawet za dwa lata, gdy firma ta upadnie, wszyscy będziemy myśleli, że Bolo wciąż jest do przodu na tych papierach. Taki jest z niego drobny cwaniak.

Nawet drobne cwaniactwo ma swój niezaprzeczalny urok tamtego roku.

Gdakacz i Fajcio są niereformowalni i wszystkie środki obrotowe inwestują w dupy. Każdy piątek oznacza dla nich bój na dyskotece, każda sobota to budzenie się przy innej pijanej lasce, każda niedziela to powtórka z rozrywki, a cały następny tydzień upływa pod znakiem zlewania się próbkami śmierdzideł od Kalwina Klajna i opracowywania strategii, jaką dupę i w jaki sposób poderwą tym razem.

A ja? A mnie się z wrażenia trzęsą ręce, którymi odliczam banknoty na swoją pierwszą w życiu skórę. Teraz, kiedy nie jest mi już do niczego potrzebna ani nie wzbudza już takiego respektu jak przed laty, wkładam nowiutką ramoneskę na swoje dwudziestotrzyletnie bary. I idę Marszałkowską, zakładając na uszy walkmana, którego sprawiłem sobie przed godziną wraz z sześcioma kasetami, które nie były pirackie.

Słucham absolutnej nowinki, czyli drugiej płyty Pearl Jam, krzywiąc się, że w ogóle mi to nie przypomina Pistolsów, ale przecież mamy już inne czasy i trzeba nadążać za trendem.

– Iiiiiits... maaaaaaj... blaaaaaaad – Eddie Vedder drze ryja na tej kasecie.

Kiedy następnego wieczoru po raz pierwszy wyleję na moją ramoneskę guinnessa w irish pubie, w którym jeden kufel tego kleju jest wart dziesięć browarów w supersamie, ubzduram sobie, że naprawdę jestem królem świata. Młodość będzie miała smak świeżej mięty, wdychanej całym ciałem, nawet na zasyfionej spalinami ulicy Miodowej.

Jak fajnie być pieprzonym królem świata.

Wszyscy wyżej wymienieni, kumulując w sobie pięcioosobowego zajoba dwudziestotrzylatków, wynajmujemy dwupokojowe mieszkanie na ostatnim piętrze wieżowca przy ulicy Jaracza sześć przez trzysta. Ponieważ nie mamy już kompletnie niczego lepszego do roboty.

Ja pierdzielę, Jaracza sześć przez trzysta. Daj Boże wszystkim gówniarzom takiej szajby na życiowym starcie.

Wieżowiec stoi przy torach kolejowych i jest zbudowany z wielkiej płyty, a zatem trzęsie się za każdym razem, gdy po torach przejeżdża jakiś pociąg. Bolo zrywa nas codziennie o siódmej, byśmy oddawali honory pociągom odjeżdżającym do Krakowa. My zrywamy Bola o dziesiątej wieczorem, zakładając, że przesadził z wiśniówką i śpi, ponieważ to właśnie wtedy obok naszego wieżowca przejeżdżają pociągi do byłej Czechosłowacji. Koledzy honorowo salutują do nich i wychylają setkę czyściochy, śmiejąc się, że mój syn prawdopodobnie będzie nosił imię „Honza" i że to jest co najmniej idiotyczna wizja przyszłości. Nie chce mi się powtarzać, ale będą mieli rację.

Studia toczą się nam bezstresowo i gładko. Mówiąc szczerze, są do tego stopnia łatwe, że noszą nieoficjalną nazwę wydziału tramwajowego; aby z nich wylecieć, należy wpaść pod tramwaj. Niespecjalnie bratamy się z naszymi współtowarzyszami tej tramwajowej jazdy, wiemy bowiem, że to plankton, który gnije w akademiku i gnić będzie do końca swoich dni. W dziewięćdziesiątym piątym wydaje się to jasne i oczywiste, że ludzie zakuwający po kątach uniwersytetu nie dojdą do niczego sensownego. I mimo upływu lat ta chamska wizja spełnia się coraz wyraźniej.

Wszystko, co nas na tych studiach interesuje, oprócz Lenki oczywiście, to dziewczyna imieniem Anna, którą nazywamy Colargola, ponieważ mateńka natura obdarzyła ją piskliwym głosem misia z dobranocki. Lenka jest święta, Colargola zaś służy do ruchania. Colargola nie należy do specjalnie lotnych dziewczyn, ale większość kolegów interesuje się wyłącznie jej olbrzymim biustem, który rozpycha jej golf, gdy kładzie go na stole, mówiąc swoje ulubione zdanie:

– Idziemy na disko?

Niestety, na disko nie chodzimy. W dziewięćdziesiątym piątym jest tam za dużo dziewczyn, które potrafią powiedzieć tylko jedno zdanie.

Debilny etos elity młodzieżowej strasznie nam imponuje, nie wiedzieć czemu. Nazywamy się więc „Komando Jaracza", od patrona ulicy, na której przyszło nam wynająć tę nieszczęsną ruderę. Nasze żałosne środowisko jest wyjątkowo podatne na plotki, więc już niedługo cała branża będzie nas nazywała „Komandem Jaracza", bandą gówniarzy z uniwersytetu, którzy opanowali dział miejski „Głosu", by zarabiać kupę forsy, nie śpiąc i nie jedząc, za to przywożąc reportaże z kanałów, szamba, strajkujących hut, wypatroszonych trupów w kanałkach i pokazów obleśnej mody. Komando Jaracza jest w modzie, chociaż nie każdemu się to uśmiecha. Komando Jaracza nie siedzi w byle knajpie. Komando Jaracza bywa teraz wyłącznie na bankietach firmowych, na które wkręca się za okazaniem legitymacji prasowej i z których wylatuje z powodu pijaństwa i niestosownego ubioru, a także obnoszenia się z faktem, że nie napisze o tym ani słowa w żadnej gazecie. Tylko życie prywatne coś nam nie wychodzi. Od kiedy zrobiłem ten reportaż o studentach, kleję się do Lenki, która mnie olewa. Bolo romansuje z kantorami wymiany walut. Gdakacz i Fajcio bzykają pół miasta, a Kwadrat przesiaduje u dziewczyny imieniem Ilonka, którą poznał gdzieś potajemnie. Czas leci jak woda w sedesie i jest nie do złapania.

– Olo, ty się, kurwa, ode mnie odpierdol – mówi telewizor do Gdakacza.

– A kto umarł, ten nie żyje – Gdakacz naśladuje głos Bodzia Lindy. Zna te odzywki na pamięć, bo nagrał *Psy* na kasetę i teraz ogląda je po siedem razy dziennie, kiedy tylko znajdzie na to czas.

Jest wesoła wiosna. Wróciłem z pracy o piątej po południu i należy uznać to za wyczyn. Dziś jest balanga w klubie Rotterdam. Będzie grała kapela, będą różne fajne konkursy. Wyszykowałem swoją świeżo zakupioną ramoneskę i zamierzam zadawać nią szyku w Rotterdamie, skoro już mnie tam zaproszono w tak istotnej roli pana młodziaka-redaktora, który zrobi o tym jedynkę na miejskiej kolumnie.

Komuś opłacało się zaprosić nas na ten jubel, w końcu to oficjalne otwarcie tej knajpy z jej nowym właścicielem. Wkładamy nasze za ciasne czarne portki, spod których będzie błyszczeć cholewka dwunastodziurkowego martensa. Kołtunimy nasze brudne, za długie grzywy. Wdychamy ten wieczór jak psy śmietnikowe, które wyczuły kotleta znad pustych puszek i zmiętych gazet. Przez otwarte okno chałupy na Jaracza słychać stukot kolejnego pociągu. Błyszczy niebo, jakby ktoś rozlał na nim herbatę z cytryną. Już mamy wychodzić, kiedy okazuje się, że Bolo nie wstaje. Z początku myślałem, że umarł albo coś w tym rodzaju, ale jak się potem okazało, czasy umierających kolegów były dopiero przed nami. Na razie Bolo nie wstawał wyłącznie z powodu zera przecinek siedem absolutnej czyściochy, którą kupił i wytrąbił, wracając tramwajem do domu. Redakcja „Głosu" jest na Woli, a my przy samej Wiśle. Miał jakieś osiem, góra dziesięć grzdyli, by wchłonąć to wszystko.

– No i co teraz, hę? – zagaja Gdakacz, robiąc się niechcący na Aleksa z *Mechanicznej pomarańczy*.

Ten zachód słońca był taki piękny.
– Bierzemy go. Jest taki piękny zachód słońca.

Jest piękny zachód słońca, umierający wiek dwudziesty, rok tysiąc dziewięćset dziewięćdziesiąty piąty, godzina dziewiętnasta dwadzieścia. Wynosimy pijanego Bola z mieszkania przy Jaracza sześć przez trzysta. Gdakacz bajeruje taryfiarza. Kwadrat wrzuca Bola do windy i wyciąga go za nogi na klatkę. Taryfiarz się stawia, ale my nie dajemy za wygraną. W końcu taryfiarz mięknie – zmiękcza go sto tysięcy wsadzone do ręki. Przylatuje Fajcio, zlany jakimś nowym pachnidłem. Rozpijamy w aucie flaszkę. Bez Bola. Taryfiarz bredzi, że za to należy mu się jeszcze sto. Nic z tego, grandpa, nie będziesz z nas zdzierał takimi płatami. Zajeżdżamy pod aespe, gasząc pety. Jest Rotterdam.

Moja ramoneska zgrzyta suwakami, kiedy rozpinam ją przed cieciem, żeby wyjąć legitymację. Gdakacz rzuca się na bar. Biegniemy do sracza, żeby wylać z siebie to, co wlane. Pod łukowymi sklepieniami mijamy nawalone laski, które patrzą przed siebie szklanymi oczami. W bełkocie świateł wyglądają, jakby się z czegoś cieszyły. Fioletowe światełka migają po ich twarzach. Zapomniałem o Bolu. Przynosimy Bola z ławki. Jest na chodzie, rzuca pawia na schody, gdy znosimy go do wejścia. Cieć nie chce o niczym słyszeć. Ciecia nie rusza sto tyśków. Nie rusza go dwieście, ba, nawet trzysta go nie rusza. Przy połowie bańki cieć wpuszcza Bola, a właściwie wpuszcza nas, byśmy Bola wnieśli.

Bolo zlega na innej ławce, nieopodal pary, która nie przestaje się całować, ociekając śliną przemieszaną z piwem. Idziemy do baru zamówić kolejne setki. Zespół klezmerów popiernicza kawałki Creedence Clearwater Revival. O jak bosko. Pierwszy kufel ląduje na ścianie, a ciecie młócą jakiegoś faceta, który wsadzał paluchy do rozporka jednej z naćpanych lasek.

– Ty fajansie! – wrzeszczy Kwadrat na największego ciecia. – Ona była chętna!

Na parkiecie odchodzi czad. Za barem Gdakacz dobiera się do cycochów jakiejś dziewuchy, gdakającej do taktu piosenek Kridensów. Jest nieźle, bo Bolo spadł z ławki i narzygał na spodnie temu lawdżojowi, który nie przestawał się lizać ze swą lubą.

– Kurwa, mam tego dość – mówię nagle do Tolusia. Przecieram oczy i jestem z powrotem w roku dwa tysiące jeden. Mam prawie trzydzieści lat, wiek dwudziesty pierwszy. Bar na Cudnej, planeta Ziemia, miasto, w którym Tofi budzi się u boku innego faceta.

– Dlaczego – Toluś opiera się łokciami o bar – dlaczego nie dokończysz?

– Opowiadam tę historię już po raz pięćdziesiąty.

– Bez przesady.

– No właśnie, Toluś, bez przesady.

Dynia i Grzesiulek nie słuchają. Siedzą wpatrzeni w telewizor, w którym przemądrzała baba i dziewczę spotkały się ponownie, by omówić dalszy ciąg kryzysu obyczajów.

Nie słucham baby. Resztkami sił patrzę na scenę, w której wynosimy Bola z tej knajpy i mamy wszyscy po dwadzieścia trzy lata. Jak wieziemy go do domu taksówką, a sami lądujemy na bankiecie producenta lodów. Mała ulica gdzieś na Powiślu. Po godzinie chcemy wyjść, a oni dają nam siaty pełne rożków z lodami i kolorowych torcików. Idziemy Tamką, rzucając nimi, w co popadnie. Kopernik dostaje lodową czapeczkę, a wielkie okna naszego wydziału jakieś hasła, wypisane lodowymi przysmakami. Rano głowa Kopernika będzie obrazem nędzy i rozpaczy. Obleśne żółte zacieki będą kończyły się dopiero na cokole; w życiu bym nie pomyślał, że interakcja gastronomii z astronomią może przynieść tak przerażające efekty.

Będę śmiał się z Kwadratem, że to już ostatnie podrygi

naszego hulania, bo przecież już niedługo pozakładamy rodziny. Trzy dni później Kwadrat postanowi odwiedzić swoją kobietę w pracy. Jego kobieta będzie pracowała w telewizji jako praktykantka i Kwadrat pójdzie do niej, niosąc bukiet kwiatów jako niespodziankę. Zastanie ją na stole, dymaną przez szefa. Godzinę później wydymana dziewczyna powie Kwadratowi legendarne zdanie:

– Po tym, co mi zrobiłeś, już nie możemy być razem.

Gdyby damska hipokryzja zostawiała blizny, moglibyśmy zagrać w *Koszmarze z ulicy Wiązów* bez charakteryzacji.

Kwadrat struje się tej nocy okrutnie. Nałyka się prochów i zabiorą go na płukanie żołądka. Wszystkim nam odbije. Będziemy płakać ze wściekłości. Znowu się uchlamy, a Gdakacz wydrąży dziurę między nogami pluszowego misia i zerżnie go pokazowo na biurku. Będzie to miś od dziewczyny Kwadrata. Ktoś mi potem powie, że zjadłem własne rzygi na znak protestu. Ale to przecież nieprawda. Prawda?

Gwiazdy nad miastem będą bardzo ładne tej nocy. Wszystkie będą jasne, wyraziste, z wielkim pełnym księżycem na środku nieba. Przesiedzę do świtu na balkonie, patrząc z wielkim uznaniem na te przedziwne kombinacje świecidełek, o których tak niewiele wiem.

Kwadrat wyjdzie z tego. Wkrótce pozna inną. Ja w całej swej głupocie pojadę do Czech, Bolo założy firmę, a Gdakacz zostanie spikerem. Dziewczyna zostanie w telewizji. Za sześć lat historia zatoczy krąg i dziewczyna znajdzie się w porannym programie obok przemądrzałej baby, gadającej o kryzysie moralności po ataku na World Trade Center.

– Mamy kryzys moralności – powie baba.

– Czy to poważne? – zapyta dziewczyna...

Jedziemy dalej...

– Dwa wściekłe psy, raz – deklamuje Toluś i trzaska o blat kieliszkami, do których wlał wódkę z sokiem malinowym i tabasco. Jest znowu galaktyka Real, październik dwa tysiące jeden. Mam zasrane i niecałe trzydzieści lat, kredyt w banku i pięć kilo nadwagi. Tofi robi nikomu niepotrzebne zakupy w Galerii Mokotów, do której zajechała swoim wymuskanym peżociakiem u boku swojego równie wymuskanego supermana. Lizali się przy zamykaniu bagażnika, a wtórowała im piszcząca syrena alarmu. Tego wieczoru kupią dwa banalne kostiumy za trzy tysiące złotych i jeden komplet blaszanych talerzy za półtora. Potem będą lizać się w knajpie na poziomie łodzi, przy rybie po tasmańsku, a potem on wsadzi jej rękę do rozporka na poziomie ryby, gdzie znajduje się parking. To będzie piękny wieczór w życiu Tofi, ponieważ, jak wiemy, w życiu Tofi nic nie jest niepiękne i nigdy nie będzie.

– Pierdolnijmy – rzecze wierny Dynia, a wściekłe psy z kieliszków robią nam na kilka sekund ciężkie ultrakuku w przełykach.

Cała ta moda na barowych twardzieli została stworzona ku pokrzepieniu nieudaczników. Z czasem tak się upowszechniła, że normalni twardziele, którzy mają na tyle siły, by przeżywać życie bez barowego gorzałkowania, przeszli do opozycji i zostali sklasyfikowani jako mięczaki. Chociaż może to lekka przesada.

Wyciągam telefon z bocznej kieszeni swojej zaśmiardłej marynarki z coraz mniej aktualnej kolekcji Sanset Sjuts. Jest godzina osiemnasta trzydzieści osiem. Witamy w Manyfon. Podaj numer karty. Dwa pięć osiem sześć siedem osiem dziewięć sześć sześć sześć siedem osiem. Biip biip. Podaj numer manyfon pin. Siedem siedem sześć sześć sześć. Biip biip. Wzywa cię spieniężony satan, głupi kutasie. Wciśnij jeden, by otrzymać stan konta. Biip. Mi-nus-je-den-ty-siąc-dwie-ście-trzy-dzie-ści-zło-tych. Saldo na twoim koncie. Mi-nus-je-den-ty-siąc-dwieś-cie-dwa-dzie-ścia-zło-tych. Aby otrzymać stan karty kredytowej, wciśnij dwa. Biip. Dostępny limit kredytu na rachunku karty wynosi czte-ry-ty-się-ce-pięć-set-dwa-dzieś-cia-zło-tych-sie-dem-gro-szy.

– Na krechę? – mruczy Toluś, który potrafi czytać w cudzych myślach i zawsze polewa wściekłe pieski na krechę.

Przytakujemy mu obolałymi mózgownicami.

– Swoją pracą na scenie chcę osiągnąć swój cel – Order Orła Białego Budowniczych Peerel! – słyszę wrzask zza pleców. Odwracam się ze skrzywioną gębą, bo skurcz łapie mnie w łopatkę. Kwadrat i jego lala, która podłożyła się szefowi, wydają mi się teraz tacy normalni i naturalni, zupełnie, jakby taki układ leżał u podstaw konstrukcji świata. Wódka piecze razem ze łzami.

Jesteśmy jak zabawki w rękach dużych dzieci. Wszystkie małe dzieci krzyczą w łóżku, żeby dostać zabawkę. Bardzo często zdarza im się wymusić uległość i upragniona grzechotka ląduje w ich kojcu. Wtedy dzieci wyrzucają tę zabawkę z obrzydzeniem i krzyczą o podarowanie następnej. Kiedy te dzieci są trochę starsze, bardzo chcą mieć w domu jakieś zwierzę. Bardzo często zdarza im się wymusić uległość i rodzice kupują im pieska. Taki piesek najczęściej kończy przywiązany do drzewa trzydzieści kilometrów za miastem, powiedzmy, że w marcu.

Kiedy te dzieci są już całkiem duże, przychodzi kolej na ludzi.

Widziałem to kiedyś przed uniwersytetem. Dwie dziewczyny i bezdomny pies. Głaskały go i mówiły tak czule jak do żadnego człowieka. Gdy wstały, pies poszedł za nimi. Gdy śmiech przeszedł w znużenie, a znużenie w osłupienie, jedna z dziewczyn kopnęła go z krzykiem, by zostawił je w spokoju. Wtedy on ugryzł ją w nogę i uciekł.

– Czemu ty dzisiaj taki nostalgiczny? – Toluś zbiera się do zamykania baru. Zaciąga żaluzje i sprawdza stan kasy, w której niczego nie ma.

– Nie dzisiaj, Toluś – bełkoczę mu zza kontuaru. – Ja jestem nostalgiczny od pieprzonych trzydziestu lat.

– Kiedyś wszyscy uciekniemy – odzywa się nagle Dynia.

– Niby dokąd uciekniemy?

– Dziewięćset dziewięć sto piętnaście. Tele Taksi, proszę czekać na przyjęcie zamówienia.

W końcu przyjeżdżają taryfy. Dynia zabiera się z Grzesiulkiem do centrum, a ja podwożę trzeźwego Tolusia. Pijany jak bela wtaczam się na tylne siedzenie i macham na pożegnanie niewidzialnemu Kwadratowi, który dla mnie został w roku tysiąc dziewięćset dziewięćdziesiątym piątym. Taryfiarz włącza licznik.

Jedziemy dalej.

Jest ciągle zima, rok dwa tysiące jeden. Wiek dwadzieścia jeden. Wstaję rano na sygnał trąbiony przez telefon. Znowu mam prawie trzydzieści lat i mój kac znowu ma ich prawie trzydzieści. Tofi znowu obudziła się obok swojego pięknego, bo w jej życiu wszystko jest bardzo piękne. Znowu chwytam klamkę od drzwi swojej pracy.

– Mamy kryzys moralności – zdąży tylko powiedzieć baba w telewizorze, tym razem już w zupełnie innej rozmowie, której nie będę słyszał.

Praca jest wielka, długa jak kicha. Ciągle panuje tutaj półmrok, z którego wyłania się lampa recepcjonistki, zażywnej, soczystej dziołchy w okolicach dwudziestkipiątki. Z ustawowym uśmiechem na ustach otwiera szklane drzwi, naciskając elektryczny przycisk. Włażę do tego cholernego pokoju, mijając tych wszystkich obszczymurów, dewiantów i układziarzy. To wszystko moi koledzy. Mam ich lubić, to jednoznacznie wynika ze stosunku pracy. Mam sobie wmawiać, że są jak rodzina. No trudno. Nikt nie mówił, że jak dorosnę, życie będzie tak samo rytmendblusowe jak na pierwszej płycie Stonesów, która zasuwa w ajmaku, kiedy siadam przy biurku i sprawdzam pocztę.

– Aj łona bi jor lower, bejbe, aj łona bi jor men – drze się morda Jaggera z kwadracika odtwarzacza i-tunes, tego, w którym można zrobić „turn the visuals on". Jak ja to lubię.

W poczcie do znudzenia to samo. We wszystkich trzydziestu sześciu spamach jakaś pani chce mnie zachęcić do wejścia na swoje www.pussy.com. Nie zrobię jej tej przyjemności, nie wejdę na pussy.com. Mało tego, postawię się i nie skorzystam również z oferty przelania na moje konto trzydziestu milionów dolarów pana Mgumy Kubebe-Magobo, który chce tylko tego, bym podał mu swoje namiary. Niedoczekanie twoje, Magobo, zasrany biały hakerze.

W imieniu mych czarnych braci, w sensie.

W obliczu tych fantastycznych wiadomości ostrzeżenie od dyrektora logistyki o tym, że nasze mejle są monitorowane, wydaje się pierdzącym sztosikiem.

– Je, je – odpowiadam mordzie Jaggera, pukając palcem w ekran i patrząc, jak fotoedytor nie kryje na ten widok obrzydzenia. Kiedy Stonesi zapylają *Małego Roostera,* wchodzi sekretarz. A w zasadzie powinienem powiedzieć sekretyn redakcji.

– Napiszesz o superkremie – mówi sekretyn redakcji. – Mamy z nimi dil.

Oglądam ze wszystkich stron ulotkę o rzeczonym superkremie. Wynika z niej, że jest to krem na hemoroidy.

– Jaki, kurwa, dil? – udaję twardziela, choć wiem, że nie mam nic do powiedzenia. – Przecież to jest krem do dupy. Czy jesteśmy tygodnikiem dla ludzi smarujących kremem dupy?

Oczywiście nie jesteśmy, ale na gębie sekretyna nie widać śladu dezorientacji w tym temacie.

– Zrób to na dwunastą – pada odpowiedź.

Sekretyn nie mówi mi, jaki to dil. Zostawia ulotkę na moim stole, wskazuje znacząco na swój zegarek marki dildo fever, który dostał jako łapówkę na konferencji, i wychodzi, gwiżdżąc cwał z *Walkirii*. Cha mu w de, z superkremem oczywiście.

Dil z superkremem jest najprostszy na świecie. Jeśli napiszemy, to znaczy jeśli parobek, czyli ja, napisze ładnie o kremie, producent kremu zastanowi się łaskawie, czy wykupić u nas stronę reklamy, sekretyn zaś i jego dziwki-satelity pojadą w nagrodę do jakiegoś Londynu albo Paryża za pieniądze gostków od kremu. I to koniec bajki. Dlaczego sekretyn i jego satelity nie napiszą o tym sami, pozwalając mi łudzić się marzeniami o zwyczajnym dziennikarstwie? To akurat też jest bardzo proste. Nie po to sekretyn jest sekretynem, żeby samemu pisać cokolwiek oprócz własnych trzech krzyżyków na umowie o pracę. Poza tym, gdy napiszę już o kremie, będzie to niesamowity pretekst dla trzech zastępców sekretyna i jego nadwornej sekretynki, by poprawiali, podkreślali, wykreślali i trawili te kilkanaście linijek przez cztery dni, udowadniając, że są w tej pracy nieodzowni.

Najgorsza jest sekretynka. O, na przykład teraz. Wtacza się do mojego pokoju z wydrukiem artykułu o grawitacji.

– O co chodzi z tym Siergiejem Bubką? – pyta sekretynka z wyrazem zakłopotania na twarzyczce.

– Jak to o co? – usiłuję zwalczyć sekretynkę jej własną bronią.

– No miałeś napisać o grawitacji. A tu jest napisane, że Siergiej Bubka bojkotuje grawitację – sekretynka stuka palcem w maszynopis.

– Taaaaaaa – mruczę, spodziewając się najgorszego – taaa, bo on bojkotuje przyciąganie ziemskie. Kazaliście, żeby było śmiesznie, to napisałem, że Bubka bojkotuje przyciąganie ziemskie.

– A kto to taki, że bojkotuje? – pyta sekretynka, sprawiając, że tylko płeć chroni ją przed ciosem z glacy.

– To tyczkarz. W sensie, sportowiec – odpowiadam grzecznie. – Odbija się na tyczce i wzlatuje ku niebu. Taki sport, w sensie.

Sekretynka zostawia mnie, odchodząc w milczeniu w kierunku bufetu. Jej twarz jest boleśnie skażona myśleniem.

Siadam nad superkremem. Zostało mi już tylko pół godziny, żeby wykrzesać z tego syfu jakiś wesoły artykulik.

– Kongra-ciulejszyns, lalala – morda Jaggera, drąca się w ajmaku, komentuje irytująco, gdy za chwilę znowu widzę nad sobą okrągłą buźkę sekretynki.

– Słuchaj no – mówi sekretynka stanowczo – nie wciskaj mi ciemnoty. Ten twój Bubka nie może bojkotować przyciągania ziemskiego, bo jak skacze do góry, to potem spada.

– Owszem, spada – nie mogłem się nie zgodzić z jej tokiem myślenia.

– A więc zmień to, z łaski swojej. I uważaj na takie rzeczy, bo tak nie będziemy pracowali.

Ha! „Tak nie będziemy pracowali". To stały, najstalszy bodaj tekst terrorystyczny wszystkich sekretynów, sekretynek i innych skurwieli, uprawiających mobbing amatorski. Wszyscy oni, gdy robisz coś naprawdę dobrze, najpierw cię za to ochrzanią, a potem powiedzą wiekopomne: „Tak nie będziemy pracowali", żebyś nigdy, ale to przenigdy nie czuł się w tej robocie zbyt pewnie. Za godzinę każą ci zmienić tekst, mówiąc po prostu, żebyś zmienił tam cokolwiek, bo w tej postaci nie da się czytać. Nie tykasz go oczywiście palcem; jest za dobry, by w nim rzeźbić, a poza tym nie o to w tym wszystkim chodzi. Po południu przynosisz sekretynom ten sam nietknięty palcem tekst, mówiąc uniżenie, że dokonałeś niezbędnych zmian i że teraz twoim zdaniem nadaje się on już do czytania. Sekretyni mówią z mądrymi minami, że jest rzeczywiście lepszy, choć wymaga drobnych zmian, które oczywiście naniosą. Nie naniosą tam niczego. Ale będą siedzieć nad tym do wieczora, udając, że tak wiele pracy kosztuje ich wypocina parobka – kompletnego debila i wiecznego praktykanta.

Jeżeli więc chcesz dalej mieć tę pracę, musisz sprawiać wrażenie, że naprawdę jesteś debilem. Tej gry nie wymyśliłby nawet Orwell. Otoczony debilami, dyletantami i układziarzami, musisz udawać jeszcze większego debila i dyletanta, by utrzymać się przy życiu.

W korytarzu słychać strzały. To grafik, nie oszczędzając się, napierdziela w kałnter strajka, grę komputerową, której idea polega na bieganiu po jakimś budynku i strzelaniu na oślep do wszystkiego, co się rusza. Za strzelanie grafik dostaje różne punkty i bonusy, co musi być cholernie kręcące, bo strzela bez opamiętania i krzyczy przy tym, jakby co najmniej dymał Pamelkę, a nie stukał w klawiaturę. Przez chwilę towarzyszę mu w tej wędrówce.

Wychodzimy więc na schody. Gdy się szybciej poruszy głową po trzech kawach, rzeczywiście można mieć wrażenie, że to nie praca i nie życie, tylko gra komputerowa o jakiejś fajnej, lajfstajlowej nazwie, dajmy na to *Office Killing Raid 0.2*. Nie ma więc czasu na myślenie.

Wkładam hełm i ładuję broń.

Start New Game. Enter. Przechodzę do poziomu sześć. Piętro działu reklamy. Otwieram drzwi. Po lewej facet z kolportażu, czai się przy skrzynce na listy. Jeb! Wywalam mu z pampgana. Krew się leje. Szafka dymi. Biegnę korytarzem. Tuf-tuf-tuf – trzema kulkami z kolta 1911 rozwalam recepcjonistkę. Nie, wróć. Tuf – rozwalam ją jednym strzałem. Biegnę dalej. Drzwi do marketingu. Otwieram je z kopa, przeładowując nieśmiertelny AKMS z granatnikiem. Koleś od reklamy wewnętrznej wstaje od laptopa, sięgając po broń. Koszę go serią, aż go wyrzuca w stertę pudełek z superkremem, tym od dilu.

Tuf-tuf – dwa strzały eliminują jego asystentów, którzy czaili się za moimi plecami. Jeb! Rozwalam z pampgana centralny komputer ich działu. Bonus. Trzysta punktów. Tratatatatata. Biegnę po korytarzu, ostrzeliwując się na wypadek ataku z bocznych pokojów. Zbiegam na schody. Technik od logistyki pali szluga.

Tuf, tuf. Trzy punkty.

Rozwalam szklane drzwi od piętra prezesa. Sto punktów za wejście. Przeładowuję AKMS. Tratatatatata. Szybka seria, trzech kolesi z księgowości rozwala się na ścianie jak pisanki.

– Uwaga, główna księgowa na trzynastej – słyszę w słuchawce kevlarowego hełmu. To mój kumpel zza biurka, Jakob.

O ja cię kręcę, gramy przez Internet?

Ale nie czas teraz na dywagacje. Na „raz" rozwalamy księgową z pampganów. Wchodzimy do pokoju z kasą i rzucamy gaz.

Tuf-tuf – zamek od sejfu rozwala się, iskrząc jak sztuczne ognie na choince. Bierzemy po dwadzieścia tysięcy zielonych. W tył zwrot. Przeskakujemy na korytarz. „Bonus trzy tysiące punktów" – oznajmia komputer w słuchawkach hełmu – jesteś na poziomie prezesa.

– Granat na szóstej – nadaje Jakob. Jebut! Chowamy się za automatem do kserowania, kiedy wybuch rozpierdziela w kawałki cały dział produkcji. Biegniemy dalej. Na trzeciej gabinet prezesa. Tuf-tuf. Sekretarka. Wpadamy do środka jak z procy, wyciągając krótkie pistolety maszynowe. Są przydatne na małych przestrzeniach i skuteczniejsze od koltów. Prezes lata po pokoju z em piątką, cholernie dobry sprzęt. Trrr-tff – szybką serią zmiata Jakoba. Żegnaj, Jakob. Tafach-taffffach – siekę go z biodra, aż wylatuje przez okno. Bonus – tysiąc punktów za prezesa. „Cieć na szóstej" – dochodzi mnie w słuchawkach. Ledwo się obracam, szarpiąc za suwadło swojego uzi. Ekran zapełnia się czerwienią, obraca mnie o 180 stopni. Gejm oływer.

Zabił mnie cieć! W całym tym rozgardiaszu zapominam zupełnie, że nie rozwaliłem sekretynki i sekretyna na poziomie piątym. A niech to jasna cholera. Trzeba będzie drugi raz tyle się natrudzić. Wyłączam grę. Wracam na mój korytarz i do mojego wytarmoszonego lakistrajka, którego wyszedłem zapalić w przerwie bolesnych rozmyślań nad artykułem o superkremie. Superkrem służy do dupy.

– Dobrze się czujesz? – pyta recepcjonistka z szóstego, która przyszła tu na chwilę z jakimiś papierami do ksero.

O matko jedyna, przecież przed chwilą ją sprzątnąłem.

– Nie, niedobrze. Mam kaca jak jasna cholera – odpowiadam zgodnie z prawdą, która obowiązuje mnie od tygodni – mam kaca i wydaje mi się, że jestem w komputerowej grze.

W moim rozumieniu to żart, ale ona ma przerażenie wydrukowane na czole.

– Jutro będzie mi się zdawało, że to serial brazylijski – dokładam do ognia – może chcesz się załapać na rólkę?

– Aleś ty głupi – mówi na odchodnym.

– Alem ja głupi – powtarzam za nią jak echo.

Za chwilę wrócę do sekretyna, sekretynki i superkremu. Na korytarzu jest tak cicho i spokojnie. Tutaj odtajam. I dopiero teraz rozumiem, że ani przez chwilę nie wyobraziłem sobie Tofi, wśród tych wszystkich pampganów latających po korytarzach. A przecież siedzi tu, niedaleko. Że nie mogę nie kochać tej babki, choćby nie wiem co mi zrobili. Łzy nabiegają mi do tych cholernych dwudziestodziewięcioletnich, przekrwionych oczu. Słychać brzęk elektrycznego zamka w korytarzu. Zaraz wyjdę. Otwierają się drzwi do roku tysiąc dziewięćset dziewięćdziesiątego piątego. Mam znowu dwadzieścia trzy lata. Mam znowu włosy i prawidłową wagę. Podrywam Lenkę, życie jest takie piękne. Klatka schodowa mojej pracy widowiskowo zamienia się w korytarz wydziału filozofii.

Jedziemy dalej.

– Już po sesji? Ferie? – Lenka pyta głupawo, byle się odezwać. Jest luty, rok numer jeden dziewięć dziewięć pięć, wiek numer dwadzieścia. Mam dwadzieścia trzy lata i rosnące nadzieje, że ona i ja naprawdę się zbratamy. Przeczesuję coraz rzadsze pióra i pytam Lenkę, co zamierza zrobić z tak pięknie zakończoną sesją.

– Wyjadę do Pragi – mówi Lenka. Jest tak powalająca, że ciężko się przy niej skupić. – Jutro wyjadę do Pragi. Odwiedzę koleżankę i połażę sobie po mieście.

Rozglądam się bez celu, kalkulując w duszy, ile właściwie kosztuje bilet PKP. W zasadzie to nawet nieistotne. Liczy się tylko ona i ten moment szaleństwa, który zawsze decyduje o wszystkim.

– W takim razie przyjdź we środę na most Karola, o dwunastej w południe. Zapraszam cię na randkę.

Lenka przytaknie uśmiechnięta. Przecież zawsze jest taka przy absztyfikantach.

Następne dwa dni miną jak w kretyńskiej malignie. Pociąg sypialny Warszawa–Praga, z plastikowymi widelcami i ręcznikiem w cenie biletu. Celnicy w Petrovicach. Szósta rano na Hlavni Nadraži; to wielkie, barokowo i do wyrzygania słodkie Stare Miasto, niekończące się pozornie, rozciągnięte w panoramę, zawiniętą aż do wzgórz na Hradczanach. Wędrówka pustymi ulicami z mapą w ręku. Apple Pie, zwane Ovocną Tasticzką. I most.

Życzę wam kiedyś stanąć o świcie na środku pustego mostu Karola. Jeśli na dodatek zrobicie to z powodu kobiety, on będzie walił wam wokoło zamiast serca, a w uszach będzie słychać wrzask, chociaż nikt nie będzie wrzeszczeć. Starówka naokoło będzie grała wstrząsające symfonie, chociaż nie będzie tam orkiestry. Krwawy świt ochlapie was malinową herbatą, choć będzie sucho. Ten most daje po ryju i utula po własnych ciosach; jest taką wielką, nieprzebraną, bolesną poezją. Więc spotkamy się tu, w tym najpiękniejszym miejscu. Więc znowu serce będzie walić tak przeokrutnie, że aż pięknie. Jejku, jaki się zrobił patos.

Odczekałem do dwunastej, trzymając w ręku coraz bardziej zmarznięte kwiaty. Most zaludnił się trochę; była jeszcze zima i kapitol pepików nie przeżywał tak wielkiej gehenny turystycznej jak w wakacje. Niektórzy stali w małej kolejce, chcieli dotknąć magicznego krzyża na płaskorzeźbie. Gdy go dotykali, miało spełnić się wymyślone w tym czasie marzenie. Nie dotknąłem płaskorzeźby. Nie dałem ślepemu harmoniście ani grosza, bo nie miałem ani grosza dla harmonistów. Wszystkie pieniądze były przeznaczone na Lenkę. Zostało mi stać pod murem i czekać.

Było tam wielu zakochanych i zrobiła się druga, a potem trzecia. Oni wszyscy trzymali się wpół.

Wyrzuciłem róże do Wełtawy. W knajpie pod mostem barman wzruszył się, bo moja historia była cholernie romantyczna.

Potem wszystko przemknęło jak przewijany pornos. Butelka beherowki i jeden mały fernet z gwinta. Łzy w słuchawkach nad smyczkowym koncertem. Paw do Wełtawy i dwaj nawaleni Niemcy, którym podprowadzono samochód. Kolejny barman, wzruszający się przy historii o moście. Bijatyka Niemców ze Szwedami w klubie Sluniczko. Nawalony pociąg do Polski.

– Nie przyszłam, bo nie wierzyłam, że to zrobisz – powie potem Lenka, wzruszając ramionami z żenującą kokieterią. Pochylę głowę; przecież będę ją kochał.

Jedziemy dalej.

Odwracam się i szarpię drzwiami. Patrząc na Lenkę i jej tyłek, wychodzę z roku jeden dziewięć dziewięć pięć i z założenia, że może jednak kiedy indziej. Na zakręcie wpadam z powrotem w rzeczywistość. Znowu jest koniec października, najzupełniej zasrany rok dwa tysiące jeden. Miasto stołeczne, centralnie The Vistula River. Mam dwadzieścia dziewięć lat.

– Dzień dobry państwu, Jolanta Pieńkowska, zaczynamy *Wiadomości* – mówi telewizor Trinitron, który jest własnością Grzesiulka, podobnie jak całe mieszkanie, w którym siedzimy. Scena przedstawia pokój urządzony tradycyjnie, w stylu późnego socrealizmu, z kapitalistycznym telewizorem i kanapą, na której siedzą bohaterowie. Jest sobota, kac po piątku. Mija pół godziny i siedem piw. W pokoju wisi już siekiera, za oknem świeci księżyc.

– Pierdolnijmy!

Cholerny salon zależnych. W telewizorze Czesława mówi, że jest mikrofonem Jezusa. Pani redaktor z grubym tyłkiem wypytuje również pana Wieśka, który miał podobne objawienie, tylko że po denaturacie.

– Przyszedł w te miejsce, gdzie powiesiłem kapliczkie i powiedział, że nadejdzie koniec świata, w niedzielę o dwunastej – mówi pan Wiesiek z przejęciem.

– Telezakupy Bambo – mówi nagle telewizor, okrutnie przejęty – zamów już teraz rewelacyjny aparat Miętus trzysta.

Dynia i Fawor otwierają pół litra.

– Zero, zero, siedemset, pięćset, pięćset – mówi telewizor szeptem i pokazuje dwa wielkie cycki miętolone w rękach przez dużą, rumianą babę. – Zadzwoń teraz.

Nie dzwonimy. Słuchamy marszałka sejmu, który wstrzymał ustawę po aferze podatkowej, ale prezydent nie zawetował, ale zebrała się komisja.

– Matka Boska mówi mi, co mam robić – opowiada pani Czesława.

– Towarzyszą temu jakieś zjawiska paranormalne? – pyta pani redaktor z grubym tyłkiem.

– Tak, cuda – odpowiada Czesława, która też ma taki.
– Jakie cuda?
– Mój mąż przyszedł do mnie i powiedział, że ma prąd w rękach.
– I co?
– I Pan Jezus powiedział, że drzewa jak zapałki będą połamane, a domy jak pudełka od zapałek będą się niszczyły, jak kapłan odrzuci ten cud.
– Szkoda prądu, kończmy nagranie – mówi ksiądz. – W całej ewangelii tego nie ma.
Czesława jest wstrząśnięta.
– Co to jest ewangelia?
– Właśnie, co to? – odzywa się Dynia, lecz nikt mu nie odpowiada. Oglądamy wiadomości z Izraela, gdzie po raz milionowy odbywa się naparzana między Żydami i Arabami.
– O, przybieżeli do Betlejem! – mówi Fawor.
– Bach-bach! – mówi telewizor, pokazując dwa izraelskie czołgi, strzelające z dział na ulicy jakiegoś palestyńskiego miasteczka. Potem zmienia się nastrój i widać wieśniaka diskopolo, który szybuje po niebie przywiązany do dwóch desek. Ma rozdziawioną gębę i na tej gębie wąsy, jak to wieśniak.
– Wygrałeś już wszystkie medale – mówi dziennikarz o kwadratowej głowie – przed tobą następne mistrzostwa.
– Tak, wię – mówi uśmiechnięty wieśniak – następne miszczostwa.
W tunezyjskiej telewizji biega Reksio, ale ma arabskie napisy. W katarskiej baba ma na głowie arafatkę i krzyczy, pokazując palcem ekran, a na nim tłum facetów z kałaszami, którzy krzyczą jeszcze głośniej, bo jest ich ze trzystu.
– Amma el amma ech chałła! – krzyczy baba.
– Polej, kurwa! – krzyczy Dynia.
Kręci mi się w głowie.
– Nie ma ktoś Los Fastidios?

Telewizja nawija jak magiel.
– Le problem de futbol...
– Diferente nostas hostas...
– Ułła! Bułła! Marałła!
– Disis sijenen...
– Awąs, awąs, se tunewidąs.
– Deala uala dum, dala dum!
– Panowie, zrzygam się.
– Nie moja wina, że to gówno ma pięćset czterdzieści kanałów.
– A widzieliście ten film o agentach Sztazi, którzy dymali dziewuchy z Bundestagu, żeby wyciągnąć od nich tajne informacje?
– Taaa, widzieliśmy.
– Pierdolnijmy!
– Bueee.
– A ty co tak siedzisz?
– Bo ja to myślę czasami, że wynajęła mnie agencja Ułła Bułła, żebym miał jeszcze większego pierdolca i nikogo od niczego, znaczy się, niczego od nikogo nie wyciągał. Tylko dymał gówniary.
– No ale ty przecież dymasz gówniary.
– No właśnie. Niczego innego nie robię.
– Eee, to ty jesteś niepoprawny politycznie.
– Właśnie że jestem poprawny politycznie. Mam trzy pedały w samochodzie.
– Ałła, chałła, marałła, nassra, kutassa.
– Wypijmy!
– Elektroniczny piekarz za jedyne dwieście siedemdziesiąt pięć. Zadzwoń teraz.
– Kotku, tu Jola, zagrasz w różowe?
– Ałła, chałła! Nassra marałła!
– Pani Helga zostawiła Dietera i żyje z dwunastoma psami. Dieter mówi, że na tle historii tych kilka złamanych serc wydaje mu się niczym.

– Te, masz swój film o Sztazi, chyba go powtarzają.
– Ale on mądrze gada, ten Dieter.
– A co on gada, bo nie usłyszałem? Polej jeszcze, z łaski swojej.
– Że miłość... e, nie, poczekaj, że miłość... no, że mu się wydaje niczym.
– Ameryki nie odkrył.
– Nawaliłem się.
– Słuchajcie, podobno prezydent spał z Królewną Śnieżką.
– No tak, a frytki są z wołowiny.
– Tak, nawet kowboje są z wołowiny.
– Hatta hali laha halija! Abdi-mabda-el am halija!
– ...A na polu goła baba skrada się do baobaba...
– Przymknij się! Daj oglądać albo pij.
– Przecież piję z tobą już trzeci miesiąc.
– No właśnie, więc przymknij się.
– O, zupki w tajskiej telewizji.
– Dobry wieczór, Jolanta Pieńkowska, wiadomości w skrócie.
– Niente, niente, niente, kono mija ragacca.
– Zero siedemset pięćset pięćset, zadzwoń teraz.
– Ta Hiszpanka nawija jak trabant na niskich obrotach.
– To Włoszka, debilu.
– Nieprawda, zmieniłem kanał.
– Nie rzygaj mi tu! Wczoraj było odkurzane!
– Partyzantów było zaledwie dziesięciu...
– Zmień go jeszcze raz.
– No co ty, to o wojnie.
– No więc zmień go.
– Dewidendosz mendosz...
– Bler difents trejd polisy...
– Ałła chałła...
– Polej, kretynie!
Jedziemy dalej.

Daleko, daleko stąd jest przyszłość. Nie znam jej. Nie wiem nawet, czy w niej jestem, czy dane mi po niej się pałętać. Pocieszam się, że przyszłość będzie już za chwilę... o teraz. Zanim zdążę zapisać wyraz, który wymyśliłem, przyszłość tego wyrazu już nadchodzi. Zmierzam do niej nieuchronnie.

Cokolwiek bym zrobił, jakkolwiek traktowałbym swoje życie, ono jednak miga jak w cholernym kalejdoskopie. Błyskają mi święta z pierwszą choinką, szkoła i filmy o samochodach ze złomu, i cała reszta tych wszystkich idiotycznych historii, aż wreszcie siadam z pilotem w ręku i po omacku wciskam numerki. Wciskam na czuja. Raz jeden, raz drugi. Czasem wciskam je po kolei, a kiedy indziej zupełnie mi się pieprzy. Wciskam jeden dziewięć siedem dwa. Rodzę się, nadaje do mnie kudłaty piesek. Wciskam jeden dziewięć dziewięć dwa. Gram w zespole, kupiłem glany. Wciskam jeden dziewięć osiem trzy. Stoję w kolejce po arbuzy. Wciskam jeden dziewięć sześć pięć. Nie ma mnie, nie istnieję. Mój ojciec jest kawalerem z odzysku. Wciskam jeden dziewięć dziewięć pięć. W rzeczy samej, od niechcenia.

Jest znowu rok tysiąc dziewięćset dziewięćdziesiąty piąty. Mieszkam w Pradze, stolicy pepików. Tak, mieszkam tu. Ocipiałem i mieszkam w Czechach. Na uniwersytecie pozwolili mi wziąć rok urlopu dziekańskiego, a naczelny w gazecie z namaszczeniem wypisał wszystkie potrzebne papiery i zostałem najmłodszym korespondentem zagranicznym w historii polskiej prasy. Zostawiłem sobie dyżurną muzę w postaci Lenki; w końcu to ona mnie wrobiła w to wszystko, choć w zasadzie nikt nie pytał jej o zdanie. Olewała mnie, a jednak zrobiłem to. W każdej dziedzinie muszą pojawiać się pionierzy. Nie byłem co prawda pierwszy na świecie w takie klocki, za to mogłem chwalić się pierwszeństwem w dziedzinie korespondencji zagranicznych oraz historii polskiego dziennikarstwa. Zresztą Lenka miała podążyć w moje ślady i wrócić do domu. Jej ostatnie dydaktyczne podrygi w Warszawie zbliżały się wielkimi krokami; już wkrótce miała skończyć studia i ponownie objawić się w rodzinnych stronach. Pomyślałem sobie, jak wszyscy młodzi Werterowie albo jak ten koleś ze *Stu lat samotności*, że będę czekał. Że może wtedy.

Mam czarny płaszcz z wełny i czapkę gawrosza; zapalam papierosa na schodach do Lucerny, a potem wciągam cały blichtr tej sytuacji w swoje dwudziestotrzyletnie miechy. Te pseudobarokowe marmury zaprojektował ojciec Havla, zresztą pepikowie nie omieszkają wspominać o tym na każdym rogu tego mocnego skądinąd przybytku. Pół godziny temu ja i Karaś wypiliśmy po flaszce ferneta na głowę w kawiarni na pierwszym piętrze. To bardzo ładna kawiarnia. Wszystko wygląda dokładnie tak jak przed wojną. Wszystko jest takie nobliwe i tchnie tradycjami, a może mi się po prostu tak wydaje, od kiedy wiem, że to jest ulubione miejsce Lenki; ona przyjeżdża do Pragi chociaż na chwilę w soboty, jeżeli uzbiera na taką podróż odpowiednio dużo pieniędzy. Wtedy ściąga swoją polską maskę, znowu mówi po czesku i przychodzi do Lucerny.

Teraz stoimy na jej schodach i zastanawiamy się, czy na Vaclavaku zaczął się już zachód słońca, czy też może ciągle trwa biały dzień.

Wrócę tu jeszcze wielokrotnie i za każdym razem będę wspominał Karasia, ale teraz on wyciąga z torby aparat i składa się do fotografii.

W szerokokątnym obiektywie Lucerna i ja, i objęci wpół pepikowie w tle mieszają się z płomieniem zapałki. Wyginam się jak cień.

– Jest dżezowo – mówi Karaś.

Tak, na tym zdjęciu już do końca świata będzie dżezowo. Tłumaczę to sobie, machając dłonią, w której gaśnie zapałka. Zapałka i ja zostaniemy w kadrze, a ja nawet zeskanuję sobie kiedyś tę fotografię, jak będę miał trzydzieści lat, bo ona jest tak ładna, że aż głupio nazywać ją po prostu zdjęciem, i będę wysyłał do znajomych, dodając w opisie imejla, że tak właśnie wyglądałem w czasach, gdy byłem piękny i młody.

Wszyscy moi znajomi będą gratulować mi i cieszyć się, że taki byłem. Płomień na zapałce będzie jasny i wieczny. Moja czapka gawrosza, mój płaszcz, zielona koszula i ja też będziemy jaśni i wieczni. I Lucerna też będzie taka na moim zdjęciu w tych imejlach. I tak dalej, i tak dalej. Ple ple ple.

Wychodzimy na ulicę i krążymy po praskiej Starówce, bez celu i bez ładu, bo oto zdarzają nam się miejsca, w których nagle zaczynamy się pojawiać po raz drugi i trzeci. W romantycznych i awanturniczych historiach obowiązkowo pojawia się motyw dwóch kumpli, błąkających się w nocy po jakimś mieście, więc tym razem nie dzieje się inaczej.

– Dej si panaka! – grzmi Karaś po czesku, machając butelką do jakiejś dziewczyny, samotnie przemierzającej drogę do przystanku. Ku naszemu zdumieniu dziewczyna zatrzymuje się, uśmiecha, a nawet rumieni. Rumieni. Pierwsze skojarzenie: rumieni się jak Lenka. Uśmiecha się tak samo jak ona. Już ją kocham, jest moim cholernym bóstwem. Dziewczyna wyciąga dłoń do Karasia i bez żenady pije kilka siarczystych łyków, aż ją dławi. Ociera strugi, które płyną jej z kącików ust. Uśmiecha się głupio.

– Ne delam to zavzdy – mówi zawstydzona i znika w rzadkim, ale wciąż ruchliwym chodnikowym tłumie.

I kiedy jest się nawalonym poetą, a przynajmniej do takiej roli się pretenduje, już można godzinami rozważać, dlaczego dziewczyna tak postąpiła. Może zostawił ją narzeczony i błąka się zdołowana po tych zaszczanych barokowych ulicach, tak jak my. Może to był karygodny, wiekopomny błąd, że pozwoliłem jej odejść. Może to byłaby znajomość na lata, a tak nigdy już nie wrócimy do tej chwili, kiedy ja i ona stanęliśmy ze sobą twarzą w twarz i ta zdezorientowana czeska dziewczyna wzięła od Karasia butelkę. Może, może. Może poszlibyśmy dalej w miasto i zostawili sobie numery telefonów, a ja potem wracałbym do niej i umawiał się z nią, i to byłoby coś, bo od tej pory właśnie ona byłaby moją cholerną muzą z byłej Czechosłowacji. A może to zwykła szmata, która pije z przygodnymi facetami na ulicach. Albo uzależniła się od alkoholu i teraz musi ładować do gardła, co jej się tylko przytrafi, a że przytrafiłem się ja i mój fernet, ładuje mój fernet. A może to była szansa dla Karasia? Może zatrzymała się przy nas tylko ze względu na niego i właśnie spierdzielił doskonałą okazję, żeby poznać tę babkę. I tak dalej. Magia wyborów, które trafiają się w życiu w każdej sekundzie, wydała mi się nagle tak przeogromna, że aż zabolało, gdzieś przy mostku, tam gdzie spływał fernet, w przełyku moim, Karasia i dziewczyny, która poszła swoją drogą.

– W Warszawie dostałbym za to po ryju – odzywa się Karaś refleksyjnie i siada na krawężniku. – To jest jednak miasto poetów.

– Prędzej pijaków – wyginam kark najboleśniej, jak potrafię, by widzieć tylko niebo i mówić do księżyca. – To kraj pijaków, tylko że oni nie uwalają się tak jak my. A przynajmniej tego tak nie widać.

– Widocznie piją po trochu i są wiecznie na bani.

– Widocznie.

– Chodźmy nad rzekę, a po drodze do sklepu.

– Tak, zresztą wszystko mi jedno. Chodźmy.

– Ty ją kochasz, prawda? To przez nią tutaj jesteś, prawda? Nie podpisałeś tego kontraktu dla pieniędzy, prawda?

– Karaś, kurwa twoja mać, za dużo prawdy zwali cię z nóg... Pij po trochu.

– Stań przy tamtym śmietniku. Zrobię ci zdjęcie. Stary, to strasznie poetycka chwila.

– Nie pierdol. Zapodawaj.

W ciemnościach kamienice wydają nam się jednakowe, tak samo jak coraz bardziej jednakowe są kadry, do których składa się Karaś w przerwach między łykami ferneta. Chwiejąc się na boki, robi zdjęcia rozwalonym kubłom na śmieci i fasadom kamienic, które ledwo widać w półmroku. Wreszcie Wełtawa. I znowu most, tyle że nie Karola, a jakiegoś innego cwaniaka, który dotąd wydziwiał w średniowieczu, aż zaczęli mu budować mosty i stawiać pomniki, żeby w tych wszystkich złoconych figurkach i płaskorzeźbach ukoił swój cholerny narcyzm. Kojenie wszystkiego i wszystkich jest chyba odwieczną świętą misją tego miasta.

Ale Wełtawa nie przynosi nam ukojenia. Walimy ferneta, rozmawiamy o Lence. Katujemy się nią. I tym wszystkim, co będzie się działo, gdy Lenka tu przyjedzie i gdy zaczną się dobre czasy, czasy piękne i szczęśliwe. Tak przynajmniej uważamy po trzech flaszkach. Karaś pyta, czy wrócę jeszcze kiedyś do Warszawy. Odpowiadam mu, że nie wiem i że tutaj marzy mi się mój dom. Wychylam jeszcze jeden łyk i wyobrażam sobie, że będę tutaj spacerował z własnym dzieckiem. Że będzie świeciło mocne i przejrzyste słońce, a życie będzie sklecone tak samo jasno i przejrzyście. Pijany Karaś zwija rolkę filmu, którą wypstrykał w zabytkowych bramach kamienic i pod ozdobnymi latarniami; wydaje mu się, że wszystkie te półcienie, które wywoła później w sepii, oprawi w ramki i walnie sobie na ścianę, są cholernie artystyczne. Na domiar złego znam co najmniej dziesięć osób, które będą uważały podobnie, gdy odwiedzą Karasia i zobaczą półcienie w bramach wiszące nad jego rozgrzebanym wyrem.

Proszę tylko spojrzeć. Wzgórza na Hradczanach świecą jak dyskoteka, mosty błyszczą jak girlandy. Scena przedstawia stare czeskie miasto, dodajmy, że istotnie ładne. Nie jest to scena z filmu czeskiego; zważmy, że to ostatnio modne wśród uznanych zachodnich reżyserów kręcić tu filmy, które nijak nie odwołują się do kultury tego knedlikowego kraju. Tak samo jest i w tym filmie. Jego nędzna fabuła, po stokroć nędzna, opowiada o miłości głównego bohatera do czeskiej kobiety, w dodatku miłości nieodwzajemnionej, jak się nagle okazało. To po prostu żałosne, że główny bohater bierze w tym wszystkim udział, ale nie osądzajmy go zbyt pochopnie; obiecuję, że jeszcze zdąży rozgrzać atmosferę tej zatęchłej kieślowszczyzny, w którą się uwikłał. W starym czeskim mieście jest już wieczór, konkretnie jesienny wieczór, ale wystarczająco ciepły, by ludzie bez skrępowania spacerowali po ulicy w lekkich płaszczach. Na betonowym murku nad rzeką Wełtawą siedzą dwaj bohaterowie. Jeden z nich podpisał kontrakt wyjazdowy z dużą polską gazetą, byle tylko znaleźć się w tym mieście i żyć jak najbliżej tych ludzi. Wynajmuje zatem pokój na poddaszu miejscowej akademii muzycznej i stara się żyć pośród nich, choć jak na razie żyje głównie wśród opętanych studentów tej uczelni; choćby schował głowę pod poduszkę i zaczął głośno krzyczeć, nie zagłuszy rzępolenia instrumentów, które słychać tu z każdego okna i przez każdą ścianę, od rana do nocy. Bohater stara się lubić to rzępolenie. Stara się lubić wszystko, co tu zastał, od momentu, gdy złożył swój pierwszy wniosek o legalizację pobytu. Do tej pory śmiał się z Czechów. Polacy śmieją się z Czechów, bo ich język wydaje im się zabawny. Ale bohater się już nie śmieje. Przyjechał tu z miłości do czeskiej kobiety. Teraz wszystko, co czeskie, kojarzy mu się z rumianymi policzkami oraz parą tak samo rumianych czeskich cycków. Tak kojarzą się wyłącznie zjawiska pozytywne. Główny bohater wykonał gest nieobliczalnego poświęcenia, przyjeżdżając do tego średniowiecznego złomowiska i deklarując, że zostanie tu na zawsze z powodu dwóch cycków. Ale należy go rozgrzeszyć; ma dopiero dwadzieścia trzy lata. W takim wieku to łatwe: wziąć dziekankę, podpisać papier, pomachać starym na do widzenia i nagle ni stąd, ni zowąd uznać, że od tej pory będzie Czechem, ewentualnie innym Papuasem czy mormonem. W tym wieku to czysta normalka, zważywszy, że koleś ten dostaje za swój wiekopomny gest czterdzieści pięć dolarów dziennej diety; w przyszłości, niezależnie od przebiegu wypadków, pieniądze te uzbierają się w całkiem niezłą sumę, która wystarczy na zakup kawalerki i zwiedzenie pewnego całkiem egzotycznego archipelagu. Na razie jednak bohater nie myśli o walucie. Zakochał się w dwóch czeskich cyckach; to całkowicie normalne, że nawet zawrotna ilość dolarów nie jest w stanie zbić go z tropu i odciągnąć od zamiaru z cyckami tymi zbliżenia.

Główny bohater i jego kolega siedzą nad Wełtawą i piją ferneta. Ciągle go piją; w końcu są Polakami i spotkali się po dłuższej przerwie. Z jakichś niekoniecznie wyjaśnionych przyczyn Polacy zawsze to robią, gdy nie mają nic innego do roboty, ewentualnie gdy przytłacza ich sytuacja polityczna, a należy zauważyć, że przytłacza ich zawsze, nawet gdy nie jest przytłaczająca. Wracając jednak do sceny, to główny bohater gapi się na czeskie niebo, jak wół na malowane wrota, i marzy o wielkiej czeskiej miłości, obalając z gwinta brązowe dziwadło fernet stock.

– Chciałbym kiedyś napisać o tym wszystkim książkę – mówi główny bohater.

– Tak, to byłby piękny temat na książkę – dodaje kolega głównego bohatera.

Obaj myślą o czym innym, lecz to przecież nie rzutuje, gdy sprawa dotyczy braterskiego pijaństwa, w dodatku na obczyźnie, a jeszcze dodatkowo wszystko to ma jakiś związek z kobietami. Polacy nie zaprzątają sobie głowy szczegółami w tak pomnikowych chwilach i szczerze się przyznam, że lubię za to Polaków, chociaż na co dzień wnerwiają mnie niemiłosiernie. Wiem, co mówię. Jestem w końcu głównym bohaterem.

Główny bohater nie wie jeszcze, że jego marzenia o Lence, która już wkrótce skończy studia w Warszawie, po czym przyjedzie tu i pokocha go, są nic niewarte. Natomiast marzenia o książce spełnią się, lecz dopiero za dziewięć lat. Główny bohater spędzi w tym mieście jeszcze trochę czasu. Następnie nadejdzie słynna scena, w której główny bohater przyjeżdża do Warszawy, by odwiedzić tam Lenkę. Będzie zamierzał oznajmić jej, że mieszka w Pradze i że czeka tam na nią. A także wręczyć jej siedem róż. Będzie lato roku tysiąc dziewięćset dziewięćdziesiątego szóstego.

Lenka przedstawi mu swojego nowego chłopaka.

Główny bohater urżnie się więc haniebnie w klubie studenckim nieopodal akademika. Pomogą mu w tym barman klubu oraz studenci fizyki, których bardzo wzruszy ta opowieść. Obalą siedem flaszek we czterech i zaczną dość specyficznie myśleć o przyszłości.

Pijani studenci pożyczą głównemu bohaterowi małego fiata, bohater zaś wsiądzie do niego i rozpędzi się na głównej alejce kampusu.

Mały fiat z głównym bohaterem i z prędkością pięćdziesięciu kilometrów na godzinę wjedzie po trzech schodkach na ganek akademika. To będzie akademik numer sześćdziesiąt sześć. Kierunkowy do szatana ma tylko o jedną szóstkę więcej. Mały fiat wjedzie do wewnątrz i rozwali gipsową ścianę kuchni, masakrując po drodze świetlicę i zlew. Potem zatrzyma się; zrobi to wielkie wrażenie na Lence i jej nowym chłopcu, którzy też będą wtedy w tym akademiku.

Odwołania do historii Don Kiszota wydają mi się jak najbardziej oczywiste.

Policja stwierdzi dwa promile w wydychanym powietrzu.

Kolegium orzeknie trzy lata zakazu prowadzenia pojazdów i czterdzieści milionów starych złotych grzywny w ratach.

Główny bohater będzie tego żałował, choć przecież nie ma czego, bo inaczej nie stworzyłby legendy. W wypadku nie poniesie żadnych ran. Zerwie kontrakt i wróci do Warszawy na stałe. Wkrótce kupi wspomniane mieszkanie.

Nigdy już nie spotka Lenki, choć będzie próbował jej szukać.

I od tej pory Praga będzie mu się wydawała zasrana.

Jedziemy dalej.

Lato tego roku rzeczywiście było hardkorowe, że tak nadużyję tego słowa. Faktycznie rozwaliłem tego malucha o akademik, a potem kupiłem sobie w Warszawie mieszkanie. Potem zupełnie mi odbiło i wziąłem urlop bezpłatny, by włóczyć się przez trzy miesiące po Cykladach. W szaleństwie tym była metoda: zamierzałem odszukać tam Lenkę, a nawet siebie samego. Bo widzicie, nawet taka głupia włóczęga musiała mieć powód w postaci Lenki. Jej nowy facet był z pochodzenia Grekiem. Pewnego pięknego dnia, spakował jej manatki i zabrał na jedną z tych przeklętych wysp, gdzie jego ojciec prowadził kafeneio. Wciąż mi się wydawało, że będzie to wyjątkowo mocnym akcentem, gdy odnajdę tam Lenkę. Nie bardzo wiedziałem, gdzie jej szukać; nie bardzo wiedziałem też, co właściwie zrobię, gdy dokonam tego dzieła. Jak każdy głupek wychowany na Mickiewiczu, Cervantesie i Byronie, miałem w dupie tak przyziemne kwestie.

Cyklady. Przebój, nie historia. Teraz różni idioci zmykają do tropików całymi batalionami, ale w dziewięćdziesiątym szóstym nie zdarzało się to zbyt często, by zdruzgotany japiszon porzucał swą zagraniczną placówkę, chował do szafy krawaty od Bossa, zwalniał się na pół roku z roboty i dawał dyla na rajskie plaże, gdzie pije się gorzałę do zachodzącego słońca i młóci amerykańskie turystki, bajerując je na ten sam, nieśmiertelny już monolog Hamleta w oryginale, którego te nieszczęśnice o zadartych amerykańskich noskach nigdy nie słyszały w swoim durnowatym hajskulu. Być może nawet był to rokendrol hajskul, któż raczy wiedzieć takie rzeczy.

W tamtej galaktyce był lipiec, rok tysiąc dziewięćset dziewięćdziesiąty szósty. Rok, w którym Cyklady były zaledwie tematem piosenek, ale w żadnym wypadku obiektem zmasowanych ataków polskiej publiczności spod znaku dresiarskiego biura podróży.

Wszystko mi się kiełbasiło od upału. Biały złamas o skórze bladej jak mleko nie był w stanie znieść takich temperatur; dochodziło do trzydziestu ośmiu stopni w cieniu i nie miało zamiaru zelżeć, a ja byłem białym złamasem o takiej właśnie skórze, któremu to ocipiałe słońce spaliło ramiona do strupów.

Teraz byłem udupiony. Zająłem sobie najwyższe łóżko na dachu najtańszego schroniska dla włóczęgów i podziwiałem słomkowy daszek, pijąc wino. Miałem trzy siatki wina i dwie tuby kremu na oparzenia, wedle moich kalkulacji miało mi to starczyć na jakieś dwa dni, z dużym marginesem na sranie i jeszcze większym na przemianę płynów. Byłem człowiekiem bezmyślnym i bez skazy, i tylko przy mocnej zwale nawijałem sam do siebie jakieś idiotyzmy o Lence, która wciąż nie mogła się rozpłynąć w tej dziczy.

Domy na skale. Kaldera strzelista jak wulkan, otaczająca mnie zewsząd i tak potężna, że nawet zapach tego gorącego powietrza zalatywał kalderą, tym piaskowym brązem z pianką białych domków na szczycie. To naprawdę bardzo mała wyspa. Jak planeta Małego Księcia, po której zasuwał od świtu do nocy, żeby wyrywać baobaby i przykrywać różę kloszem. I tylko róży tutaj nie ma. Wszystko wedle kanonu – na plażach leżą miliony kamyków, na milionach kamyków tysiące, setki tysięcy lasek, w sensie tych róż. Mają gołe klaty, które smarują sobie olejkami, i leżą, jak na straganie, czekając na księcia, który przyjedzie przykryć je kloszem. Ale przykrywają je tylko miejscowi lowelasi. Wieczorem zjeżdżają się do miasteczka, które jest wielkości supermarketu, i krążą wokół rynku na swoich pierdzących dwukółkach. Pod murami stoją panny, wyszykowane, wymalowane, opalone. Ich blond grzywy falują w wyzywających ruchach. Laski kiwają się z tymi grzywami na boki, żeby odsłonić raz jeden, raz drugi profil. Wypinają najpierw jeden, potem drugi cycek, opakowany w przezroczystą bluzkę. Trochę to wygląda jak taniec, chociaż ze wszystkich sześciu knajp na rynku dobiega kociokwik sześciu różnych piosenek, ale godowy taniec tych panienek umie poradzić sobie nawet z takim zadaniem. Wiedzą, czego chcą. To w sumie ładne, miłe kobiety, z naciskiem na kobiety. Przyjechały tu z Niemiec, z Norwegii i ze Szwecji, po dziewiętnastu, dwudziestu latach obcowania z bladymi białasami. Rżnęli je kibole i miejscowi skejtowcy, a wszyscy oni byli pryszczaci, kiepscy w te klocki i przed wszystkim – byli cholernie biali. A na rynku tego miasteczka świat stawał przed nimi zupełnie nowym otworem. Przyjeżdżali lowelasi na motorach. Krążyli tak w kółko, aż zaczynali zagarniać na swoje motory po jednej panience; te bez sprzeciwu wsiadały. Jechali się rżnąć gdzieś w krzaczorach albo w łodzi wyciągniętej na brzeg morza i za pół godziny byli z powrotem. Na straganach były już nowe róże. I nowi lowelasi krążyli wokół nich przez kilka chwil, żeby zabrać sobie po jednej. I wszystko to kręciło się jak w jakimś idiotycznym kalejdoskopie albo raczej w totolotku, bo to przecież tam jest maszyna z takim długim ramieniem, która kręci się, żeby długo przytrzymać telewidza w niepewności, aż zagarnia szczęśliwą kulkę do osobnej komory.

Właściwie to na całym świecie są laski, filujące w jakimś kurorcie na łut szczęścia, i kolesie na motorach, którzy przyjeżdżają je wyruchać. To się już chyba nigdy nie zmieni.

Domy na skale. Zdaje się, że to w Biblii Dżizas mówił do Piotra: „Ty jesteś skała, a na tej skale zbuduję Kościół mój". To prawda. Tu wszystko wygląda, brzmi i pachnie jak świątynia. Nawet to dziwkarskie targowisko, chociaż ciężko powiedzieć, jak nazywa się religia, w myśl której nagrzane białe małolaty puszczają się z miejscowymi lowelasami.

Na dachu mojego przytułu urzędował Angol imieniem Robert, co do którego byłem początkowo przekonany, że jest kompletnym pedałem. Nie to żeby wyglądał jakoś dziwnie albo robił debilne propozycje. Gość był niewyobrażalnie upierdliwy. W jabolowej malignie, gdzieś w połowie drogi między moim piętrowym łóżkiem a kiblem, wygadałem mu się, że nie wiem, co tutaj robię, bo Lenka, która jest z byłej Czechosłowacji, bzyka się właśnie ze swoim greckim dżolem na jednej z tych pięknych wysp, a ja poparzyłem sobie łapy i nawet nie wiem, gdzie należy tej Lenki szukać. I że Robert jest pedziem jak obszył, więc boję się opowiadać mu więcej, bo niechybnie zacznie myśleć, że mam co do niego jakieś dewianckie zakusy.

– To okrutne – wystękał. – Jesteś nieszczęśliwy w najszczęśliwszym miejscu na świecie.

Nie był pedałem. Jeszcze tego samego wieczoru w najszczęśliwszym miejscu na świecie przygruchał sobie idiotkę imieniem Heather. Właściwie to ja mu ją załatwiłem. Stała w kolejce do bufetu i nie miała nic pod koszulką z napisem „Seattle University". Wydała mi się więc istotna z punktu widzenia wymiany kodów genetycznych. Wybełkotałem Hamleta, licząc, że dokona mądrego wyboru, jednak mój stan ogólny musiał do niej zdecydowanie nie przemawiać. Podryw się udał, ale bzykanie przypadło w udziale Robertowi. Tak staliśmy się kumplami.

Angol był jednym z tych świrusów, którzy oszczędzają latami pieniądze, by potem włóczyć się bez końca po świecie, czytając stare wydania przewodników *Lonely Planet*, które są spóźnione o kilka sezonów, lecz przecież zbłąkanym świrusom to w zupełności nie przeszkadza. Historia o Lence rzuciła go na kolana, uznał bowiem, że jest niesamowicie szekspirowska, on zaś uwielbia szekspirowskie historie, ponieważ urodził się w Stratfordzie, gdzie wypociny nieśmiertelnego Billa wciska się dzieciom zamiast pacierza. Tak sobie to przynajmniej wyobrażam. Powiedziałem mu, że chcę znaleźć Lenkę w tym tropikalnym pierdolisku, ale po co zamierzam tego dokonać, nie wiem i nie powiem. To go rozkleiło do reszty i od tej pory nie chciał się ode mnie odczepić. Wypiliśmy jeszcze parę win, a on po czterech dniach zarzucił bzykanie biednej Heather, co mnie zasadniczo ucieszyło, bo robił to centralnie na pryczy pode mną, a miałem już dosyć frustracji tego lata, ona zaś była istotnie rębna. I nagle stwierdził, że odnajdzie Lenkę, ponieważ tak mocarny akcent polsko-czesko-szekspirowski może mu się już nigdy więcej nie przytrafić. A jedyni Polacy, których do tej pory oglądał, byli niepiśmiennymi robolami na budowie w rodzinnym Stratfordzie; w życiu nie przypuszczał, że istnieją inni przedstawiciele tego dziwnego narodu, więc jego zapał do akcji wydawał mi się nie do zgaszenia.

– Nie masz lepszych pomysłów na życie? – zapytałem, kiedy strupy na rękach zasadniczo pospadały.

– Tu nie chodzi o pomysł, maj polisz frend – odparł dramatycznie. – Tu nie chodzi o pomysł, tu chodzi o to, że ja jestem ciekaw, jak ta historia się skończy.

Swoją drogą ja również byłem tego ciekaw, nie mogłem zatem protestować przeciwko zapędom poznawczym biednego Angola.

Nim się tego dowiedział, musieliśmy zabajerować Hamletem jeszcze pięć amerykańskich dziewczyn o różnych zakręconych imionach. Tylko dwie zgłosiły akces, przy czym moja była tak napalona i pijana, że zdołała tylko rozebrać się nieopodal młyna w mieście Oia, które jest wielkości supermarketu. Gdy się rozbierała, odbiło mi i popłakałem się, patrząc na niebo. Uciekła potem, przeklinając mnie po amerykańsku. Po raz pierwszy w życiu spotkałem Amerykankę, która była bardziej nawalona ode mnie. Mógłbym w sumie dokończyć dzieła, ale płacz był silniejszy. Stało się to w mieście Oia, mieście wielkości supermarketu, o zachodzie słońca. Spod młyna był tam ładny widok na zachód słońca i miejscowy młynarz wywiesił na swoim przybytku napis: To The Sunset. W stronę słońca na widnokręgu wskazywała nieomylna strzałka, a kiedy tłumy debilnych turystów gromadziły się na wzgórzu, by robić sobie pamiątkowe zdjęcia przy sansecie, młynarz wylatywał ze środka z gąsiorem wina i poił ich dotąd, aż prosili o więcej i pstrykali coraz więcej zdjęć. Wtedy brał od nich forsę za trunek i zabierał filmy do wywołania. Jeśli wierzyć Robertowi, młynarz ten nigdy nie skalał się produkcją mąki.

Domy na skale. Czasami wydaje mi się, że właśnie w takim miejscu mógłby być mój dom. Ale mojego domu tutaj nie ma, bo mojego domu nie ma w ogóle, ale ja może jednak daruję sobie znowu ten patos.

Tej nocy, gdy pijana Amerykanka zdołała się rozebrać i uciec, poszliśmy do jedynej dyskoteki w mieście Oia, mieście wielkości supermarketu. Nie chciało nam się już nikogo podrywać ani tym bardziej pląsać przy łupu-cupu z automatów. Na parkiecie, pośród zgorszonych dupeniek i ich opalonych lowelasów, podrygiwał kaleka o kulach.

Jego desperacja kosztowała mnie pół litra metaksy, by zagłuszyć próżne polskie wzruszenie. Kaleka potykał się i przewracał; głupie pindy i ich panowie rozstępowali się wtedy z obrzydzeniem, a ja wstawałem i podnosiłem go, by podrygiwał znowu. Mówił coś o wypadku, w którym jego nogi przestały działać, i że wcześniej jak nikt na świecie uwielbiał dyskoteki, ale ja po raz pierwszy w życiu żałowałem, że rozumiem po angielsku.

W najszczęśliwszym miejscu na świecie było dla mnie aż za dużo nieszczęścia. Najpierw Lenka, teraz ten gość na kulach.

Odpadłem. Rozpłynąłem się w tej galaktyce bez reszty.

– Kafe, koka... – głos starego był wytłumiony i rozpaczliwy. Jak można zostawać barmanem w tak podeszłym wieku. Zrobił rundkę wokoło podwórka, szurając stópkami ze wzrokiem utkwionym w pustą tacę, którą kurczowo dzierżył w obu rękach.

– Kafe, koka – jedyne słowa wypowiadane w tym miejscu tak często, jeśli nie w ogóle jakiekolwiek wypowiadane tutaj słowa.

Scena przedstawia greckie miasto Oia, które, jak wiadomo, jest wielkości supermarketu. Jest rok tysiąc dziewięćset dziewięćdziesiąty szósty. W mieście tym jest tawerna, która wisi na skale. W tawernie jest dziadek powłóczący nogami oraz główny bohater tej książki, który siedzi w bezruchu. Dziadek zachwala kawę na zimno oraz coca-colę. To jedyne obce słowa, jakie potrafi wymówić. Są również wymalowane na prowizorycznym szyldzie, który okala podwórko domu. Dziadek urządził w nim knajpę; uznał, że również on będzie miał na starość pożytek finansowy z bladych białasów, przyjeżdżających tu na opalanie, bzykanie, kafe oraz, jak się właśnie okazało, bezsensowne włóczęgi i poszukiwania lasek z Republiki Czeskiej, które odeszły z Grekiem do Grecji. Knajpa jest ładna, czysta, biała, z niebieskim dachem i obrusami takiego samego koloru.

Główny bohater siedzi tam już trzeci dzień.

Teraz kręci głową na znak odmowy, gdy dziadek podchodzi do niego z tacą. Bohater ma jeszcze dwa piwa, które zamówił na wyrost, by stały w zapasie na stoliku. Nie chciał absorbować dziadka.

Bohater pokręcił więc przecząco głową. Żal mu było starego. Jeżeli przychodzili inni goście, o ile w ogóle przychodzili, zabierał mu tacę i sam pytał ich, czego sobie życzą. Stary buntował się kokieteryjnie, ale zawsze siadał z ulgą pod swoim parasolem i patrzył, jak ten obcy, w głupiej koszuli z demobilu, biega między stolikami i zbiera drobniaki na tę zasraną kafe i kokę. W biały dzień, kiedy nawet w cieniu było trzydzieści siedem stopni, tylko główny bohater prosił o piwo. Inni mieli kwieciste szorty, uśmiechnięte miny, kamery, aparaty, żony i dzieci, i wpadali na podwórko starego tylko na zasraną kafe i kokę. Dwa głupie słowa, mające się nijak do tej wyspy, w końcu zjednoczyły tych dwóch, chociaż nigdy – no, prawie nigdy – nie zamienili ze sobą słowa.

Najpiękniejsze miejsce na świecie. Znaczy się, podobno. Bo przecież tak naprawdę to tylko ogołocona brązowa masa z lawy i ze skały, z tymi białymi domkami na szczycie, które rzeczywiście przypominają pianę na kuflu. Domek starego był niżej, autentycznie wisiał na stoku. Gdyby nie kafe i koka, a także gdyby nie główny bohater, który przepłacał u starego świadomie, stary już dawno poszedłby z torbami i najpiękniejsze miejsce na świecie także i dla niego stałoby się miejscem tragedii. Główny bohater przychodził zawsze przed południem. O ile nie wyręczał starego, unikał rozmów. Zamawiał kolejne piwa i wychodził. Wieczorem w tłumie otumanionych turystów można go było zobaczyć, jak szwenda się po zatłoczonym deptaku w Oi, mieście wielkości supermarketu. Zaliczał tam kolejne szklanki ouzo w miejscowych bufetach. Czasami pojawiał się w klubie rockowym w Thirze. Nie różnił się wtedy od jego innych bywalców. Gdy wyspa szła spać, siedział do późna na urwisku Ammoudi, wyciągał notes i ołówek, i gaworzył do siebie konspiracyjnym szeptem.

Po godzinie takiego gaworzenia wychodził do niego właściciel wiatraka, czyli rzeczony młynarz-biznesmen, który nigdy nie skalał się produkcją mąki.

– Młody. Młody. Jaki język? Jaki język ty mówisz, młody? Jaki kraj? – bąkał młynarz, rozglądając się nerwowo, jakby kraj ten był gdzieś za płotem.

– Daleko, daleko, za morzami... stąd nie widać – odpowiadał wtedy główny bohater od niechcenia i pokazywał ręką na niebo. Wtedy młynarz znikał w ciemnościach i wracał z gąsiorem pełnym wina. Gdy gwiazdy gasły, zawodząca z przerażenia żona młynarza zaciągała go do domu, klnąc na głównego bohatera i jemu podobnych alienów, którzy kręcąc się po tej ziemi, mieli taki zgubny wpływ na jej przedsiębiorczego męża.

– Kafe, koka... – zamamrotał stary ponownie i uśmiechnął się na widok nowej twarzy. Rzucił w stronę głównego bohatera spojrzenie pełne nadziei, ale ten bez entuzjazmu dał mu tylko lekceważący znak ręką. Drugą dłoń wyciągnął do nadchodzącego przybysza.

– Ty, Mały Książę – syknął Robert, siadając naprzeciwko głównego bohatera – zacznij jeść róże. Będziesz miał lepszą perspektywę.

– Odpuść sobie – odrzekł główny. – Pochwal się lepiej, ile dzisiaj utargowałeś.

Przedmiot interesów Anglika pozostawał wciąż niejasny; można było tylko się domyślać, że chodzi o jakieś cholernie nielegalne rzeczy.

Słońce dawało po tej kalderze jak głupie, bo akurat było po południu i domki bieliły się tak ładnie.

Nie powiedział Polakowi ani słowa, wiedząc, że im mniej się wie, tym krócej będą o to pytali.

Siedzieli na zewnątrz podwórka, na gołej skale, z piwami w dłoniach. Rozmowa nigdy im się nie kleiła, ale nie musieli rozmawiać zbyt wiele. Tak naprawdę nie byli przyjaciółmi ani żadnymi kolegami. Jeden robił swoje. Drugi robił swoje. Czasami pili razem, bo jak się pije, zawsze lepiej pić w grupie. Dlatego Robert i główny bohater, spełniając wielce potrzebną rolę luster, starczali sobie za mgliste wspomnienie świata, od którego uciekli. Tak samo mgliści byli ludzie i sprawy, które zostawili. W najszczęśliwszym miejscu na świecie miały odtajać do końca. Oprócz jednej.

– Ta twoja, której szukasz – powiedział Robert, mrużąc oczy od słońca – to jej tu nie ma. Od miesiąca, przynajmniej od miesiąca. Sprawdziłem w Mammounia, w centrum.

– Gdzie jest?

– Ten czarny z Mammounia nie wie, dokąd wyjechali. Ale zna innego i tamten będzie wiedział. On będzie wiedział, bo dobrze ich zna. Ojca, matkę i brata. No i ją.

Robert mówił tonem filmowego cwaniaczka, jakby dalej załatwiał swoje interesy.

– To dlaczego jeszcze nie dorwaliśmy tego innego?

– Głupia sprawa, stary. On też wyjechał.

– He. Patałachu. Też byłem w Mammounia, wiesz o tym, że tam byłem. I wiesz, że pytałem tego Murzyna o Kopustolosów. I wiesz, że nic mi nie odpowiedział.

Robert był wyraźnie zniesmaczony.

– Nie doceniasz mnie – rzekł wyniośle. – Ja mam adres tego człowieka. A właściwie będę go miał za jakieś dwa, trzy dni. Jak ruszą telefony. Bo widzisz, on jest na Krecie. Oni wszyscy tam są.

Główny sapnął ciężko i wyciągnął papierosa ze zmiętolonej paczki.

– Trzy dni. Co my będziemy robili przez trzy dni. Czy ty masz tu jeszcze coś do roboty przez najbliższe trzy dni?

– Nie.

Żona młynarza darła się przeraźliwie.

– Ale spalimy po pijanemu Union Jacka?

– Kafe, koka... – głos starego brzęczał coraz słabiej. Nie był już nawet rozpaczliwy. Główny bohater pokazał mu, żeby się nie ruszał, to wtedy on, główny, poroznosi parasole i krzesełka.

– Yasu – powiedział cicho, podnosząc ku niemu szklankę pełną ouzo.

– Yasu – powtórzył stary i potrząsnął ku niemu swoją szklanką.

Główny wziął naczynie do rąk i wskazał pytającym gestem na starego, ale tamten pokręcił głową i przytrzymał się znacząco za serce. Haust anyżówki zlał się z bezchmurnym błękitem i zaszedł łzami. I ulżył.

Muzyka przycichła, a na deptaku znowu zaroiło się od turystów, rozwrzeszczanych, kolorowych, odstresowanych, z przewodnikami, które mówiły im, jak mają pić wino, żreć fetę i tańczyć zorbę, bo żaden głupi turysta nie nazywał tego tańca inaczej. Upał trzymał się twardo i wszyscy chodzili prawie porozbierani. Straganiarze zachwalali zawartość swoich lodówek, a proponowane przez nich ceny zaczęły graniczyć z absurdem. Główny bohater schodził w dół zygzakowatej skalnej drogi, z dala od nawału bahamów i kamer. Wolał objuczone muły, chociaż tak koszmarnie robiły pod siebie, wędrując nieprzerwanie w górę i w dół. Nikt nie sprzątał tych gówien, więc droga im dalej w głąb, tym bardziej robiła się śmierdząca. Aż przeszła w rozległe pole usypane z czerwonego żwiru, gdzie wszystkie te muły, osły i skutery parkowały, by pasterze i turyści mogli zdjąć z siebie ciuchy i wskoczyć do wody. Na brzegu zdjął pas z ładownicą, w której nosił wszystkie potrzebne dokumenty i pieniądze. Reszta jego ubioru, niemodna, żałosna kombinacja demobilu i dżinsu, idealnie nadawała się, by ją solidnie zmoczyć.

Pierwsza fala. I druga. Następne obroty ramionami, już coraz dalej od pomostu, coraz ciszej, coraz chłodniej.

– Polecamy ryby – uśmiechnęła się starsza kobieta w czarnym woalu, spocona, jakby kąpała się w ubraniu. – A do ryb, rzecz jasna, tradycyjne popołudniowe ouzo. Jeśli pan sobie życzy lepiej słyszeć muzykę, zapraszam na taras, z widokiem na morze oczywiście. Dzisiaj grają The Syrtaki Brothers.

Na tarasie tawerny siedziało kilka osób. Jakaś para zakochanych, takich, którzy nigdy nie mają dość. Dwoje starych, którzy już dość mieli i mówili, że chcą zaraz iść do hotelu. I ten przerażająco znajomy człowiek, tak bardzo podobny do głównego bohatera, że ten aż podszedł do niego, cofając się jednak w ostatniej chwili speszony.

Sobowtór był tęższej budowy. Zmierzył swojego spłoszonego klona wzrokiem nieznoszącym kontaktu. Najwyraźniej nie podzielał pospiesznie skleconej tezy o podobieństwie. Był to rodzaj ustawionego cwaniaczka, któremu w życiu udało się niesprawiedliwie dużo. Miał kolorową koszulę i przewodnik w ręku. Drugą dłonią masował pośladki swojej towarzyszki. Ona była zgrabną blondynką, która nie śmie nawet patrzeć na miejscowych lowelasów.

To byłem udany ja. Udany lepszy ja, któremu wszystko idzie gładko. Ja niesfrustrowany. Widać taka lepsza wersja mnie żyje gdzieś na świecie, jak w tym cholernym *Podwójnym życiu Weroniki*. I to byłaś udana ty, która nigdy ode mnie nie odejdzie. Spójrz, jacy jesteśmy piękni i wspaniali. Jacy wysportowani i bogaci. Jacy beztroscy i energiczni. Jak wstajemy od stolika, patrząc z pobłażaniem na tego dziwnego faceta w mokrym ubraniu. Jak odchodzimy w stronę hotelu, omawiając plany jutrzejszej wycieczki To The Sunset. Jak znikamy w jego kolejnych kieliszkch ouzo, obalanych z żalu na tamtym pomoście. Jak oddalają się te dwa niby jednakowe światy.

The Syrtaki Brothers, ubrani w sombrera – dlaczego, do kurwy nędzy, w sombrera? – zaczęli wreszcie grać. Na miejscu sobowtóra i jego panny siadła następna para, i potem druga, i potem trzecia. Robiło się późno. Z plaży podnosiły się kolejne kobiety, niezdarnie przytrzymując przy piersi swoje poderwane z ziemi bikini. Mężczyźni sugestywnym ruchem wkładali na swoje gołe torsy kwieciste koszule. Najszczęśliwsi ludzie na świecie na swojej najszczęśliwszej wyspie. I tylko The Syrtaki Brothers, równie zdołowani jak ja, wykonywali dla nich najszczęśliwszą na świecie muzykę.

Kiedy słońce robi się już zupełnie czerwone, jak herbata z hibiskusa, ludzie idą pod wiatrak do miasta Oia i oglądają zachód słońca. Ściągają tam całymi tabunami, by przez pół godziny powzruszać się sztucznie nad wielkim waflem z białą grzywą domków, unurzanym w hibiskusowej herbacie. Główny bohater przyjeżdżał tutaj patrzeć na nich godzinami. Zazdrościć im i nad ranem zwalać się z nóg na posłaniu w schronisku.

– Ile za osła pod górę? – główny bohater wyjął z kieszeni banknot i zawołał jednego z pasterzy. – Tysiąc? Wystarczy? Mówi pan po angielsku?

Pasterz wykonał nerwowy gest i zaśmiał się.

– Please, mister, please – zachęcił, wskazując na drewniane siodełko. – Please, mister, please. No money. No money.

Wsiedli na obydwa osły i główny podał pasterzowi butelkę ouzo, by podzielić się z przewoźnikiem. Już teraz wiedział, że przewoźników nikt nie opłaca. Sami wiozą, ta historia z obolem była o kant dupy. Pasterz kiwał głową, patrząc na pasażera. Z upodobaniem ględził coś po swojemu i nie przestawał się uśmiechać, podnosząc szyjkę przy każdym toaście.

– Yasu, yasu – przytakiwał mu główny bohater ze śmiechem, gdy tamtemu czkało się po ostatnim łyku. – Na zdrowie, człowieku. Oby cię nie zabiła twoja stara, bo będzie wszystko na mnie.

Pod wiatrakiem tłumek gapiów był już wyraźnie rozochocony. Niektórzy śpiewali, inni, zwyczajowo nie mając dość, całowali się w dzikim uniesieniu, nie zważając na okoliczności. Szurnięty młynarz biegał między nimi, polewając swoje wino, a robił to z namaszczeniem godnym świętej komunii. Główny podszedł więc do niego rozbawiony i klęknął, wystawiając język. Osiemnaście lat wcześniej taką samą scenę nakręcił Milosz Forman w *Hair*; Berger klękał tam w Central Parku przed facetem, który rozdawał z kapelusza LSD. Nie załapał się – to miała być metafora, która oddawała całe życie tego bohatera.

– Młody, młody, ha – młynarz zapiał, stojąc przed głównym. – Ty nie gadać. Nie gadać. Młody pić. Pić dobre! – zaśmiał się i wlał mu do gardła duży łyk prosto z dzbana. – Młody pić. Nie gadać. Gadać złe.

Robert dosiadł się do niego, kiedy było już ciemno. Większość ludzi zużyła filmy w swoich idioten-kamerach i rozjechała się do domu. Inni zostali przy sansecie, by się pieprzyć. Całe urwisko sapało, mlaskało i szeptało sobie do ucha w kilkunastu językach, więc kiedy Robert przyszedł w końcu pod młyn z butelką ouzo i dosiadł się do głównego bohatera, ktoś obcy mógły pomyśleć, że istotnie ci dwaj są homoseksualistami. Wszyscy dookoła obowiązkowo na kimś leżeli.

– Będą się grzmocić jak króliki. Ja też tutaj grzmociłem jak królik – zarechotał Angol. Jego nienaganny akcent był teraz skażony kalifornizmem z powodu nadmiaru alkoholu i marihuany.

Sanset, główny chlebodawca młynarza, znikał już między chmurami. Był brunatny i nie był już sansetem z reklamówki. Zapadała noc.

– Już nie grzmocisz?

– Aa, to była jedna taka, wiesz, z tych normalnych – zaakcentował znacząco. – Łatwo przyszła i łatwo poszła. Ty mógłbyś sobie coś wyrwać, nawet jeszcze dziś.

Główny bohater spojrzał na zegarek.

– Nie, dziękuję, już nie dziś – odparł ironicznie – o tej porze nie konsumuję.

– No co ty. Wszyscy naokoło się pieprzą. Jak króliki.

– Tak, mówiłeś mi to już. Nie jestem królikiem.

Pijany Angol zrobił obrażoną minę.

– To nici z balangi.

– Z jakiej balangi?

– Z pożegnalnej.

– Wyjeżdżasz?

– No, wyjeżdżamy.

Główny bohater przetarł twarz obiema dłońmi i pociągnął duży łyk z butelki.

– Gdzie ich znalazłeś?

W tej scenie obaj wyglądali jak żywcem wyjęci z *Popiołu i diamentu*, chociaż to było urwisko na Cykladach, a nie knajpa w hotelu na Ziemiach Odzyskanych, a oni pili ouzo i nie podpalali kieliszków ze spirytusem. Nikt bowiem nie umarł. W tej scenie Brytyjczyk Robert obwieszcza głównemu bohaterowi, że odnalazł Lenkę i że w związku z tym muszą do niej pojechać. To bardzo ważna scena z punktu widzenia tej dosyć prostej greckiej historii. Sama historia to tylko chill out w niniejszej książce, taki sam, jaki modny był w tamtych czasach pośród tak zwanej wypalonej młodzieży. Natomiast scena, która rozegra się już wkrótce, pomnikowo i spektakularnie ten chill out wycofa. I pojedziemy dalej, by nie zgnuśnieć w tej egzystecjalnej, ciężko strawnej greckiej sałatce.

To się zdarza.

Z ciemności wyłonił się młynarz z gotowym gąsiorem wina i usiadł nieproszony obok nich. Nie odezwał się po swojemu, tylko potrząsnął gąsiorem na znak, że dla nich i że na rachunek firmy. Musiał słyszeć całą rozmowę, bo kiedy się napili, nie wstał i nie odszedł. Nic nie rozumiejąc, słuchał jej jak muzyki, wpatrzony w gwiazdy.

– Ty, ty powiedz mi – kalifornizacja angielskiego akcentu przybierała na sile. Robert przypalał jednego papierosa od drugiego. – Ty powiedz mi, co ty właściwie widzisz w tej kobiecie.

– Wszystko i nic.

– Nie rozumiem.

– Ty nic nie rozumiesz, jeżeli nie jest odpowiednio dramatycznie.

– Ty, a ty powiedz mi – przykalifornizował niskim głosem – ty powiedz, co my zrobimy, jak już ją znajdziemy? Jak przyjedziemy tam i znajdziemy ją z tym całym mister lawdżojem?

– Nie wiem. Przecież to ty jesteś dramatycznym synem Albionu. Nie mam pojęcia, co zrobimy. Sam mówiłeś, że gdybyś wiedział, tobyś ze mną nie pojechał.

– Ty, a ty powiedz mi – padło znowu – a jakie tam u was są narodowe potrawy? Pewnie wódka, co?

– Nie, bigos. Taka kapusta... nie wiem, jak się to nazywa po waszemu.

– Bigos kapusta – Angol zaśmiał się sztucznie – bigos kapusta. Nigdy nie słyszałem o bigos kapuście. Co to jest?

Ale główny bohater już spał. Odwrócił się na bok i nakrył głowę rękami. Chciał odsunąć jutrzejszy dzień na jak najdalszy plan.

– Bigos kapusta – Robert z uporem maniaka zwrócił się

do milczącego młynarza. – Słyszał pan kiedyś o bigos kapuście?

Młynarz ocknął się z zadumy i z uśmiechem podsunął mu pod nos wino.

– Pić, młody – zagaworzył po swojemu. – Pić, nie gadać.

Angol wypił więc duszkiem kilka łyków. Spojrzał w zadumie na śpiącego Polaka, potem w niebo, usłane gwiazdami, i ledwo widoczny zarys horyzontu na morzu. Urwisko nad Ammoudi było puste. Nie było tam już ani jednej wtulonej w siebie pary.

– Wszystko i nic. Słyszałeś, ty skurwysynu? – powiedział do horyzontu, jakby to właśnie on miał być rzeczonym skurwysynem. – Słyszałeś? Są podobno ludzie, w których jest wszystko i nic.

– Dwadzieścia! – krzyknęli obaj, gdy gruby rentier wycierał ręce w serwetkę. Znał tylko liczebniki, za to we wszystkich cywilizowanych językach. Furgonetka marki Toyota miała dwadzieścia lat i najwyraźniej brakowało jej tylnych drzwi.

– No mister, fifty. Finfcyś tauzen, mister – gruby miał bezkompromisowe podejście do interesów. Pięćdziesiąt tysięcy drachm na tydzień to było zdecydowanie za dużo jak na takiego grata. Cwany grubas wiedział jednak, co robi. Ci dwaj skacowani młodzieniaszkowie w wojskowych koszulach wydawali mu się chodzącą kopalnią tauzenów.

Uparł się więc przy pięćdziesięciu tysiącach drachm i nie zamierzał odpuścić.

Wytoczyli zatem zdezelowaną toyotę na plac. Scena przedstawia miasto Iraklion na wyspie Krecie. Wciąż mamy lato, rok tysiąc dziewięćset dziewięćdziesiąty szósty. Bohater i jego kolega zeszli z promu i wypożyczają samochód, by łatwiej odnaleźć Lenkę. W porcie roi się od ludzi, którzy zeszli z promu i wypożyczają samochody. Ich samochody są nowe, ładne i błyszczące. Nowi, ładni i błyszczący są również ludzie, którzy je wypożyczają. Wszystko jest tutaj urządzone w podobnym duchu. Główny bohater siada za kierownicą, natomiast jego choleryczny kolega ze Stratfordu zajmuje miejsce pasażera i od razu zaczyna chrapać. Radio nadaje zorbę. Bo sam już nie wiem, jak naprawdę nazywa się ta melodia. Furgon jedzie przez góry w stronę Agios Nikolaos, innego greckiego miasta, które też jest wielkości supermarketu, jak wszystko.

Popatrzcie na te serpentyny i góry, które są tu wszędzie. Wszędzie tylko krzaki i ani jednego domu. Nikt nie próbuje budować tutaj domów, bo tutaj zaczyna się realny, prawdziwy świat, gdzie domów na skałach się nie buduje. Tu marzenia o pierwszym zasadzonym drzewie są tyle warte, ile sadzonka na portowym targowisku. Zresztą tutaj wszystkie drzewa już dawno poszły pod topór. Wycięła je armia, na swoje poligony. Wycięli je pod elektrownię w Ammoudarze czy innym Dioksinakonie.

Furgon wtoczył się na rogatki miasta i zamienili się miejscami przy kierownicy, bo tylko Angol miał międzynarodowe prawo jazdy.

– Jedź cały czas główną arterią. Miejsce, które zaznaczyłeś na mapie, jest dopiero trzy kilometry stąd.

I znowu nie mówili do siebie ani słowa. Bo co tu mówić w takiej chwili. Nie wiadomo, co się stanie za kilkanaście, kilkadziesiąt minut.

– To już tutaj – mruknął Robert. – Za rogiem będzie Rock Café. Wejdziemy i zapytamy, czy Kopustulosowie są w domu. I czy ona tam jest. Barman będzie wiedział.

Potem zniszczona furgonetka zatrzymuje się przy chodniku naprzeciwko domu, w którym mieszka Dimitris Kostopulos i Lenka Lorencova. Główny bohater zostawia w szoferce swojego angielskiego kolegę i przechodzi przez jezdnię, zapalając papierosa. Skwar jest przeogromny. Niebieskie okiennice domu są zamknięte, by mieszkańcom było jak najchłodniej. Główny bohater staje przy furtce i podnosi palec w stronę dzwonka, ale zawiesza go w powietrzu. Wciąga i wypuszcza kolejne kłęby dymu, które wolno rozpływają się w nieruchomym powietrzu. Następuje chwila męczącej stagnacji. W środku jest ona. Główny bohater gasi niedopałek na asfalcie i odwraca się, wolno idąc w stronę furgonetki.

– Chciałeś wiedzieć, jak skończy się ta historia – mówi do skamieniałego Anglika, gdy zatrzasną się drzwi. – Właśnie się skończyła.

Chybotliwy furgon odjedzie majestatycznie w stronę gór, zostawiając po sobie chmurkę pyłu na krętej drodze. Potem zniknie za horyzontem, jak w filmie Antonioniego, którego nigdy nie nakręcono.

To był męczący dzień. Jedziemy dalej? Łapię głęboki oddech i otwieram oczy. Jesteśmy w samym środku jeszcze innej teraźniejszości: rok dwa tysiące jeden, wiek dwadzieścia jeden. Wygląda na to, że listopad. Warszawa, duży kościół, coś jakby Starówka. Miasto, w którym Tofi leży u boku pięknego facia, itede, itede. Mam znowu dwadzieścia dziewięć lat, a już za chwilę wybije mi trzydzieści. Siedzę nagrzany jak świnia na ślubie Kaśki W. Siedzimy wszyscy: Grzesiulek, Dynia, Fawor i ja.

– Co Bóg złączył, niechaj człowiek nie rozłącza – mówi opasły ksiądz i macha rękoma, by podkreślić wagę złączenia przez Boga Kaśki z pucołowatym wypłochem w gajerku, stojącym obok niej na patykowatych nogach. Kaśka i wypłoch całują się symbolicznie, ledwo dotykając się swoimi ryjkami. Potem wkładają sobie na palce złote obrączki.

– Tyle fiutów wzięła w tę mordę – mówi Dynia marzycielskim tonem.

– Zamknij się, to kościół – upomina go Fawor. – Przynajmniej w kościele mógłbyś udawać świętego.

Organy walą z całych sił.
– O panie – ryczy tłum, wzruszony ochajtaną Kaśką – to ty na mnie spojrzałeś.
Nie mogę tego słuchać. Wyciągam wino spod jesionki i walę hejnał, aż strugi ciekną mi na poły tej cholernej marynary. Sanset Sjuts, mówiłem zresztą.
– Jak pan śmie?! – syczy jakaś matrona.
– No właśnie tak – odpowiadam z głębi brzucha, wstrzymując rzygi, które już proszą, by wylazły na świeże powietrze.
Kaśka ciągnęła wszystkim. Mieliśmy ją za każdym razem, gdy się któremuś zachciało. Gdy u mnie mieszkała, potrafiła sprowadzać gachów na walenie, kiedy jechałem w delegację. Wracałem, a zużyte gumy pływały w sedesie. Miał ją każdy, komu nagle zachciało się w tym mieście. Cała brygada poszła zrobić sobie badania, kiedy już doszło do tego, że Kaśka rwie kogo popadnie. Gdy teraz o tym myślę, paw po winie jest coraz bliższy uwolnienia.
– Ty, ty, no uważaj! – bełkotliwe słowa Grzesiulka docierają do mnie jak z zaświatów. Haft wydyma moją gębę jak balonik na odpuście.
Cała główna nawa wstaje. Grają organy. Kaśka i jej mąż wychodzą, trzymając się pod rękę. Wytrzasnęła go w Poznaniu. Nie wiadomo, gdzie mieszkają. Nie ma szans uświadomić biedaka, że ma tysiące mlecznych braci. W końcu orszak weselny gramoli się na zewnątrz. Zostajemy sami, w obłokach pary, która wylatuje z naszych ust.
– Ty popatrz go, skubany połknął.
Klękam i patrzę na Jezusa, który też spogląda na mnie zatroskany.
– Powiedz mi, dlaczego zima trwa już trzydzieści lat?
– Wytrzymaj – mówi Jezus. – Wychodzi słońce.
Dynia wyciąga mnie za fraki na lekkiej zwałce. Na Krakowskim Przedmieściu wszyscy odzyskujemy formę.

Jest zimny wieczór, młoda godzina. Strzelimy po kawie i wrócimy na Cudną wspominać Kaśkę, która skasowała wszystko, co trzymałem na sercu jako święte.

W całkowicie innym wymiarze trwał dalszy ciąg lipca, rok tysiąc dziewięćset dziewięćdziesiąty szósty. Historia japiszona, który porzucił karierę i włóczy się po greckich wyspach z powodu cycków z Czechosłowacji. Wiek numer dwadzieścia, oryginalny koniec tego wieku.

Z braku lepszego zajęcia zwiedzałem pałac w Knossos. Tak zwany pałac w Knossos, bo został po nim zaledwie murek wysokości trzydziestu centymetrów, układający się rzeczywiście w labirynt. Angol nazwiskiem Evans, który odkopał to świństwo w dziewiętnastym wieku, próbował odbudować ruiny jako rajski pałac z ogrodami, fontannami i lożami. Wyobrażał sobie przy tym, że Knossos było totalnym Edenem, jedną wielką orgią i sielanką, przy której rzymskie pikniki chowały uszy pod siebie. Był wiek dziewiętnasty, zbliżająca się fala modernizmu na siłę doszukiwała się jakiegoś utraconego raju, który już na zawsze pozostał w starożytności. Minęło kilka lat i znalazł się Niemiaszek o nazwisku Wunderlich, który był kompletnie odmiennego zdania. Według jego teorii, pałac w Knossos był pierwotnie nekropolią; balowe sale Evansa były kaplicami, zaś brodziki do ruchania w oślim mleku to według Wunderlicha sarkofagi.

Notorycznie opędzam się od much, które kołują nad szklankami. To jest do zniesienia przez dwadzieścia minut, może nawet godzinę. Ale potem ma się ochotę walić w nie pięściami, gdziekolwiek usiądą. Barmanka jest ciekawa, jaki to frajer o słowiańskiej twarzy tak siedzi i chleje w całkowitym milczeniu. Barmanka nazywa się Maria Rosa i nieźle mówi po angielsku. Nigdy nie widziała Polski. Nigdy nie widziała śniegu. Każe mi opowiadać, jak wygląda śnieg. Coś mnie naszło i zacząłem jej truć, że jest podobna do Sandry Bullock, tylko jest trochę bardziej śniada. W końcu o północy zamknie bar i zacznie pić razem ze mną. Potem pójdziemy do portu na mury obronne. Opowie mi, że jej chłopak jest zazdrosny i że zabiłby mnie i ją, gdyby nas zobaczył. Jej chłopak jest podobno fantastycznym facetem i ma motor typu virago. Maria Rosa rozepnie bluzkę. Jej sutki będą stały jak cholerne wieże tego portu. Będzie mruczała jak kotka. Jej ciało będzie twarde i chłodne jak wiatr znad morza albo ten gruby mur. Będzie pracować jak motor typu virago. Jej usta będą jak filtr powietrza. Jej zęby będą jak koła zębate.

Wojskowy helikopter przeleci nad murami portu i zrobi się jeszcze chłodniej.

O świcie będę długo rzygał. Wyrzygam całą tę wyspę. Wyrzygam wszystkie motory virago, które były na tej wyspie, i wszystkie blondynki, które dosiadły ich ostatniej nocy.

Maria Rosa Sarimonos. Barowy kwit z jej adresem jeszcze długo pałętał się na dnie mojego portfela. W końcu ktoś ukradł mi ten portfel, a wraz z nim całą moją pieprzoną przeszłość.

Jedziemy dalej.

Błądzę w głupim kosmosie mojego życia. Tak bardzo chciałbym latać po nim w nieskończoność, byle tylko ominąć lato roku tysiąc dziewięćset dziewięćdziesiątego siódmego. Nie umiem go ominąć. Robię kolejne rundy. Choćbym nie wiem jak się starał, przy każdej wpadam w dziurę. Chcę się streścić z tym szajsem, żeby jak najkrócej bolało. Po sześciu latach dziennikarstwa wyleciałem z pracy. W związku z tym i studia nie miały już racji bytu, bo sam byt miał jej wyjątkowo mało. Odeszła kobieta, którą poderwałem siedem miesięcy wcześniej, po zakupie mieszkania.

– Co studiujesz? – zapytałem ją byłem w knajpie.

– Rzeźbę – odpowiedziała była. Po dwóch godzinach się całowaliśmy.

Była straszną kurwą. Wszyscy ją mieli, ale żaden o tym nie wiedział. Za sześć lat będziemy już o tym wiedzieli. Pójdziemy na jej ślub i o mało się nie zrzygam, gdy będzie całowała swojego męża.

– Chcę być twoją pracą magisterską – powiedziałem byłem, gdy ją poznawałem.

– Dobrze – zgodziła się była i zamieszkała była za mną.

Mieszkanie kosztowało dwieście siedemdziesiąt siedem milionów starych złotych. Czynsz kosztował półtora miliona. Zarabiałem siedem milionów. Studia kurwy kosztowały mnie dwa miliony na miesiąc. Sama kurwa kosztowała kolejne dwa. Mieszkała ze mną siedem miesięcy. Trzy razy wyjeżdżałem w delegację. Raz wróciłem przed czasem i ledwo zdążyła posprzątać po libacji. W sedesie pływały cztery zużyte gumy. To był w zasadzie koniec naszej znajomości.

Wyrzucili mnie z pracy i kurwa zniknęła. Musiała bardzo szybko znaleźć sobie kogoś innego, kto będzie miał miliony.

– Jak cię zobaczę pod blokiem, zabiję – powiedział profilaktycznie Zenon, ojciec kurwy. Gdy zabierał jej rzeczy.

Potem pojechałem w góry. Miałem dziewięć milionów i spędziłem tam siedem tygodni. Osiemnaście ostatnich dni spędziłem bez pieniędzy. Miałem więc zero milionów.

Potem wróciłem do Warszawy i napisałem trzydzieści trzy podania o pracę. „Nie spodziewam się od was odpowiedzi" – napiszę w trzydziestym czwartym podaniu o pracę, na które nie dostanę odpowiedzi.

Potem sprzedałem wszystkie płyty, a miałem chyba ze dwieście analogowych płyt. Sierżanta Peppera sprzedałem. Całych Stonesów sprzedałem. Sprzedałem pierwszy Klesz. Wszystko za pół darmo.

Mój ojciec dowiedział się, że wyleciałem z pracy, i poszedł prosić ich o litość, żeby przyjęli mnie z powrotem. Że ja go utrzymuję i że teraz będzie mu ciężko. Naprawdę miał beze mnie przesrane. Sekretarka kazała mu czekać przed gabinetem. Gdy stukał, że już długo czeka, kazali mu wziąć na cierpliwość. Poddał się dopiero trzeciego dnia.

Potem przyszła zima i nie miałem już forsy, więc zatrudniłem się do sprzątania supermarketu. Robili mi rewizje przy wychodzeniu, ale ja byłem cwany i konserwy przemycałem w wiadrze z brudną wodą. Wodę wylewałem za sklepem na śnieg, a konserwy zabierałem do domu.

Potem chciałem iść do wojska, bo tylko tam dawali jedzenie, ale Wszechmocny Bwana zlitował się i powstrzymał mnie od tej idiotycznej decyzji. Zresztą już wkrótce okazał jeszcze więcej łaski – pozwolił mi dożyć dwudziestego ósmego roku życia, co spowodowało, że armia, która nie zdążyła mnie dotychczas capnąć w swe szpony, zrobiła ze mnie rezerwistę.

Pewnego dnia pożyczyłem dychę od gościa, który dał mi pracę w dużej firmie, gdzie nikt nie pamiętał słów „rzecznik prasowy". Firma zajmowała się bowiem kontaktami z prasą. Kontaktowałem się więc z prasą najlepiej, jak umiałem, by zamieszczała kryptoreklamy różnych lajfstajlowych dupereli, których producenci płacili nam pieniądze. Gość dał mi pracę, ale okazał się skurwysynem. Był mistrzem mobbingu i myślałem czasami, że go zabiję, tak mnie prześladował.

– Idź po piwo – mówił skurwysyn, gdy była śnieżyca.

– Chcesz pieniędzy? A za co? – mówił skurwysyn nawalony tym piwem, gdy przypominałem mu, że jest mi winien pieniądze.

– Odbierz. No już, chodź tu i odbierz – mówił, pokazując palcem na telefon na jego biurku, gdy telefon robił drr-drr.

– Przecież zrezygnowałeś z tej premii. Sam słyszałem,

nie kłam – mówił skurwysyn przy wszystkich, gdy upominałem się o premię.

Potem poszedłem do innej dużej firmy o takim samym profilu. Nikt z zatrudnionych tam ludzi nigdy nie pracował w gazecie i nie miał pojęcia o podstawach pracy w czymś takim jak gazeta. To się zdarza. Jedyną postacią, która miała jakiś kontakt z dziennikarstwem, byłem ja, co spowodowało dość szybko, że stałem się powszechnie znienawidzonym pracownikiem tej korporacji.

Wkrótce obrzydły mi kontakty z prasą, przeniosłem się więc do kolorowego tygodnika dla gospodyń domowych, bo nie było alternatywy. Zatrudniła mnie była bardzo miła kobieta, bo to był miesięcznik pełen miłych kobiet. Naprawdę nie wadzi mi, że wszystkie one udawały. Udawały na przykład, że lubią moje teksty, i mówiły, że są dumne, że z nimi pracuję.

Potem zrobiłem się znowu nadziany, tylko że już nie miałem na co wydawać pieniędzy. Potem zrobiłem od nowa prawo jazdy, które zabrali mi za ten akademik. Potem kupiłem sobie hjundaja czarną strzałę. Potem kupiłem sobie telewizor. Potem kupiłem sobie magnetowid. A potem toster i mikrofalkę. Potem poszedłem do jeszcze innej redakcji. Potem do jeszcze innej. Miną lata. Życie zrobi się banalne i wciąż takie samo.

Jedziemy dalej.

Jest zima, grudzień, rok tysiąc dziewięćset dziewięćdziesiąty ósmy. Umierają moi koledzy. Sam nie wiem, dlaczego wszyscy naraz.

Umiera ich trzynastu na rok.

Pierwszy ma na imię Jurek. Ma białaczkę. Jest młodszym bratem koleżanki, którą usiłowałem poderwać. Koleżanka przyprowadza mnie do niego, bo myśli, że zapewnię mu towarzystwo. Jurek przeleżał pół życia w szpitalu i każe sobie opowiadać, jak pijemy w akademikach i wyrywamy nawalone małolaty. Brzydzę się opowiadać mu takie rzeczy. Wymyślam więc na poczekaniu, że nie pijemy tak strasznie, jak myśli, a i balangi są również dość grzeczne i bezbarwne. Opowiadam mu, że chodzimy do Plastyków i deklamujemy pannom wiersze. Ewentualnie rozmawiamy o sztuce.

On mi wierzy. Jest trochę zdziwiony, ale nie ma innego wyjścia. Umiera w przeświadczeniu, że jesteśmy grzeczną generacją; rozmawiamy o sztuce i deklamujemy wiersze.

W dniu jego pogrzebu nie idę na cmentarz. Idę prosto do Plastyków, bo nigdy tam nie byłem. Siadam pomiędzy nagrzanymi dupencjami, które nigdy nie przeczytały ani jednego wiersza, i naspawanymi gnojami, którzy nigdy żadnego wiersza nie napisali. I kajam się przed sobą. I czuję, że sam noszę w sobie jeden wielki, majestatyczny wiersz, który nigdy nie zostanie spisany i którego nikt nigdy nie wydeklamuje.

Drugi kolega ma na imię Marek. Jest bardzo trendowy i bierze narkotyki. Pewnego dnia bierze za dużo narkotyków. Robi to w sposób bardzo trendowy. Na pogrzebie koledzy palą gandzię. Robią to niezwykle trendowo.

Trzeci z nich ma na imię Paweł. Jest bardzo trendowy. Marzy o tym, by przejechać samochodem całą Amerykę. Odkłada więc pieniądze i jedzie tam, do Ameryki. Kupuje w Nowym Orleanie dwudziestoletni samochód osobowy marki Oldsmobile. Przejeżdża Stany Zjednoczone, bo zawsze chciał je przejechać, jadąc po rut siksty siks. Jedzie więc oldsmobilem po rut siksty siks, puszcza sobie siks-siks-siks de namber of de bist. Przed L.A. odpada mu opona. Trendowy Paweł ginie trendowo, rozwalając się o bandę autostrady. Przechodzi sam siebie.

Na pogrzebie stoimy pół godziny dłużej, bo amerykańska trumna z Pawłem jest za długa, a jego rodzinny grób za krótki. Przyjeżdżają więc robotnicy i wydłużają rodzinny grób Pawła.

Czwarty z nich ma na imię Grzegorz. Jest nie mniej trendowy. Zderza się czołowo z cysterną benzyny. Następuje wybuch. Pogrzeb jest uznaniowy, bo nie wiadomo, które resztki są z Grzegorza, a które z opla omega. Na pogrzebie płacze matka. Grzegorz jedynak.

Piąty z nich ma na imię Robert. Robert nurkuje pod wodą i jest niezwykle trendowy. Daje nura na skałach Chorwacji i już nie wypływa. Składamy się w knajpie na pomnik. Robimy to niezwykle trendowo. Ktoś nawet zapala na stole kieliszki ze spirolem. Jeden kieliszek pęka i robi się straszne zamieszanie.

Szósty z nich ma na imię Szymek. Szymek jest trendowy. Gra na basie w rockowym zespole. Pewnego dnia idzie do lekarza i lekarz oznajmia, że Szymek ma raka wątroby. Dwa tygodnie później umiera. Na pogrzebie jesteśmy podenerwowani. Zapisaliśmy się wszyscy na USG wątroby. Wszyscy pytają z zażenowaniem, kto będzie następny.

Następny jest Adam. Adam jest bardzo trendowy. Trąbi czyściochę z butelki na balkonie wieżowca. Nikt na imprezie nie wie, że Adam dostaje wylewu i że umiera. Dopiero rano przyjeżdża po niego pogotowie. Na pogrzebie pijemy z gwinta. Jesteśmy trochę zniesmaczeni. Pytamy z udawaną ironią, kto będzie następny. Neron śmieje się, zgrywając ważniaka, że pewnie on.

Ósmy z nich ma ksywę Neron. Neron wypada z okna. Nie idziemy na pogrzeb.

Dziewiąty z nich to Pałka. Pałka jest perkusistą, ale umiera. Na pogrzebie ksiądz mówi, że Pałka to pijak. Jesteśmy zmieszani.

Dziesiąty z nich to Jacek. Bardzo trendowy. Jacek nie wytrzymuje presji i zabija się z pistoletu pe sześćdziesiąt cztery. Jacek jest byłym gliniarzem. Życie Jacka jest do dupy, więc postanawia zostać byłym człowiekiem. Na pogrzebie jest pełno gliniarzy. Jesteśmy trochę wyobcowani.

Jedenasty z nich ma na imię Bodek. Bodek nie wraca z Jugosławii. Nie wiemy nic o pogrzebie. Jesteśmy zirytowani, bo o Bodka wypytuje bezpieka.

Dwunasty ma na imię Aleks. Aleks ma białaczkę, tak jak pierwszy. Aleks jest fajny i rządzi w naszej knajpie, ale jak tak leży i jest chory, to już nie rządzi. Matka przychodzi do niego i płacze, i karmi go zupą pomidorową z makaronem, którą przyniosła w dużym słoiku. Matka jest bardzo zmęczona. Ma trochę piegowatą twarz, trochę przekrwioną od płaczu. Sprzedała wszystko, żeby zebrać pieniądze na przeszczep szpiku kostnego, ale przeszczep się nie przyjął. Teraz Aleks i matka czekają na śmierć. Przyprowadza mnie do niego panna imieniem Jola, która była wielką miłością Aleksa. Aleks chciał Jolę, ale Jola go nie chciała. Teraz Jola prosi, żebym poszedł z nią do Aleksa, a ja myślę, że Jola chce dobrze. Ale Jola wcale tak nie chce. Razem idziemy do szpitala i nie wiem, co jest grane, że ona mnie tam ze sobą przyprowadza. Aleksowi jest przykro, że wchodzimy tam razem z Jolą. Matka Aleksa patrzy na mnie ze złością i wyrzutem. Patrzę sam na siebie ze złością i wyrzutem. Chcę przeprosić Aleksa i pokazać mu, że gardzę Jolą i że nigdy nic mnie z nią nie łączyło. I że to wszystko podła, dziwkarska ściema. Chcę być teraz największym przyjacielem Aleksa. Któregoś dnia wieczorem błądzę korytarzami szpitala, niosąc swoje ulubione płyty The Who, których nie sprzedałem, by dać je do przesłuchania Aleksowi. Zamierzam przeprosić Aleksa za Jolę i powiedzieć mu, żebyśmy się trzymali w garści. Trzeszczę skórzanym płaszczem, którego nie pozwoliłem sobie odebrać w szatni. Wchodzę na hematologię i dwie pielęgniarki, grające zapamiętale w domino, odrywają się na chwilę od planszy i patrzą na mnie dziwnie. Aleks jest już tylko równo zasłanym łóżkiem o blaszanej ramie. I zdjęto już z niego zakończoną historię choroby.

Na pogrzebie znowu spotykam swojego sobowtóra. Poznaję go od razu, to ten nowy, lepszy ja, który macał swoją nową, lepszą blondynkę na Cykladach. Przyjeżdża na cmentarz nissanem terrano, nie rusza się rzecz jasna bez blondynki, ale już nie tej samej. Jest to nowa, lepsza blondynka, topniejąca już w trzydziestu stopniach. On jest w garniturze lepszym od mojego i ma buty lepsze od moich. Jest jakimś kumplem Aleksa po kieliszku. Ma jakąś firmę, robi jakieś maszyny. Ma jakieś niezłe pieniądze. Jakoś mu się wiedzie.

Jest faktycznie jakiś lepszy i jakiś mądrzejszy. Patrzy na mnie jak na swoje odbicie w brudnym lustrze, obsranym przez muchy, takim, jakie wiszą od pięćdziesięciu lat w babcinych domach. Chyba rozumie, że jesteśmy podobni, ale nie chce tego przyjąć do wiadomości. Poza tym jest pewnie ździebko ograniczony, więc prycha tylko jak kot i odwraca się. Zapala papierosa z innym kolegą Aleksa. Poprawia krawat i pewnie odchodzi alejką w stronę parkingu, na którym cieć już biegnie po złotówkę za pilnowanie nissana. Wszystko robi lepiej i piękniej. Jest z tego innego świata, w którym żyją oni wszyscy: Tofi, której jeszcze nie znam, jej śliczny facet, którego nigdy nie będę znał.

To ja, któremu się udało.

I ja patrzę na niego, ale ja widzę go w lustrze czystym i nowoczesnym, takim jak kiblowe lustra w modnych klubach. Oddalam go od siebie, aż na ten parking, na którym on wsiada do swojego bordowego terenowca i znika z mojego świata, nadając Ejs of Bejs przez uchylone szyby.

Ostatni z nich jest moim ojcem.

Zawsze odgania się myśl o śmierci ojca. Albo matki. Myślimy, że owszem, to się kiedyś stanie, ale że przecież stanie się w dalekiej przyszłości. Właściwie to stanie się tak daleko stąd, że prawie nigdy. Nie umiemy sobie wyobrazić śmierci rodziców. Śmierć rodziców jest jednym z tych wydarzeń, które nas przerastają. To musi się wydarzyć, byśmy zrozumieli, że jest w ogóle możliwe. A nawet wtedy nie dociera do nas tak, jak powinno.

Ojciec starzał się, ale był na chodzie. Klepał biedę. Ledwo starczało mu na czynsz. Wszystkim prawdziwym weteranom ledwo starcza na czynsz. To u nas normalne. Najpierw się za coś podłożyć, a potem klepać biedę. Przed wojną mieli stereotyp weterana piłsudczyka. Dumnego gościa, za którym biegają dzieci. Druga wojna miała być jak inwestycja. Spieprzył sobie młodość, bo myślał, że będzie dumnym gościem, za którym biegają wielbiciele. Któregoś dnia powiedzieli mu, że można dobrze sprzedać ordery z wojny, byle miały dokument nadania. Ojciec nie miał kasy, ale miał dużo orderów z wojny. To było wszystko, co z niej miał. Miał Polonię Restitutę, Walecznych, Krzyż Partyzancki i AK. Sporo tego. Poszedł więc ze mną do antykwariatu, bo ja miałem lepsze oczy. Tak powiedział.

– Pieprzę tę wojnę – powiedział. – Chodź, przypilnujesz interesu, bo ty masz lepsze oczy.

Za Partyzancki nic mu nie dawali, a za Restitutę chcieli mu dać dwadzieścia pięć tysięcy. Tyle kosztował zestaw w Makdonaldzie. Ojciec wściekł się i nie sprzedał Restituty. Szedł z nią Krakowskim Przedmieściem i podrzucał na dłoni. Gdy mijaliśmy Pałac Prezydencki, zatrzymał się i zamachał orderem w stronę okien.

– Gdyby nie moje dwadzieścia pięć tysięcy – wrzasnął i pokazał wała – tobyście mieli taki chuj, a nie Polskę!

Porządny był z niego gość. Miesiąc później, gdy ordery ojca powrócą na swoje honorowe miejsce do kredensu, dostanę zaproszenie na bankiet i zabiorę ze sobą dziewczynę o nietypowym jak dla mnie imieniu Malwina. Będę poważnie smalił cholewki do Malwiny, więc wyda mi się, że zaproszenie na bankiet to wspaniała okazja, by jej życie miało szansę skrzyżować się z moim. Ubiorę się ładnie i pojadę pod dom Malwiny. Na bankiecie Malwina zniknie. Będę jej wszędzie szukał, ale nie dam rady odnaleźć. Wreszcie jeden kolega, mocno już wypity, podejdzie i powie mi, że widział Malwinę w damskiej ubikacji, jak całowała się z jakimś obcym facetem.

– Leci tam w ślimaka – powie kolega.

Pójdę więc do damskiej ubikacji i zobaczę na własne oczy, jak Malwina całuje się z tym gościem. Zrobi mi się głupio i będę chciał coś powiedzieć, ale ten facet będzie rwał się do bicia. Wbiegną koledzy i nas rozdzielą, a facet zabierze Malwinę z tego bankietu.

Zrobi się widno i o piątej rano pojadę do ojca, bo nic lepszego nie przyjdzie mi do głowy. Ojciec będzie siedział wpatrzony w telewizor, jak wszyscy emeryci, którzy wstają i kładą się z kurami. Będzie oglądał brazylijski serial, lecz jak sam powie, tylko ze względów estetycznych, ponieważ w serialu tym występować będą wyłącznie długonogie śniade dupy.

– Mam problem, tato.

– Ty? Problem? To nowość.

– Ale ja tym razem naprawdę mam problem.

– A jaki ty masz problem? Nie masz co jeść?

– Mam. Nie w tym rzecz.

– No to jak masz co jeść, to jaki problem?

– Ona poszła z innym, tato.

– Jak to poszła z innym? Jaka ona?

Jego udawana flegma zacznie mnie wkurzać.

– Normalnie, tato. Ona. Taka jedna. Poszedłem z nią na balet, a ona wyszła z innym. To już koniec, tato. Odechciewa mi się żyć, tato.

Ojciec spojrzy na mnie z zatroskaniem i podniesie się z fotela, stópkami człapiąc w kierunku sąsiedniego pokoju. Wróci stamtąd z hitlerowskim hełmem, który będzie odkurzał ściereczką. Usiądzie i wsadzi mi ten hełm na głowę. I nagle zmieni ton, jakby znowu zrobił się młody.

Jak w czasach, w których go nie znałem, bo nie było mnie na świecie, młody, wściekły, odmieniony.

– Synu – powie, wskazując na hełm – ja zabiłem tego człowieka. Więc mi tu nie mów o żadnych dziwkach.

Jest więc lato roku tysiąc dziewięćset dziewięćdziesiątego dziewiątego. Trzynasty z moich kolegów jest moim ojcem. Pochowałem go i siedzę w fotelu, w hełmie, który miał trzech właścicieli. Pierwszy z nich zginął z ręki drugiego w roku tysiąc dziewięćset czterdziestym czwartym. Pięćdziesiąt pięć lat później drugi z nich padł na udar mózgu, wietrzejąc jak warzywo w dwa miesiące. Ze szpitala przysłali telegram, który wyglądał jak wiersz. Na białej, pustej kartce formatu a cztery były tylko pieczątki, podpisy, jego nazwisko, adres i na środku jedno lapidarne, samotne zdanie: „Zmarł piątego czerwca". Ja jestem trzecim z nich i nie wiem, kiedy padnę.

Ciągle mi się śni, że jest żywy i że wraca do domu. Raz przyśni się, że obiecał mi dwadzieścia baniek w totka, ale tylko jak zbierze się taka kumulacja. Wściekam się w tych snach, że kumulacji nie ma, ale on każe mi czekać.

Siedzę w jego hełmie. Patrzę na brazylijski serial. Nim położyli wieko, trzymałem go za zimną, twardą rękę. Leżał na wznak i jego twarz była zniekształcona, bo wszystkie tkanki oprócz skóry spłynęły do tyłu, opinając nos, rozpłynąwszy się gdzieś przy uszach. Tak, wiem, to brzmi straszliwie. Zakręciłem ozdobne, złotawe śruby. Po drodze gadałem do niego, bo z tyłu furgonetki byliśmy tylko my dwaj, za mocną szybą, którą właściciel firmy wmontował nie wiadomo po co. Może ze strachu przed nieboszczykami, żeby nie wyskoczyli nagle z trumien i nie dorwali kierowcy za chabety. Na Czerniakowskiej zatrzymała nas policja. W mieście był papież i wprowadzili zakaz ruchu.

– Co panowie tu macie? – zapytał glina martwym głosem.

– Ojca na Wólkę wiozę.
– Dowód poproszę.
– Czyj dowód?
– Pański dowód.
– Tak, wiem. Żartowałem tylko.

Niosłem za trumną poduszkę z jego orderami. Po pogrzebie jechaliśmy z Wólki na Mokotów. Puszczaliśmy Hendriksa. Otworzyliśmy okna, chociaż wiało nam strasznie w oczy, żeby ten Hendrix trzepał o ściany bloków. Żeby głośniej już się nie dało. Jestem teraz sam. Jestem teraz sam. Trzymam ten hełm na głowie, oburącz, jakbym się bał, że spadnie.

Gdzieś w odległej galaktyce jest późne lato, rok tysiąc dziewięćset czterdziesty czwarty. Nie ma mnie jeszcze na świecie. Nie ma na świecie Tofi, Kwadrata, Krogula, Dyni, lesby Martyny i innych moich znajomych. Jest za to wieś Zaduszka i jest mój ojciec. Jest w niej na zawsze. Ojciec ma dwadzieścia dwa lata i jest partyzantem. W tej scenie kręci się wokół spalonego domu i zabiera trupom karabiny. Wieś znajduje się u stóp góry, która nazywa się Bielińska. Wszystko to znajduje się w górach. Wieś Zaduszka przeżyła właśnie swój najdziwniejszy świt, o jakim słyszałem. On był świadkiem tego świtu. Wieś Zaduszka była otoczona przez grenadierów pancernych, którzy wbrew swojej butnej nazwie wcale nie byli pancerni. Również partyzanci nie byli brygadą. Zebrały ich się może ze cztery plutony. Naparzali się jak dzicy, że nie zobaczycie tego w żadnym filmie. W filmach jest durny patos, a tam go nie było. Oblężenie trwało cztery dni i noce, i partyzantom zaczynało brakować amunicji. Nie mieli też nic do jedzenia ani wody. Dla kogoś, kto przeczytał podobne słowa dwadzieścia tysięcy razy w podręcznikach do historii, nic to nie znaczy. Ale ja widziałem, co oznaczało dla niego. Jak mu drżały ręce i zawieszał głos, gdy opowiadał o tym jeszcze pięćdziesiąt lat później. Wieś Zaduszka znajdowała się w wyjątkowo idiotycznym miejscu, na skraju dużego powiatu, za którym rozciągała się ziemia niczyja w postaci zapomnianego pola uprawnego, długiego na kilka kilometrów. Całe to pole było zaminowane i wszyscy wiedzieli, że nie mają żadnej szansy na ucieczkę.

Ostatniej nocy kolega mojego ojca, który miał szesnaście lat, dostał ataku histerii i wybiegł z domu, w którym urządzili swoją fortecę. Zaczął uciekać w stronę pola. Krzyczał przy tym, że jest jeszcze młody i że chce chodzić do szkoły. Podobno krzyczał tak przeraźliwie, że nawet wrzaski śmiertelnie rannych bywały słabsze. Mój ojciec i jeszcze jeden człowiek rzucili się, żeby go zatrzymać, ale stanęli w pół drogi. Chłopak biegł bardzo szybko i nie zważał na kanonadę. Nie dał im szans.

Wreszcie zdyszany dobiegł do opłotków i zatrzymał się, żeby trochę ochłonąć. Świtało. Przy niskim kamiennym murku stała dziewczyna z potarganymi włosami, ubrana w sukienkę nieokreślonego koloru, której pasek gdzieś się zapodział. Dziewczyna stała i płakała.

Kolega mojego ojca podszedł do tej dziewczyny i chwycił ją za rękę. Pociągnął za sobą i weszli na zaminowane pole. Szli długo, bardzo długo. Dopiero gdy byli ledwo widocznymi figurkami, mały obłoczek wybuchu przesłonił ich na zawsze.

Rankiem Niemcy zaczęli się wycofywać. Ojciec i koledzy zabrali z pobojowiska, co się dało, i uciekli do lasu. Pole odminowano kilka miesięcy później, gdy łaskawie dotarł w te strony wschodni front. Wtedy zabrano zamarznięte zwłoki i wykopano dla nich grób. Chłopak nazywał się Antoni Wojnowicz. Dziewczyny nigdy nie zidentyfikowano. Mój ojciec mówił po wojnie, że tak sobie wyobraża aniołów, jeżeli istnieją. Wyobrażał ich sobie trzymających się za ręce, gdy idą przez minowe pole.

Jedziemy dalej.

W przyszłości będzie jedenasty września, planeta Ziemia, rok dwa tysiące jeden. Wstanę rano po dwóch rozpuszczalnych, bo ja będę wtedy wstawał już tylko po dwóch rozpuszczalnych. Wiek numer dwadzieścia jeden.

Radio nada Armstronga i Armstrong skojarzy mi się z pawiem, bo mnie się bardzo dużo rzeczy z pawiem kojarzy. Samochód odpali od pierwszego obrotu kluczyka i uznam to za dobrą monetę, bo dokoła mnie będzie dziać się tak mało, że byle bzdety będą kandydowały do roli dobrych monet. W pracy zdenerwuje mnie szef.

– Nowa Dżulia – powie wazeliniarz od kina i wręczy mi wejściówkę.

Wertikale będą przepuszczać pasiak słońca.

Wyjdę na schody wydawnictwa zapalić wytarmoszonego lakistrajka i poczuć się jak młotek ze spaghetti westernu. Wcześniej wypiję trzecią rozpuszczalną. Po trzech kawach będzie chciało mi się lać jak z cebra; w końcu pewnego dnia wyjdzie na jaw, że mam lekkie zapalenie prostaty. Tymczasem jednak będzie to umiarkowana przyszłość. Wyjdę w niej na schody i spotkam kobietę, która jeszcze tego samego dnia okaże się zajęta. Ja jednak zakocham się w niej. Turbaniarze w samolotach pasażerskich wlecą do World Trade Center. World Trade Center kompletnie się od tego rozpieprzy. Wszyscy będą myśleli o turbaniarzach, a ja będę myślał o tej kobiecie. Najwyraźniej będzie mi za mało takich chorych historii. Będzie to babka, która ma wszystko, czego dusza zapragnie, z wyjątkiem duszy. Potem będzie zebranie. Będę zgrywał głupa na zebraniu i jeden z kolegów powie do mnie „młody", chociaż znać go będę już od wielu lat. A potem dalej będę myślał o tej kobiecie. I położę się spać, i będę myślał o tej kobiecie. I pójdę do sklepu, i uwalę się później gorzałą, ale dalej będę myślał o tej kobiecie.

Radio powie, że jest krach na giełdzie. W telewizji, że będzie wojna. Mój sąsiad powie rano, że zabije swoją żonę.

Mój samochód zaś powie po pracy „kh, kh". I przestanie działać. On będzie jak pół tego globu – tu nic nie działa tak, jak tego uczyli w szkole.

Ale ja nic sobie z tego nie będę robił. Pomyślę asekuracyjnie, lecz bardzo słusznie, że wszystko już było i że nie jestem pierwszy.

Będę sobie chodził na bani przez miasto. Domy będą wyginały się jak w „rybim oku", wszystko będzie rozmazane i bezbolesne. Dziwki stojące pod latarniami będą miłe i piękne, a policjanci staną się uprzejmymi stróżami porządku. Zapalę papierocha pod wystawą zamkniętego filatelisty. Zza rogu usłyszę gwar piwnego ogródka. Będę się czuł tak, jakbym pozował do okładki *A Heart of Saturday Night* Toma Waitsa, chociaż była rysunkowa. W pomarańczowym półmroku zabawi mnie mgła dymu z własnej gęby. Mżawka nad chodnikami, w której będą mieniły się kolory samochodowych reflektorów.

Będę miał białą koszulę, nieźle przepoconą. I marynarkę z kolekcji Sanset Sjuts, a barman będzie polewał lufkę za lufką, a Pieńkowska będzie czytała wiadomości w głównym wydaniu. Tofi będzie rżnęła się ze swym pięknym Lolkiem. Będę myślał, że żyję w komputerowej grze, w której wszyscy wykończą wszystkich, a na końcu zostanę tylko ja, ja sam, zapakowany do worka na śmieci razem z własnymi śmieciami, a potem wywalą mnie na wysypisko tych śmieci. I tam pewnie zostanę, obok innych worków i innych śmieci. Aż któregoś dnia wysypisko zrobi się bardzo duże i przesłoni osiedle bloków mieszkalnych, i ludziom nie będzie się to podobało, i złożą petycję do dyrektora spółdzielni, żeby coś zrobił z tym wysypiskiem, bo ich już wkurza, jak tak kołują nad nim wrony. I dyrektor zamówi spychacze i rozjadą wysypisko. Albo nie, nie przyjadą spychacze i nie rozjadą, tylko dyrektor każe zasypać wysypisko ziemią i posadzi na niej kwiatki, i położy chodniki. I będzie z tego całkiem ładna osiedlowa górka. Ale nadejdzie dzień, kiedy dorosną nowi gówniarze. I przyjdą, i podepczą klomby, i zaśmiecą górkę. I zaroi się od nowych śmieci, i powstaną nowe wysypiska, i wszystko zacznie się od nowa.

– Mamy kryzys moralności – powie zupełnie nowa baba w zupełnie nowym telewizorze. Ktoś zaduma się nad tym, idąc do jakiejś pracy. Nie będę tego słyszał. To wszystko będzie w przyszłości, która już była.

Turn the visuals off. Jedziemy dalej.

– Pierdolnijmy!

Uwaga: rok dwa tysiące jeden, planeta Ziemia. Prawdziwa, strasznie prawdziwa rzeczywistość. Od zburzenia Wutece minęło trzydzieści jeden dni. Od moich urodzin minęło dwadzieścia dziewięć lat. Miasto Warszawa, w którym Tofi budzi się u boku swojego pięknego faceta. Dymali się pięknie i wstali pięknie. Siedzimy w Cudna Barze, wszyscy. Na brzydkiej ulicy. Jest Grzesiulek, Dynia, Fawor i ja. Mam marynarkę z nieaktualnej kolekcji Sanset Sjuts i otwarty rachunek u barmana. Woda gazowana, dwa pięćdziesiąt. Piwo Żywiec raz, pięć. Żołądkowa gorzka, siedemnaście. Piwo Żywiec dwa, pięć. Razem dwadzieścia dziewięć pięćdziesiąt. Telewizor nadaje pierdzące pulsatory w trendowej stacji.

– Jea – mówi prezenterka, która ma czerwone włosy, spodnie z żółtej skóry i łańcuch od krowy. Na szyi, w sensie.

Na ekranie widać drugą, bardzo podobną kobietę, w wieku dość młodym, tak na oko. Młoda kobieta podryguje w rytm pierdzącego pulsatora.

– Pierd, pierd – nadaje pulsator.

– O jea, to teraz bawmy bawmy bawmy się. O jea – krzyczy kobieta – o jea, to teraz zaje-zaje-zaje-biście jest.

– Pierd, pierd.

Na ekranie widać napis, z którego wynika, jak nazywa się ta kobieta i jak nazywa się to, co pokrzykiwała.

– Jea – mówi prezenterka – wspaniały nowy singiel Klaudii Czereśniak. Dla pierwszych trzech osób, które dodzwonią się do naszej stacji, darmowe egzemplarze singla gratis!

– Ja cię pierdolę – odpowiada Dynia – ja chcę darmowe za kasę.

– Jea! Tylko u nas nowy singiel Klaudii! Dwanaście wspaniałych hiciaków w ultrahiperczadowym stylu arenbi! O jea! Jak zwykle autorami jej sukcesu jest wspaniały duet kompozytorski, Norbert Tarara i Didżej Maczo-Piczo. Rewelacja!

Prezenterka znika z ekranu, podrygując w rytm pierdzącego pulsatora swoimi biodrami, w których liczy sobie dziewięćdziesiąt dwa centymetry. W klatce liczy sobie osiemdziesiąt sześć, a w pasie sześćdziesiąt, bo ostatnio schudła. Prezenterka lubi podróże i lody. Jeździ subaru imprezą, ma dwadzieścia dwa lata, pieprzyk nad lewym sutkiem i sześcioletniego syna z lewego łoża. Wiedzę tę można posiąść, oglądając jej najnowszą sesję w magazynie „Bonanza", który jest rozwalająco ultrahipersuperlajfstajlowy. Sprzedaje sto pięćdziesiąt tysięcy egzemplarzy miesięcznie, bijąc konkurencję na dwadzieścia, a nawet trzydzieści procent. Wyniki czytelnictwa są co miesiąc w magazynie „Prasa i Rynek". Magazyn „Prasa i Rynek" sprzedaje...

– Pierdolnijmy! – Dynia w sposób cudowny i bohaterski wyrywa mnie z tej chorej obsesji cyferek. W telewizorze dyga druga babka, a Toluś rozlewa nam wszystkim równo po kielichu. Jego córka kończy właśnie sześć miesięcy życia na tej ziemi.

– Sto lat, sto lat – krzyczy Dynia.

– Kurwa, nie lej mi na spodnie! – odpowiada mu Fawor, krzywiąc się po hauście żołądkowej. Dynia za szybki czasem jest, lecz nie trafia.

– O Jezu, o Jezu. Zaraz zamówimy drugą kolejkę.

– Nie, nie zamówimy, bo ja już nie mam pieniędzy.

– Dlaczego nie masz już pieniędzy?! Przecież wczoraj miałeś.

– Tak, ale dzisiaj już nie mam.

– Ech, stary, dołujesz mnie. Wszystko mnie dzisiaj dołuje. To ja stawiam, skoro ty już nie masz. Stawiam wszystkim.

Walimy żołądkową gorzką, usiłując zapomnieć o tym, że żyjemy. Im więcej walimy, tym jesteśmy weselsi. Im więcej walimy, tym bardziej jesteśmy beztroscy. Aż przychodzi ten najdłużej oczekiwany moment, kiedy beztroska nasza już z niczym nie daje się porównać. Chwiejemy się na nogach i zataczamy na zatrwożone dziewczyny, okupujące stolik w rogu knajpy. Haftujemy na ściany ubikacji w rytmie Los Fastidios, które zawsze leci z magnetofonu w takich chwilach. Wychodzimy przed knajpę rozwalać butelki i śpiewać pretekst songi własnego autorstwa. Pozbawione wszelkiego pretekstu. Jacy jesteśmy oryginalni. W kosmos wystrzeleni. Nie ma przyszłości, nie ma przeszłości. Nie ma sensu i nie ma nic. Wszystko się rozmywa i ginie, wódczany kondom otacza całą brutalną rzeczywistość, z której nie przeniknie do nas ani jedna trująca kropla.

Żyjemy, żyjemy, będziemy żyli. Jaka szkoda, że nikt nie umie osiągnąć tego stanu na trzeźwo.

Tej nocy przyśni mi się Lenka. Jakby było jej mało, nawet w snach zacznie do mnie przychodzić. Zadzwonią do mnie jacyś obcy ludzie i powiedzą, że Lenka popełniła samobójstwo. Że poderżnęła sobie żyły w budce telefonicznej na Saskiej Kępie i żebym tam przyjechał, bo ktoś chce ze mną rozmawiać.

Dlaczego ze mną? Co to za sen? Dlaczego ja i dlaczego Lenka? Przecież jej już nie ma! Miało jej nie być! Halo, pomyłka!

W tym śnie pojadę na Saską Kępę do tej telefonicznej budki i zobaczę cały zastęp gliniarzy uwijających się przy trupie. To będzie na ulicy Francuskiej. Budka będzie otoczona taśmą w biało-czerwone paski, zupełnie jak krawaty kolesi z Samoobrony. Tak sobie przez chwilę pomyślę. Na szybie będą świeże ślady krwi. Czerwonej, niezaschniętej i niewywietrzałej. Gliniarze we śnie będą mnie pytali, czy Lenka Lorencova miała jakichś wrogów, a może jest ktoś, na przykład porzucony kochanek, kto mógł upozorować to samobójstwo.

– Nie. Nie było żadnego porzuconego kochanka – powiem we śnie. – Widocznie pochlastała się sama.

Potem się obudzę, bo zbierze mi się przez sen na pawia, kiedy pokażą mi pochlastane zwłoki. Wzdrygnie mnie i rzucę się na łóżku, i otworzę oczy nie na Saskiej Kępie i nie w budce, tylko w moim usyfionym mieszkaniu, gdzie sąsiad tłucze żonę, a dresiarze przyjeżdżają o świcie z nocnego patrolu. Wzdrygnę się, myśląc na przemian o pochlastanej Lence i zupełnie żywej Tofi, która właśnie teraz, tradycyjnie już i nieodwołalnie, bzyka się ze swoim pięknym Lolkiem albo robi mu loda. Ledwo dobiegnę do sracza i spawiuję to wszystko z siebie dokumentnie.

Będzie szósta. Włączę telewizor, bo coś mi powie, że i tak już nie ma sensu spać. We śnie nękają mnie dupy z Czechosłowacji, a w telewizorze będzie samo miodzio. W trendowej stacji pokaże się kilku amerykańskich żołnierzy, biegnących pod jakąś górę w Afganistanie. Potem pokaże się trzech kolesi w turbanach, którzy uciekają przed amerykańskimi żołnierzami. Potem trendowa stacja pokaże, jak amerykańscy żołnierze strzelają, a kolesie w turbanach przewracają się i turlają z tej górki, prosto pod ich stopy. Potem w trendowej stacji pokaże się laska z dużymi cyckami i powie, głosem pełnym sztucznego podniecenia, że wojna w Afganistanie weszła w decydującą fazę. Trendowa stacja znowu pokaże Amerykanów i kolesi w turbanach, ganiających się po stoku góry. Kamera będzie się bujać na boki jak w dobrym filmie sensacyjnym, w którym są sceny upozowane na autentyczne. Kolesie w turbanach będą przewracali się zupełnie jak w dobrym filmie, w którym ktoś przewraca się prawie autentycznie. Wszystko będzie takie realne jak w filmie.

Walnę dwie kawy i zjem owsiane płatki. Ubiorę się w moją kompletnie nielajfstajlową marynarkę z kolekcji Sanset Sjuts i pójdę do pracy. Wjadę windą i złapię za klamkę.

Jedziemy dalej.

– Dryn-dryn – zadryndał mój telefon, kiedy napisałem te słowa.

– Przyjdziesz na Mą Horizą? Grają w Le Bą – powiedział telefon.

Zapomniałem sprawdzić, kto właściwie dzwoni. Na wyświetlaczu pokazują się czasami nazwiska albo ksywy tych facetów. Albo facetek.

– A po co ja mam wychodzić z domu o jedenastej wieczorem?

Telefon nie krył zażenowania, poza tym był ewidentnie po czterech browarach.

– Człowieku, jesteśmy w Europie! – krzyknął, z barowym hałasem w tle. – Jest sobota! Teraz o jedenastej idzie się w miasto.

– Nie mogę iść w miasto – odparłem. – Piszę książkę.

– Ciągle piszesz tą książkę – zasmucił się telefon, brzęcząc trochę, bo jak mi się zdawało, tracił zasięg. Ani chybi Le Bą było w jakiejś piwnicy. Powiedział „tą". Nie „tę". Wszyscy tak mówią, chociaż w słowniku jest inaczej.

– Tak, piszę ją ciągle. Nie da się jej napisać w jeden dzień.

– W takim razie napisz coś o mnie w tej książce. To na razie. Adijo, brader. Lecę żłopać piwo i nie myśleć o życiu.

Bywam spolegliwym gościem, zwłaszcza wobec kumpli, którzy dzwonią do mnie z knajpy o jedenastej wieczorem. Kiedy proszą mnie, by o nich napisać, nie odmawiam. Mam kolegów, którzy są trendowi i wychodzą o jedenastej. To dobrze. Nie jestem odludkiem i napiszę w książce o moich kolegach, którzy są trendowi i wyszli o jedenastej, i poszli żłopać piwo. I nie myśleć o życiu.

– Dryn-dryn – zadzwonił znowu telefon.

Przycisnąłem guzik z napisem „no", a tamtemu pokazał się napis „busy tone".

Abonent jest poza zasięgiem.

Jestem poza zasięgiem. Do innych galaktyk nie ma już jak uciekać. Wszędzie wymagają logowania i hasła, odpłatnego esemesem. Z braku limitu na karcie kredytowej jestem skazany na rzeczywistość, w której brakuje dla mnie miejsca. Nie powiem: została bardzo mądrze pomyślana. Są tu młodzi, przedsiębiorczy, beznadziejnie przebojowi gnoje, którzy rozwalają wszystko, co stanie im na drodze do kariery. Są tu starzy, beznadziejnie biedni gnoje, którzy kiedyś rozpychali się, lecz ich droga jest teraz w przebudowie. Są tu inni, wyjątkowo elastyczni gnoje, którzy bez względu na roczniki i koniunktury są gnojni bezterminowo. Wiedzą, jak się nażreć, by starczyło na długo. Tak czy owak, to wszystko gnoje. Jest tu wiele miejsca dla gnoju. Gnój leje się ulicami i śmierdzi z każdego zaułka, przy czym jest tak zagospodarowany, w sensie ten gnój, nie ten zaułek, że wygląda na nowy, świeżo wyprodukowany, w ładnym opakowaniu, z ładną etykietą, ze sfałszowaną, ładną datą przydatności do spożycia. Wszyscy od tego srają po gaciach, ale na ulicznym billboardzie jest napisane, że to wspaniałe, najlepsze i najnowsze, i lajfstajlowe, że amerykańskie, i że nareszcie u nas, i w ogóle. Te same reklamy będą w lajfstajlowych magazynach, które też będą amerykańskie, lajfstajlowe i w ogóle. Jak tak sobie pomyślę, wszystko oprócz mnie jest amerykańskie, lajfstajlowe, nareszcie u nas i w ogóle. Tylko ja jeden nie jestem, jak jakiś odpad produkcyjny albo wytwór szarej strefy, pieprzony składak od złodzieja. Gdziekolwiek się ruszysz, masz tylko jeden cholerny wybór: albo będziesz lajfstajlowy i kupisz to, co ci każą, albo idź w diabły, giń, chlej żołądkową, podpal się, zaciukaj, a jeżeli potrzebujesz silniejszego uczucia, struj się kebabem. Oni i tak pozostaną. Jeszcze lepsi, nowi, silni jak nigdy dotąd, już w trzydziestu stopniach. Gdziekolwiek spojrzę, są dookoła. Ścigają mnie. Jak w tym filmie, gdzie kosmitów w ludzkich powłokach widział tylko jeden facet, który miał magiczne okulary. Ja też je mam. Jestem na czarnej liście. Żałosny, ciągle nawalony nietrendowy facet, dla którego nie zaprojektowano ani jednej półki, ani jednego dystrybutora i ani jednej lodówki w tym wielkim, obleśnym, czterdziestomilionowym supermarkecie. Stoję na ulicy Górczewskiej, w oknie wieżowca, na piętnastym piętrze mojej pracy. Wszyscy dookoła to kosmici. Widzę ich, bo mam magiczne okulary. Wypiłem cztery piwa o szesnastej i widzę wszystko, i wszystko wiem. I naklepałem cztery strony dupereli do kolorowego tygodnika. I zaraz pojadę do Cudna Baru, na brzydką ulicę, i wszystko znowu wróci do normy, jak zawsze. Jest koniec listopada dwa tysiące jeden. Mam trzydzieści lat. Mick Jagger krzyczy z komputera, że nie znajduje satysfakcji. Nie wiem, kiedy umrze Mick Jagger. Gdy piszę te słowa, ciągle jest żywy. Komputer nadaje nawet wiadomość o tym, że Mick Jagger ma następną kochankę. Migają tam również biznes njus, które przepisywałem w moich duperelach.

Majątek trzystu pięćdziesięciu ośmiu najbogatszych ludzi świata wynosi tyle, ile wspólne oszczędności dwóch i pół miliarda najbiedniejszych mieszkańców naszej planety.

W mordę, jaki patos.

Życie w tym stylu jest na dłuższą metę niemożliwe, bo przypomina całodobowy program telewizyjny w stacji, w której zatrudniają tylko jednego prezentera. Szósta trzydzieści: pobudka. Siódma osiem. Zapraszamy do zabawy. Siódma czterdzieści pięć: świat ci się nie podoba? Wal się na ryja. Idziesz do roboty albo giń. Dziewiąta: pisz, pisz. Bo ty fajnie piszesz. Jedenasta osiem: pij kawę. Program lokalny. Dwunasta: pisz, pisz, bo ty fajnie piszesz. Trzynasta: pisz, pisz, bo ty fajnie piszesz. Czternasta: pisz, pisz, bo ty fajnie piszesz. Piętnasta: pisz, pisz, bo ty fajnie piszesz. Szesnasta: pisz, pisz, bo ty fajnie piszesz. Siedemnasta: pisz, pisz, bo ty fajnie piszesz. Osiemnasta: pisz pisz, bo ty fajnie piszesz. Dziewiętnasta: pij, pij, bo ty fajnie pijesz. Dwudziesta: pij, pij, bo ty fajnie pijesz. Dwudziesta pierwsza: pij, pij, bo ty fajnie pijesz. Dwudziesta druga: pij, pij, bo ty fajnie pijesz. Dwudziesta trzecia: pij, pij, bo ty fajnie pijesz. Dwudziesta czwarta: pij, pij, bo ty fajnie pijesz. Zero jeden: przerwa na reklamę. Szósta trzydzieści: pobudka.

Jasne, mógłbym zapisać się do klubu tekłondo albo sklejać modele, albo zostać buddystą, albo chodzić na dziwki, albo grać w szachy. Albo w karty. Niestety, nie da się zrobić tego wszystkiego. Po dziewięciu godzinach tyrania można już tylko walić goudę.

– No, co tam u ciebie, misiu kolorowy? – powiedziała Tofi, przesuwając dłońmi po swojej grejpfrutowej klacie w burym sweterku. Dwa grejpfruty, porównanie, wiecie, o co mi chodzi.

Jasny pieron, po co ona do mnie w ogóle mówi. No po co. Przecież ja wcale nie chcę jej słuchać. Przecież to wszystko już było. Ona jednak ma podwójne oblicze. I bynajmniej nie chodzi mi o tuszę.

– Eeee – powiem – ze mnie jest dupa, nie misiu.

– Eeee – powie, kokieteryjnie wypinając swoją klatę – nie gadaj, przecież nie masz takiej znowu wielkiej dupy.

I będzie się śmiała nerwowo, aż w końcu zrozumiem, że ona naprawdę jest taka durna i myślała, że chcę się jej wyżalić, jaka to niby moja dupa jest wielka. Patrzę jeszcze na Tofi przez kilka sekund, jak wita się na korytarzu ze swoim facetem, jak cmokają się, wystawiając języki i mrużąc oczy, jak jednoczą się w uniesieniu. On ma fryzurę lajfstajlową. Gazy po piwie pykają mi z gardła, ale je powstrzymuję. Szkoda jej. Naprawdę jest ładna. Jest tak ładna, że ludzie tacy nie są.

Wychodzę z pracy. Chwytam klamkę.

Jedziemy dalej.

Straszna sprawa. Jest rok dwa tysiące jeden. Bulanda Country, centralnie The Vistula River, planeta Ziemia. Mam dosyć mojej pracy. Mam jej tak serdecznie dosyć, że mógłbm robić wszystko, byle tylko nie pisać tych bzdur w tych wszystkich kolorowych tygodnikach. Minęło dziesięć lat, a ja ciągle słyszę ten sam idiotyczny zwrot:

– Pisz, pisz, bo ty fajnie piszesz.

Ja nie piszę fajnie. To wcale nie jest fajne. Te bzdury, które każą mi wypisywać, są mniej warte od papieru, na którym się je drukuje. Na przykład dzisiaj. Dzisiaj w pracy musiałem napisać długi na trzy strony tekst o tym, jak nie pójść z kobietą na zakupy. Pojmujecie? Jak z niej wała zrobić, wystawić do wiatru i nie pójść. Wyrolować kobietę. Mieli się tam wypowiedzieć psycholog i seksuolog, a także paru mężczyzn i kilka kobiet. Wszystko rzecz jasna wymyślone, wyssane z palca, bo redakcja nie miała pieniędzy ani czasu na wynajdywanie takich ludzi. To kolejna tajemnica wszystkich tych artykułów, w których widzicie wypowiedzi w stylu „Ania, copywriter, lat dwadzieścia cztery". Fotka rzeczonej laski pochodzi ze zbiorów jakiejś agencji fotograficznej, które mają na kopy takich portretowych zdjęć na sprzedaż. Zdjęcia agencyjne są bardzo drogie. Kosztują po trzy stówy. Honorarium autorskie za tekst wynosi co najwyżej stówkę za stronę. Jeśli ktoś jest na pensji, nie wynosi wcale. Redakcje dbają o to, by mieć fajne, kolorowe, egzotyczne i przyciągające zdjęcia. Walą na to mnóstwo kasy. Artykuł do takiego zdjęcia to już tylko dodatek. Ma powstać jak najniższym kosztem i możliwie jak najprędzej. Dlatego nie ma sensu emocjonować się reportażami, w których autor opisuje, jak walczył z mafią albo brał udział w gangbangu Hjuston pięćset. To wszystko bzdura. Każdy głupi może sobie wyobrazić udział w gangbangu albo strzelaninie. Takie „reportaże" powstają w trzy godziny. Mnie samemu zdarzyło się to wielokrotnie. Raz rzucili mi na biurko komplet ostemplowanych fotografii sprzed piętnastu lat, przedstawiających polowanie na krokodyle. Faceci na zdjęciach mieli dwururki, sztucery, kamizelki rybackie i pływali w drewnianych łódkach po jakiejś zarośniętej rzece na Florydzie. Mój szef stał nade mną w koszulce z napisem „Krwawe lato", choć była już prawie zima. Jak widzicie, dosyć wnikliwie czytuję napisy na jego koszulkach.

Do siedemnastej łowiłem więc krokodyle w miejscowości New Bordeaux, którą wymyśliłem sam, jedząc mruczusia z bambusem w barze Bing Bong, podczas przerwy obiadowej, zwanej przerwą na lancz. Bohater historii był tak lajfstajlowy, że zarąbał dwieście krokodyli. Tak, mogłem sobie potem spojrzeć w lustro. Teraz są takie czasy, że można wszystko, byle zarobić trochę grosza.

Kiedy indziej napisałem z bani autobiografię angielskiego nafciarza, który spędził całe życie na platformie, bo był z rozbitej rodziny. Dostali wtedy zdjęcia platformy za trzydzieści złotych od sztuki, z prawem do wielokrotnej publikacji przez pół roku. Miesiąc później pisałem o nich z powodu wojny naftowych gangów. Nie muszę chyba dodawać, że wojnę naftowych gangów wymyśliłem sam. Wtedy platformy były już ruskie.

Wymyśliłem socjologów, którzy interpretowali dokonania podróżników, którzy śledzili życie legendarnych wodzów, którzy wytępili legendarne narody. Wszystkich ich wymyśliłem. Wymyślałem felietony, w których wymyślone kobiety robiły wymyślone rzeczy w moim wymyślonym życiu. Wymyśliłem swoje życie. Teraz, kiedy jest jesień roku dwa tysiące jeden, a ja siedzę w pasiaku cienia i promieni słonecznych, w moim pokoju, w mojej idiotycznej pracy, na piętnastym piętrze wieżowca, w mieście, w którym nic się nie dzieje, a Tofi rżnie się ze swym pięknym Lolkiem. Teraz mam jedyną okazję, by uwierzyć, że wymyśliłem to wszystko i jestem tylko kolejną głupią historyjką, napisaną przez siebie samego, w dodatku na polecenie idioty, ubranego w lajfstajlową koszulkę i mówiącego „yyy" co trzecią sylabę.

Niestety, jestem tak głupi, że nie daję sobie tej szansy. Zbiorę się do kupy i pójdę stąd. Zaczęło mnie suszyć, a zanim dojadę na Cudną, minie ze czterdzieści minut, bo na mieście są korki.

– Piętnaście piętnaście dziewiętnaście. Radio Taksi, proszę czekać na przyjęcie zamówienia.

– Dzień dobry. Numer karty zero dwieście dwieście trzy. Na zaraz.

Nie muszę się odwracać za siebie, żeby stał się wieczór, listopad roku Pańskiego dwa tysiące jeden. Planeta Ziemia i tak dalej, i tak dalej. Tofi rżnie się ze swym lawdżojem. Słońce zaszło, śnieżek prószy. Ja się nie rżnę. Miałem urodziny, o których nikt nie pamiętał. To dobrze. Gdy o nich pamiętają, bywa jeszcze gorzej. Siedzę w kanciapie na zapleczu dawnego kina, które jest teraz magazynem wody mineralnej albo hurtownią skarpetek. Nieważne. Postanowiliśmy reaktywować zespół. No bo co innego może robić trzydziestoletni buc w mieście, w którym nie ma miejsca na żadne rebelie?

– Chłopaki – powiedział telefon głosem Kwadrata, którego usłyszałem po raz pierwszy od pięciu lat – chłopaki, chodźcie zagramy.

Przyjechałem do tego kina, to jest w sensie do hurtowni skarpetek, i siedzę na wzmacniaczu marki sałndmen trzysta. Trzymam gitarę od Witkowskiego, którą cudem odnalazłem w piwnicy. To moja jedyna gitara. O ile mi wiadomo, dwie pozostałe rozwaliłem z okazji moich kolejno dwudziestych trzecich i dwudziestych piątych urodzin. Trochę nie stroi, ale ja się tym nie przejmuję. Jak zagramy trzeci numer z kolei, będziemy przecież nawaleni. Kwestia popadania lub niepopadania w tonację zrobi się wyjątkowo marginalna, uwzględniając wagę całego zajścia. Właściwie to nie miałem nic przeciwko temu pomysłowi. Może wreszcie coś nam z tego wyjdzie. Mamy w końcu jakieś znajomości. Nie to samo, co dziesięć lat temu. Może rzeczywiście zapomniałem, jak grać fachowo solówki metodą pięciu superpozycji czy jak się to nazywało. Nie będę się jednak przejmował. Nikogo to i tak nie wzruszy. Jak nagramy płytę, to może się sprzeda ze dwieście tysięcy. Po dwadzieścia procent od sprzedaży, to by była dycha od egzemplarza, to by było do podziału na pięciu, to by było...

Zresztą nieważne. Na wzmacniaczach stoją puste butelki. Kwadrat i chłopaki zdążyli już obalić po dwa piwa. Atmosfera jest zaiste rokendrolowa: ktoś wrzucił płytę Die Toten Hosen do starego cedeka, który, jak sądzę, znajduje się na wyposażeniu tej sali.

– Cwaj klajne jagermajster – krzyczy Niemiaszek na płycie – ałf di bundezwer.

Pięćdziesiąt złotych za godzinę. Sale prób nie są najtańsze na świecie. Małolat, który zazwyczaj udostępnia ją metalom, patrzył na nas jak na jakichś dewiantów. Gdybyśmy nie taszczyli gitar, mógłby przypuszczać, że sala prób jest nam potrzebna do czegoś zupełnie innego: może planujemy tajne zebranie terrorystów, a może naprawdę jesteśmy zbokami i będziemy w tej piwnicy kręcili pornola sodomo-maso.

Ale my naprawdę gramy. Właściwie to nie tyle gramy, ile pitolimy.

– Pitu-pitu – pitoli Kwadrat. Jego legendarny telecaster z siedemdziesiątego dziewiątego, kiedy to Stonesi mieli trasę, wydaje mi się teraz jakoś mało legendarny. Sam Kwadrat nie wygląda na tyle legendarnie jak wtedy. Jest gruby, obciął długie włosy i zaczął się golić. Mówiąc zupełnie szczerze, nie różni się niczym od biznessuperhiper koleżków, których codziennie widuję na superhiper lanczach w Big Eden o czternastej. Sam fakt, że widuję tam również i siebie, jakoś nie nastraja mnie pozytywnie do świata. Dobrze, że chociaż zdjąłem z siebie koszulę i krawat. W bluzie z napisem „Bad Mad" wyglądam zapewne jak palant, ale z tego, co widzę, jest to wieczór samonakręcania się emeryckim etosem i wszyscy zebrani mają o tym przedsięwzięciu podobne zdanie.

– Pitu-pitu – pitolę ja. Cieszę się jak kto głupi, że to robię.

Gramy bluesa z własnym tekstem. Pitolimy go. Nie idzie nam. Naprawdę kompletnie nam nie idzie, nie klei się jak nigdy, jak w czasach, gdy nie umieliśmy grać albo graliśmy na kompletnym kacu, albo na zwale. Jak po grudzie. Jak słowo daję, chciałbym nawet zacytować ten tekst, ale nie pamiętam. Nie był chyba za mądry.

– Jacuś. Łomoczesz nie do rytmu.

– Złamałem pałkę.

– Nie masz drugiej pałki?

– Nie mam.

– Napijmy się.

Następuje długa i nużąca scena, w której główni bohaterowie, równo po trzydzieści lat, odkładają instrumenty, opierając je o ściany, i sięgają po kolejne butelki piwa, łykając je szybko, dużymi haustami; tak piją ludzie, którym biega o efekt. Potem próbują śpiewać coś a cappella, ale im nie wychodzi. Jeden z nich, to chyba główny bohater tej książki, zaczyna grać intro do *Sweet Child O' Mine*, ale drugi z aktorów tej sceny wtrąca mu się jeszcze głośniej z prostackim wyrębem *Louie Louie*, który w zasadzie jest przecież inwokacją do *Wild Thing*. I jeszcze pięciu tysięcy innych jednakowych, trzyakordowych kawałków. Rozpaczliwe wrzaski wokalisty, usiłującego przekrzyczeć kolegów, niosą się gdzieś w tle po ścianach. Każdy amatorski zespół boryka się z tym problemem. Nikt tam nie zamierza grać piosenek, każdy chce się tylko pokazać. W końcu kakofonia ucicha na dźwięk telefonu komórkowego.

– Tak, jasne, że przygotuję – mówi Kwadrat. – Będzie na jutro. Proszę się nie martwić, już do nich dzwoniłem. Cały raport jest już prawie gotowy.

– Może został wam jakiś browar? – pyta Dynia, z pewną taką nieśmiałością.

– Nie, nie ma browaru. Dokąd on poszedł? No ładnie – mówi Kwadrat, który właśnie przestał spowiadać się szefowi.

Nie słyszę Kwadrata. Wyszedłem z tej piwnicy bez słowa. Idę ulicą, niosę w jednej ręce futerał z telecasterem, a w drugiej puszkę z piwem, które ma się ku końcowi. Jest już ciemno, na małej, kameralnej ulicy palą się latarnie. Prószy pierwszy tegoroczny śnieg. W uszach buczą przestery, wkurza mnie to. Idę wolno, tak jakbym szedł w zwolnionym tempie. Chciałbym słyszeć początek do *Wish You Were Here* Floydów. Jest idealny, kiedy się idzie w zwolnionym tempie.

– Dokąd on poszedł? – wścieka się Kwadrat w piwnicy hurtowni skarpetek. Nie słyszę go. Idę w coraz mniej zwolnionym tempie.

Mijam pizzerię i przechodzę na drugą stronę ulicy Francuskiej. Mijam budkę telefoniczną, przy której kręci się policja. Wróć, wróć. Mijam budkę telefoniczną na Francuskiej? Przy budce telefonicznej na Francuskiej kręci się policja? O kurwa.

Budka telefoniczna na Francuskiej?!!!!!

Już zwijają pasiastą taśmę, podobną do krawatów Samoobrony. Jest też biała karetka. Może będą mnie o coś pytali. Zaczepią mnie? Kto to leży? Kto? Co się stało w tej budce? Nie chcę tego wiedzieć. Nie chcę.

Przyspieszam kroku i prawie biegnę w stronę tramwaju, który jeszcze stoi na przystanku. Jadę do centrum. Byle dalej. Byle dalej. Idę Marszałkowską. Rozświetlone, wesołe miasto. Wmawiam sobie.

– Proszę o drobne – powie do mnie kloszard.

Rozświetlone, wesołe miasto. Rozświetlone wesołe miasto. Skręcam przy Horteksie, bo przypomniało mi się, że nie byłem tam od dzieciństwa. Boże, co za nerwica. Na środku rumowiska stoją moje schody, moje ukochane kręcone schody, na których byłem dzieckiem. Samotny kikut, odarty do betonu, wykręcony serpentyną w próżnię. Zasrany śnieg prószy na nie coraz mocniej.

– Synku, przyjedź do nas na tortoletkę – powie do mnie mama w przeszłości.

– Brum, brum – dodam gazu mojemu pojazdowi kosmicznemu, by dojechać na tortoletkę. Kelnerzy będą tacy wściekli. W przeszłości.

– Poproszę o drobne – powtórzy ten człowiek i wyjdzie z cienia neonu. Zacznie lać na moją słoneczną przeszłość.

W tej scenie stoję na rogu, obok moich zmasakrowanych schodów, na które leje kloszard. Trzymam w jednej ręce futerał z gitarą. Mam trzydzieści lat, pada pierwszy listopadowy śnieg. Miasto, w którym Tofi rżnie się ze swoim pięknym Lolkiem. Mogę w nim być i równie dobrze może mnie tu nie być. Jest doskonale obojętne, pełne budek telefonicznych, które śnią mi się jako zakrwawione sceny samobójstwa i które widzę potem na jawie.

Pomyślałem, że jestem teraz wolny. Mogę sobie iść w prawo, mogę sobie iść w lewo, a jak mi się zachce, przez chwilę mogę nie iść nigdzie. Chyba mogę wszystko. Chyba mogę tak bardzo wszystko, że w rezultacie nie mogę nic.

Jedziemy dalej: ciągle jest koniec listopada dwa tysiące jeden. Wiek dwudziesty pierwszy, godzina dwunasta pięć. Siedzimy w gabinecie prezesa de Bomby i jest nas czterech.

„Recesja stworzyła niszę na rynku prasowym" – krzyczy nagłówek w magazynie „Prasa i Rynek".

Mamy krawaty, białe koszule, zasrane pałerbuki na kolanach, a tam prezentacje przygotowane w pałer pojncie. Dużo jest w tym pałeru. Prezes de Bomba jest strasznie ważny, choć nie zna się na niczym. Dość szybko zauważamy, że nie ma takiej dziedziny, o której prezes de Bomba miałby jakąś fundamentalną wiedzę, a już na pewno nie jest to dziennikarstwo. Nie przejmujemy się: ta prawidłowość dotyczy większości polskich prezesów. Fakt, iż de Bomba przewodzi polskiemu oddziałowi wielkiego międzynarodowego wydawnictwa, nie zbija nas wcale z tropu. Mamy własny projekt czasopisma. Jest wykurwisty. Nakręcaliśmy się pół nocy, by osiągnąć pewność, że właśnie taki jest. Wszystkie pisma są lajfstajlowe i bredzą od rzeczy. I pokazują ciuchy za pięćdziesiąt baniek. Nasze pismo opowiada o tym, że życie jest do dupy i że jest źle, i że walić „ich". I inne takie. I ciuchów drogich tam nie ma. Są za to bryki ze złomu, bo przecież chcemy czuć się jak nieliczni. Mamy projekt okładki. „Twój szef to menda!" – oznajmia na okładce półnaga dupa.

Półnagie dupy i przeświadczenie, że każdy szef to menda, to bazowe elementy medialne, które zapewniają posłuch i szacunek.

Nie, nie jesteśmy aż tak podli. Nam też po głowie kołacze się tylko tyle, że każdy szef to świnia. I że chętnie obejrzymy gołe dupy. I że jesteśmy nielicznymi, którzy przeżyli, więc chcemy rozbijać się samochodami ze złomu.

– Ale ja bym chciał coś sprawdzonego na Zachodzie – mówi prezes de Bomba, poprawiając pasek na swoim grubym brzuchu. – Te wasze pismo jest fajne. Ale niesprawdzone na Zachodzie.

Wychodzimy od prezesa de Bomby. Prezes de Bomba to już szósty gruby prezes, od którego wychodzimy z tym projektem. Wszyscy byli jednakowo zasmuceni faktem, że przynosimy im coś, co nie jest sprawdzone na Zachodzie. Ja ich, biedaków, rozumiem. No bo skąd niby oni mają wiedzieć, czy to jest dobre, czy nie jest, skoro to nie było nigdy sprawdzone na Zachodzie? No znikąd. Na placu Trzech Krzyży srają gołębie. Za kościołem wisi reklama biura podróży. Tylko sto czterdzieści dziewięć dolarów za przelot. W knajpianym ogródku dwie odpicowane dziewczyny siedzą i sączą kawę z lajfstajlowych kubeczków, opatrzonych rysunkiem imejlowej małpy. W ogródku, a przecież jest tak zimno. Czy ja dobrze pamiętam, że kiedyś była tutaj redakcja „Szpilek"? W tym rejonie są piękne, czteropiętrowe kamienice z poddaszami, na których można mieszkać, gdy się je odpowiednio wyremontuje i urządzi. Zawsze chciałem mieć takie poddasze. Odpowiednio je wyremontować i urządzić. Ale musiałbym sprzedać swoją ruderę na Ochocie i dołożyć drugie tyle, żeby kupić w centrum choćby poddasze. To kosztowne miejsce. Obok stoi hotel Sheraton, jeszcze dalej stoją nowoczesne apartamentowce, w których jeden metr kwadratowy wart jest tyle, ile cały pokój na peryferiach.

Kiedyś zamiast hotelu był park, spod którego wyjeżdżałem co roku na kolonie. Obok parku było dużo miejsca i dlatego tam właśnie zjeżdżały się turystyczne autobusy.

Tego popołudnia ostatecznie wracamy do roboty, porzuciwszy ambitne plany założenia własnego czasopisma. Wracamy do roboty w swoich lajfstajlowych redakcjach. Będziemy pisali lajfstajlowe, wymyślone historie o tym, że jest zajebiście, że jest cool, że w tym sezonie trzeba mieć włosy łonowe od Lorelaja, srajtaśmę od Van Dora i mózg po tuningu z wykazem autoryzowanych stacji, które to zapewnią. Wszystko wspaniałe, nowe, lepsze, sprawdzone na Zachodzie. Jesteśmy przecież nowi, lepsi. Lajfstajlowi, trendy, cool, kurwa, sprawdzeni, jak najbardziej sprawdzeni na Zachodzie. Mamy wszyscy naklejki z datami przydatności do spożycia i niewidoczne kody kreskowe, które widzi tylko Wielki Jah i prezes de Bomba. Prezes de Bomba jest teraz lewą i prawą ręką Wielkiego Jah, w promocji jesiennej lub zimowej.

Ta sprawa już nigdy nie da mi spokoju. Zawsze kiedy przechodzę obok wydawnictwa, w którym urzędował prezes de Bomba, lewa i prawa ręka najnowszego Wielkiego Jah, słyszę jego:

– Te wasze pismo jest fajne. Ale ja bym chciał coś sprawdzonego na Zachodzie.

Będziemy zerem na tym świecie. Będziemy zerem tak długo, jak ta zgraja imbecyli będzie nas terroryzować.

Ustrój jest bez sensu, jeżeli władzę ma hołota. Wcale się nie zdziwię, jeżeli kiedyś hołota zniszczy sama siebie, jak wąż zjadający swój ogon albo jak słoń w cholernym składzie porcelany. A wszystko dokoła jest jak najbardziej po linii: to nawet nie urodzaj na debili. To prawdziwa moda. Moda na prostackie pomysły. Moda na pracowników, którzy są najgłupsi i przez to najmniej groźni. Dalej są najgłupsi kierownicy działów, najgłupsi zastępcy. Najgłupsi dyrektorzy. Cała masa ludzi absolutnie, nieodwołalnie najgłupszych, bo tylko oni mają szansę. Ryba psuje się od głowy: ktoś na górze jest tak głupi, że wszyscy niżej od niego muszą być tacy sami. Głupek przyciąga głupka, głupki łączą się w coraz większe zbiory. Zbiory głupków sklejają się i pewnego dnia wypełnią cały nasz świat, który w końcu pierdyknie jak mydlana bańka. I być może ktoś się wtedy otrząśnie. Jak to zwykle, po szkodzie.

Myślę jednak, że to nie stanie się za prędko. To będzie w przyszłości; jak widać, ona również jest niepewna. Przyszłość jest tak niepewna, że nawet kręcą filmy fantastycznonaukowe, których akcja rozgrywa się w przeszłości.

W tej galaktyce nic się nie zmienia: jest permanentny listopad roku dwa tysiące jeden. Miasto, w którym Tofi, itede, itede. A śnieżek prószy, a życie mija. I wszystko jest kompletnie do dupy.

– Pierdolnijmy!

Dynia ma imieniny: jest powód, żeby się narąbać. W końcu bez powodu trąbiliśmy już tyle dni. Poza tym były przerwy. Nikt nie chodzi pijany do pana prezesa Bomby ani na próby reaktywowanych zespołów. Siedzimy w Cudna Barze i grzejemy wściekłe psy, choć trzeba przyznać, że idzie nam to coraz gorzej. Nie żeby ludzie tracili formę, ale uważam, że dwa miesiące chlania to już wystarczająco dużo, by dać sobie spokój. Coraz częściej się struwamy, coraz więcej nam się wlewa na siłę. Coraz rzadziej śpiewamy *Noi contiamo* i nikt już nie ma żadnego mesydżu dla rewolucji. Nie chce nam się nawet rzucać pawia na ściany. Siedzimy więc jak otępiali przed telewizorem i kładąc głowy na blacie, patrzymy kątem oka.

– Czternastoletni mieszkaniec Warszawy wyskoczył z tarasu widokowego Pałacu Kultury – mówi telewizor, udając przejęcie. – Jak się nieoficjalnie dowiedzieliśmy, nie umiał fruwać.

– Młodości, ty nad poziomy wylatuj! – słychać zza baru.

– Polej – stęka Fawor. – Napijemy się za niego.

– Ta. A wiesz, że podobno frytki są z wołowiny?

– Ta. I kowboje może.

– Ta. Żebyś wiedział, że kowboje.

Telewizor nie ustaje w rewelacjach.

– Ogólnoświatowy zlot dziewic odbywa się w Las Vegas w tym tygodniu.

Na ekranie widać dziewice, biegające w lajfstajlowych ubraniach pośród neonów ruletkowego miasta. Mają koszulki z napisem „ame werdżyn". Mają wypięte cycki, rozpuszczone jasne grzywy i buty na wysokich obcasach. Jak kurwy, nie dziewice.

No cóż. Każda kurwa była kiedyś dziewicą. To powiedział William Blake, nie ja.

Wróćmy przed telewizor:

– Dziwne imiona stają się coraz bardziej trendowe. We wsi Kluski w powiecie przysuskim rodzice zarejestrowali imię Malaga.

Na okoliczność tego faktu telewizor przypomina do wyrzygania przaśną scenkę z *Misia,* w której Marek Siudym, jadąc na węglarce, opowiada o swej córce, świeżo zarejestrowanej jako Tradycja.

– Malaga – odzywa się Fawor. – Szkoda, że nie Alpaga.

– Alpaga Kwiatkowska – rzuca Dynia. – To byłoby w dechę.

– Albo Frustracja. Frustracja Kowalczyk.

– Heh. Depresja.

– Hehe.

– Depresja Malinowska.

– I jej mąż Jarosław Prozak.

– Hhaha!

– Obsesja Płocińska.

– I jej siostra, Transmisja.

– Hhheh. Torsja. Torsja Chylińska.

– Segregacja i Sanacja. Sanacja Sierakowska.
– Dajcie kartkę, spiszemy to.
– Kaloria Oleksy.
– Nie wytrzymam! Spadnę z krzesła!
– Enzym Stasiuk.
– Supersam!
– Hipermarket!
– Dobry wieczór, Jolanta Pieńkowska, zaczynamy *Wiadomości*. W mieście Ibn Baba doszło do starć ju es merins z oddziałami partyzantów alkaidy. Zginęło pięćdziesięciu sześciu talibów, w tym ochotnicy z Syrii i Pakistanu. Źródła amerykańskie nie odnotowały żadnych ofiar po stronie aliantów. Wiadomości z kraju. Obraduje specjalna komisja.
– Chłopaki, mam zaproszenia na promocję zegarków. Będzie micha.
– Dorżniemy się?
Oczywiście, sir. Osobiście dopilnuję.
Idziemy do Śródmieścia. Promotor kloków naprawdę się postarał. Boje w liberiach, wpuszczający do środka, wręczają nam kupony na michę i obiecują, że dostaniemy specjalny prezent, gdy będziemy wychodzić. W środku straszna sprawa. Kolorowy tłum półgłówków, udających, że są z zagranicy. Ich opięte koszuliny od Kalwina Klajna i mordy wysmarowane fluidami. Ich sprane portki na ostro jebanych tyłkach. Wszystko ukiszone we własnym sosie, w rytmie techno, w pocie czoła, przykrytego modną grzywką. Każdy jest miły i kochany. Każdy ma odbyt prześrubowany. Oh, yeah. Oh, yeah. Bawmy się.
Barman leje szklankami wędrowniczka, nie oszczędza się.
Walimy. Nikt z nas nie kupi zegarków tej firmy.
Klub Sto Pięćdziesiąt Cztery, godzina dwudziesta pierwsza trzydzieści. Warszawka roi się jak muchy na kupie. Zwłaszcza o tej porze, kiedy wszyscy lajfstajlowi buce walą tłumnie na któryś z promocyjnych spędów, urządza-

nych co rusz jak nie przez giganta od agiede, to innego producenta od gieesem. Taki gigant urządza balet, a na balet zlatują się frajerzy mówiący „Łał!", w swoich lajfstajlowych ciuchach, lajfstajlowych fryzach, z gębą tonącą w ich lajfstajlowych komórach. Obnoszą się po sali z drinkami w dłoni, patrząc uważnie, komu można powiedzieć „Łał!", a kogo trzeba ominąć z daleka. Bo jeszcze się okaże, że jest za mało ważny. I potem wszyscy będą się śmiali, żeś wyszedł na durnia, bo przybijałeś piątkę z kolesiem, który przestał mieć pracę.

Pomyłka, men. Normalnie, straszna pomyłka. Musisz więc uważać. Podchodzisz do większej grupy, uważaj. Ten, co najmniej gada, jest najważniejszy.

– Łał! – mówią do niego.

– Łał – czasami odpowiada.

– Łał – chrząkasz jak ten głupi.

Może cię zauważą. Podacie sobie wizytówki. Może nawet jakaś laska, która będzie myślała, że też jesteś ważny, może ona też ci da. Może będzie cudownie, stary. Może wejdziesz w układy.

A potem zatrąbią do ataku na bufet. Ten ważny, jego świta, ty i laska, jeżeli ją zagadasz, pobiegniecie jak psy do michy. Przecież musieliście się głodzić od śniadania, żeby teraz kłaść sobie do gęby te wszystkie przestudzone koreczki z sera i oliwek. Wycierać firmowymi serwetkami spocone ryło. Pilnować, by identyfikator z waszą jakże ważną pozycją nie odpadł od marynary. Na tym polega twoje życie, stary. I na mówieniu „łał!", kiedy zobaczysz jakiegoś ważnego lajfstajlowca.

Na pewno o to w tym wszystkim chodzi.

Stroboskop błyska jak szalony. Muzyka jest tak głośna, że nie słychać ani słowa. Zresztą nikt tutaj nie mówi niczego mądrego. Strzelam dwie szklanki burbona.

– Czy my się skądś nie znamy? – pyta dorodna dwudziechatrójka, kokieteryjnie podchmielona. Włosy kolor-błąd.

– Znamy się. Widziałem cię w pornosie – odpowiadam, licząc na wielką awanturę. Ona jednak nie łyka prowokacji; jest za bardzo nawalona albo po prostu za głupia, by w tej stroboskopowej atmosferze odróżniać poniżenie od komplementu. Łykam jakiś fosforyzujący szajs z jej szklanki, którą podtyka mi pod nos razem ze swoimi przydługimi piersiami. Widzi, że na nie patrzę. Pochyla się jeszcze bardziej z głupim uśmiechem.

– Nie żartuj sobie – mruczy. – Skąd jesteś?

Rany boskie, na co dzień jest przecież grzeczną biurwą w jakiejś lajfstajlowej firmie dla grzecznych biurew, obnoszących po korytarzach swoje niesłychanie modne koszuliny wcięte w pasie i wypuszczone ze spódnic. Dlaczego gra taką śmierdzącą, latarnianą rolę?

– Z planety Ziemia. Znasz taką?

– O rany, ale z tobą ciężko gadać. Obczajasz tego didżeja, który dzisiaj gra?

– Didżeje nie grają, kobieto. Oni puszczają płyty. Disk dżokej. Taki skrót, wiesz? Oni puszczają płyty.

– Wiem, wiem. Hihi. Hihi.

Ona się śmieje. Śmieje się i nie zamierza odejść. Przecież nie jestem żadnym seksistą, żadnym świrem ani pedziem. Nie odrzucam jej. Po prostu chcę siedzieć tu sam. Kalać się obrazkami Tofi, która wali się ze swym pięknym Lolkiem. Czy ta dziewczyna nie rozumie takich bazowych rzeczy? Ale najwyraźniej nie. Rozsiada się obok mnie na barowym stołku. W normalnych warunkach pomyślałbym, że to całkiem niezła sztuka. Tak, naprawdę niezła sztuka i bezwarunkowo rębna.

Nienawidzę tych chwil, kiedy świta mi, że mógłbym to zrobić, ale wiem, że mi i tak nie stanie. Za dużo wódki. Zdecydowanie za dużo wódki. Odchodzę od niej myślami, bulgocząca alkoholowa mgła wyciąga mnie z tego stołka i wywala gdzieś w kosmos.

– Nie zapytasz, jak mam na imię? – ona jest nieprzejednana. Dyga w miejscu, do taktu muzyki, popierdującej w tle.

– O tak. Powiedz mi, jak masz na imię. Powiedz. Będę wiedział, co mam wypisywać w klozetach. Tyle was już było. Muszę sobie zrobić listę.

– Że co?

– Odwal się. Daj mi spokój.

Jest wykrzywiona. Teraz już mi się nie podoba. Odwraca się na stołku. To przecież obrotowy stołek. Wykonuje taki ruch, jakby chciała strącić mi z blatu szklankę, ale łapię ją w ostatniej chwili, rozlewając resztkę drinka na podłogę. A może mi się tylko tak wydaje. Jej ręka zawisa na chwilę, potem ląduje na długiej blond grzywie, by przejechać do tyłu głowy; ten ruch jest naprawdę miły, myślę przez chwilę. Myślę o tym, że gdyby nie sytuacja, ten ruch byłby bardzo miły. Ona jest już w drugim końcu sali. Nie pokazuje na mnie nikomu. Nie uskarża się. Nie nasyła do bicia. Przestaje istnieć. Rozglądam się po rozhuśtanej podłodze. To ładny klub. Tak naprawdę to nie wiem, czemu tak bluźnimy na te wszystkie modne kluby. Są przecież naprawdę estetyczne. Ładnie urządzone, czyste. Z pomysłowymi kiblami, w których wszystkie te błyszczące wynalazki aż proszą, by do nich nalać. To ładne miejsca. Ładne, ładne miejsca. Zaraz przybiję gwoździa. Jasny pieron. Zaraz to zrobię.

– Oh, yeah – powiedział nagle gwiazdor Adam Chała, który był kiedyś dobrym aktorem, lecz stał się lajfstajlowy. – Oh, yeah – powtórzył dobitnie, by podkreślić swoją gwiazdość. Gwiazdorskość, gwiazdowatość, gwiazdolność. Gwiazdyngowość.

– Kolego, tu się nie śpi! – krzyczy ciecio, wielki pajac w czarnej bluzie. – Wypylajcie!

Jesteśmy nagrzani do imentu. Dynia leży na sofie i pozwala się szarpać dryblasowi za ubranie. Ledwo widzę.

Ktoś kładzie mi na bary płaszcz i wypycha do wyjścia. Zimne powietrze nie pomaga ani trochę. Nawalona Filharmonia Narodowa. Nawalona ulica Widok. Nawalona ulica Sienkiewicza. Nawalone latarnie przed Nawalonym Bankiem Polskim. Plac nawalony taksówkami. Taryfiarz jest czujny. Nie wiem, co się dzieje z resztą ekipy. Ląduję na kanapie mercedesa i wyciągam dowód osobisty, żeby facet lepiej wiedział, gdzie ma mnie zawieźć.

Daję mu stówkę, ale on nie kwapi się z resztą. Jedziemy. Wszystko błyska jak stroboskop. Wszystko mówi mi „oh, yeah". Nie mogę utrzymać równowagi. Nie mogę mówić. Przecież myślę. Myślę nawet za szybko. Zaczynam jedną myśl, a dwie kolejne depczą po niej jak oszalałe. Nie zmienię świata. Nie zmienię świata. Mogę tylko ujadać. Jak podwórkowy pies. Chcę potem wrócić do tej pierwszej myśli, ale czwarta zastępuje jej drogę. Przecież mam świadomość. Dobre hasło reklamowe. Ping-pong. Masz świadomość. Wciśnij jeden, by odsłuchać świadomość. By skasować świadomość, wciśnij dwa. Wciśnij trzy, by zajechać pod dom. Wciśnij osiem, by otworzyć drzwi. Zaprowadź denata na drugie piętro. Pomóż mu grzebać kluczami w zamkach. Tymi starymi, długimi kluczami do gomułkowskich kawalerek. Połóż drania na podłodze i każ mu się zamknąć od środka. Gdy to zrobi, a zrobi to, dziękować Bogu, zeszczy się na tej podłodze i porzyga, zejdź na dół, do samochodu, i wciśnij krzyżyk na swoim telefonie.

– Już jadę – powiedz do żony. – Wiozłem kretyna, który się zwalił na bankiecie. Pan dziennikarz. Nie masz pojęcia, co to za buce.

I pojedź dalej.

Być listopad rano, dwa tysiące jeden. Moja być dobry bwana, pan redaktor, mieć trzydzieści lat. Być chujowo.

Moja wstać z łóżka i się zataczać. Moja pójść do toaleta, ale tam nie dać rady pić woda. Moja się struć. Sąsiad krzyczeć. Moja się nie golić.

Być mroźny poranek. Moja iść piechotą i przecierać oczy pięściami. Zaciskać je, w sensie oczy, nie pięści, i otwierać, bo źle widzieć. Być na cyku. W pracy wszyscy się zorientować i krzywo patrzeć, ale moja być cenny bwana i nikt się nie stawiać. Być to na bank.

Moja mieć straszne gazy. Iść po parku i pierdzieć jak armata, że babcie z pieskami uciekać. Pieski robić hau hau. Nie lubić dobry bwana.

Bwana wczoraj zarzygać marynarka, ale już ją znowu wytrzeć. Bwana widzieć się w sklepowej szybie i wyglądać majestatycznie. Tak myśleć. Moja mieć straszne męki na twarz. Być to bardzo filmowa mina. Moja się cieszyć.

Moja wejść do firma i jechać winda, chwytać klamka, ale ją dwa razy widzieć. Sekretarka się przyglądać. Moja zagrać jej na nosie i przywitać się po francusku. Powiedzieć sekretarka, że się spóźnić, bo samolot uciec. Sekretarka śmiać. Wyjść pan szef i mieć lajfstajlowa koszulka. Być tam napisane „mjuzik".

– Yyy – powiedzieć pan szef.

Moja zrobić mu hajhitla i uśmiechać się wzorowo. Moja być wesoły bwana. Umieć bawić się i dokazywać. Trzymać się framuga i pójść do komputer. Włączyć go i cieszyć się, chociaż być niedobrze i chcieć się rzygać.

– Ping-ping – mówić komputer do moja.

– Ble, ble – moja mu odpowiadać.

Być rozrywkowo. Znowu śnieg prószyć.

Być dwa imejle. Gołe babki machać cycki. Moja wyrzucić je do kosz. Być też okólnik od pan prezes. Pan prezes zapraszać na czwarta. Mieć być uroczyste wyróżnienie dla najlepszy pracownik w najciekawszy tygodnik. Figurować tam nazwisko i dużo pieniądza. Mieć to być dodana do pensja.

Być to moja.

Moja siedzieć nieruchomo przed komputer i słuchać powietrze. Być dumny z siebie jak jasna cholera.

– Ping-ping – mówić czasami komputer. Przychodzić imejle, lecz moja ich nie otwierać. Moja być ledwo ciepły.

Mijać trochę czasu i moja rozumować coraz bardziej logicznie. Robić się trzynasta i czternasta, i piętnasta. Odzyskiwać się z popiołów. W końcu robić się obiecana szesnasta i wszyscy schodzą na wręczanie nagrody.

– Gratulujemy wspaniałego pomysłu – mówi prezes dobitnie i wręcza mi jakiś przeszklony dyplom, na którym jest moja gęba, wmontowana niby w okładkę czasopisma. Potem wszyscy biją brawo, ale to nie koniec, bo prezes oznajmia, że najlepszy pracownik miesiąca, czyli ja, dostanie półtora tysiąca złotych doceny do pensji.

– Co pan z tym zrobi? – pyta mnie pan prezes.

– Oddam długi – bełkoczę.

– Hahaha – mówi prezes.

– Hahaha – wtóruje mu biurowy chór.

Potem przyjdzie czwarta trzydzieści i będę już zupełnie na chodzie. Wręczanie nagród zamieni się w mały bankiecik; laski z marketingu poluzują kołnierzyki, a z czasem rozepną te swoje modne koszule, by było lepiej widać dekolty. Pan od logistyki zaserwuje zagraniczne piwo. No nie można odmówić picia piwa, zwłaszcza że jest za darmo. Poza tym zawsze, kiedy widzę dziewczyny w rozchełstanych koszulach, mam ochotę się nawalić. Łykam więc dwa piwa z rzędu, bo suszy mnie jak diabli, a przecież od rana miałem skręt kiszek i nie mogłem walnąć ani grzdyla kranówy. Pan prezes stuka się ze mną butelczynami. Gada coś o przydatności dla firmy i o tym, że przecież wielka jest i świetlana przed nami przyszłość. Być zawodowo. Moja mu przytakiwać. Moja bekać w kącie – bąbelki wychodzić. Obok stać Tofi i coś zagadywać, ale moja nie uciekać. I nie odpowiadać. Kiwać się tylko i śmiać;

moja wreszcie stracić czucie. Moja lać na Tofi, kiedy pić. Być to w dechę. Tofi patrzeć, moja lać.

Być osiemnasta. Moja być człowiek wyprostowany. Moja mówić po francusku, że słi master of disaster. Wszyscy śmiać się, moja być w dechę. Tofi śmiać się i stukać się ze mną butelczynami. Tofi mówić, że być między nami różnie, ale przecież teraz my być przyjaciele. Tofi mówić, że niedługo wychodzić za mąż za swój piękny lawdżoj. Moja poprosić, by Tofi powtórzyła. Tofi mówić, że wychodzić za mąż za swój piękny lawdżoj. Mówić mi to i się śmiać.

Być przyjacielska atmosfera, ale moja się zdołować. Moja nie słuchać już Tofi. Moja uciec po schodach na piętro, zabrać płaszcz i lecieć na postój taksówek. Moja chcieć do bar. Być już ciemno i świecić się w mieście kolorowe neony. Moja patrzeć na nie i próbować się cieszyć, że życie być piękne. Ale życie być do dupy.

– Dupa, dupa – mówić do mnie życie.

Moja płakać. Łzy same lecieć. Tofi wychodzić za mąż. Pan taksówkarz pytać, czemu moja płakać. Moja mówić, że być głupi bwana. Tofi wychodzić za mąż i nic już nigdy nie być taka jak wcześniej. Moja nic nie zdziałać.

Pan taksówkarz zadumać się i rozgadać, ale nie wyłączyć licznik i wziąć od moja za dużo pieniądz. Moja się nie burzyć, moja dawać. Moja być wszystko jedno. Być tak strasznie kaka. Wszystko się pierdolić.

– Wściekłego psa czy od razu czyściochę? – zapytać pan barman, gdy moja zobaczyć.

My jechać dalej.

Nie poszedłem na ten ślub. Zresztą nie zapraszała mnie. Wcześniej tylko trzeba było powiedzieć jej prawdę. W końcu przemogłem siebie i wiecznego kaca. Na półpiętrze zatrzymałem ją, gdy szła z jakimiś papierami.

– Kocham cię. Teraz chyba rozumiesz.

Patrzyła z przekrzywioną głową, jak tylko ona potrafi to robić.

– Przepraszam, ale ty żartujesz.

– Nie. Kocham cię. Jak nigdy nikogo. Od samego początku.

W tej scenie robi się niewygodna cisza i widzę, że ona chce uciekać, ale coś ją powstrzymuje. I że nigdy już nie zamienimy ze sobą ani słowa, to też już wiem i widzę to po jej minie. Że ma ochotę wywalić mnie ze swojego życia, jest tym wszystkim obrzydzona, przerabiałem to już nie raz, to przerażenie w oczach kobiety, której mówi się, że się ją kocha, ale ona nie chce już tego słuchać, chce uciec, odepchnąć, robi się wtedy jeszcze bardziej nieczuła i brutalna.

– Jak mogłeś mi to zrobić – mówi nerwowo, przestępując z nogi na nogę. Chce już iść, ale przytrzymuję ją za rękę. Wyrywa się. – Ty nie wiesz, co to jest miłość. Nie rozumiesz tego słowa.

Chcę jej odpowiedzieć, jak echo, bo właśnie że wiem, właśnie że ona nie. Że kocham ją i tylko ją, i że nic tego nie zmieni, i że wiem, jakie to głupie, i że wszystko tak bez sensu się pieprzy. Ale ona ucieka, zbiega w dół, już jej nie ma. Wraca mój ulubiony, durny patos. Wypełnia mnie wszędzie i rozsadza. Jest już tylko patos, nadmuchany do granic wytrzymałości, bliski wybuchu. Tofi już nie ma.

Tak. Ja nie wiem, co to jest miłość. Muszę koniecznie uwierzyć, że nie wiem, nie wiem, nie wiem, nie chcę wiedzieć, co to jest miłość. Nigdy tego nie wiedziałem, nigdy nie będę tego wiedział. Nie chcę i nie umiem tego wiedzieć. Niech tak zostanie. Niech tak zostanie. Tak mi będzie najlepiej. No bo co to właściwie jest miłość? „Miłość". „Love". Przecież ona wszystkim już była, żeby tylko nie być miłością. Była w piosenkach, była w filmach. Nie zdziwiłbym się, gdyby nazwano w ten sposób klub szambiarzy, utylizator do śmieci, ośrodek dla psychicznych. Skoro dekle od papierowych kubków w hamburgerowniach nazywają się „sweetheart" i mają nawet własne logo w kształcie serca, to znaczy, że wszystko jest możliwe.

Niektóre słowa z czasem zupełnie się zeszmaciły. Tyle razy wytarto sobie nimi gębę. Mamy wiele takich słów, które kiedyś były dużo warte i miały jakieś znaczenie, a dzisiaj są jak chustka do nosa. Mamy słowo „życie", mamy słowo „śmierć". Mamy „radość" i „szczęście". Mamy dużo takich słów. A właściwie powinienem powiedzieć, że mieliśmy. Bo ja ich już nie rozumiem.

Gdy brała ślub, stałem za rogiem, kiedy wynajęty biały lincoln podwiózł ich pod katedrę. Tak strasznie chciałem się napić, ale nie kupiłem niczego po drodze, a jedyny sklep na Rynku był akurat zamknięty.

Toluś na Cudnej był tego wieczoru bardzo wyrozumiały. Zdawało mi się nawet, że płakał.

– Życie jest do dupy – odkrył, wznosząc toast. Za oknem było buro.

Kiedy się zbiera na łzy, to świat wygląda jak przez folię. Potem jest już normalnie. Rzucasz pawia, kiedy w szklance jest za dużo. Po dwóch haftach wszystko zaczyna wchodzić. Maszyna żalu się nakręca. Wychodzisz na ulicę. Idziesz i beczysz. Myślisz o swoich trzydziestu beznadziejnych latach, które sam teraz spaliłeś jak śmieci, złożyłeś na ołtarzu jakiejś idiotycznej idei. I wszystko tak pokazowo zrąbało się. Zestarzało, schamiało. I odeszło.

Puste, brudne miasto, pusta, brudna noc. Neony. Dresiarze w bramie. Policja przed barem. I płonący śmietnik.

Ona i on są już teraz po weselu. Leżą wtuleni w siebie, a rano, w trendowej stacji, zbudzi ich trendowy, rozkrzyczany prezenter.

On zrobi kawę, a potem zjedzą śniadanie czy coś w tym rodzaju. Wyjdą ze swojego czystego, pięknego, idealnego domu, idealnie się pocałują. Odjadą do idealnego miasta, do swoich idealnych prac, spędzić kolejny dzień ich idealnego życia, w którym nie ma miejsca na dylematy.

Tofi wyszła za mąż. Wszystko mi teraz wraca, jak film przewijany do tyłu. Wraca jedenasty września i wracają te pierwsze chwile, kiedy upajałem się nią, choć już wtedy wiedziałem, że jest zajęta. Przecież nawet nie musiała mi tego za bardzo przypominać. Czemu miałem ciągle nadzieję? Ja, durny, obleśny trzydziestoletni. Czemu tacy jak ja nigdy nie potrafią pogodzić się ze światem? Czemu idą z nim na noże? No czemu, no czemu. Czy muszę zrobić z tego cyrk, zrobić z siebie wyszukany, majestatyczny pomnik brudu?

Wszystko się kiedyś kończy. To banalne zdanie, ale nie doceniamy jego wagi, bo zbyt często bywa wypowiadane. Tak jak z miłością, która przestała być święta. Jest jej za dużo i tak jak wszystko kiedyś się kończy. Na przykład teraz kończy się listopad, rok Pański dwa tysiące jeden. Stulecie numer dwadzieścia jeden. Kończy się moja znajomość z Faworem, Grzesiulkiem i Dynią, którzy sprzedali mieszkania i wyjeżdżają na Jamajkę. Ja pierdzielę, Jamajkę. Kiedyś to by brzmiało jak najcięższy kit na świecie. Zresztą dalej tak brzmi. Jadą zakładać interesy, sprzedawać coś albo kupować. Nie wiem zresztą, w jakim dokładnie celu. Jamajka jest cholernie trendową wyspą dla nietrendowych ludzi. Wszyscy, których szanowałem, przynajmniej raz zahaczyli o Jamajkę; część, których nie musiałem, nie chciałem, nie mogłem albo nie umiałem szanować, też tam wybyła. Ja sam też tam pewnie kiedyś wyjadę. O ile znam życie, a także przewodniki *Lonely Planet*, Jamajka okaże się wyspą po stokroć syfową, ale na razie takie wątki nie zaprzątają mi głowy. A może Jamajka będzie oazą spokoju i radości, tak jak dla nich. Moi koledzy od kieliszka skończyli się, zrywając umowy ze swoimi operatorami telefonów komórkowych. Kiedy widzę ich w dniu końca tej rokendrolowej gehenny, mają bilety do London Gatwick i z przesiadkami do Kingston. Już niedługo będą wolni.

Byli tylko dodatkami do flaszek. Nie żal mi ich. To się po prostu kończy, jak wszystko. Jak ta książka, jak Tofi, jak ja. Tylko Łazienki, w których odbywa się ta scena, nie kończą się i nie zamierzają tego zrobić jeszcze długo.

W tej scenie zerwałem się z pracy i siedzę z nimi na ławce, nieopodal amfiteatru. Jest zimno, ale pijemy. Fawor przypomina, jak chodziliśmy tu deklamować sobie na scenie Hamleta. I ja zawsze leciałem z tym monologiem, a potem przeganiał nas cieć. I jak raz zwiewaliśmy przed cieciem, bo było już po zamknięciu i trzeba było zwiewać przez płot. I Fawor był za bardzo opity, i nadział się krokiem na płot.

I tak dalej, i tak dalej. Pijemy miód pitny, bo Faworowi przypomniało się, że wtedy, kiedyśmy przychodzili tu na ten amfiteatr, zawsze był w ruchu miód. Teraz chce walnąć ze mną i z nimi po butelce, żeby mu się kojarzyło, jak już pojadą i nie będziemy się długo widzieli. Pokazują mi zdjęcia i mapy, żebym wiedział, dokąd ich niesie. Chwalą się biletami, które kupili w przecenie czy jakiejś innej, niebywałej promocji. Przytakuję im, chcę, żeby się cieszyli.

– Jakoś sobie bez nas poradzisz – mówią, poklepując mnie po ramieniu.

– Jakoś sobie bez was poradzę – mówię, pociągając kolejny łyk.

– Wiesz, to przecież całkiem modne spylać się stąd, uciekać. Na bezludne wyspy. Daleko, jak najdalej.

– Ta wyspa nie jest bezludna.

– Oj, ale wiesz, co mam na myśli.

– Tak, wiem, co masz na myśli. Któregoś dnia wszyscy zwieją na te swoje wyspy. I na wyspach zrobi się za ciasno od takich frajerów jak my.

Ale oni chyba mnie nie rozumieją. Zresztą znowu zaczyna się ostra kołowacizna. Jest już koniec listopada. Śnieg leży na trawnikach. Wypiliśmy po dwie butelki na głowę i brak mi równowagi. Wstajemy, żeby rozejść się do autobusów. Spotkanie nie wyszło nam specjalnie. Miała być większa pompa i miało dłużej trwać. Ale znowu było contiamo i znowu, i znowu... Zwalamy się już teraz zdecydowanie za szybko.

Dwoje starszych ludzi stoi przy brzozie. Obejmują pień rękoma i dotykają go głowami. Kiedyś słyszałem, że z brzozy płynie wtedy pozytywna energia.

Na zamarzniętej tafli stawu, tuż pod mostkiem, czają się gromady kaczek, wtulonych we własne pióra.

– A pamiętacie, jak Holden w *Buszującym* pytał taryfiarza, dokąd idą kaczki, gdy zamarza staw?

– Ha ha ha. No popatrz. Że ja wcześniej o tym nie pomyślałem.

– Holden, debilu! One śpią na lodzie!

– Słyszysz, patafianie?!

– Na-lo-dzie!!!

A echo roznosi ostatnie dźwięki po całym parku.

Gdzieś w innej galaktyce jestem dzieckiem i jest rok tysiąc dziewięćset siedemdziesiąty czwarty. Jest lato i świeci piękne słońce. Spod pomnika Szopena dochodzą dźwięki fortepianu. Klomby zadają szyku biało-czerwonymi łanami goździków. Mama karmi mnie tortoletką obok kawiarni, która jest w murze amfiteatru. W Łazienkach są wesołe, uśmiechnięte, niedzielne tłumy. Kaczki pływają dumnie po stawie. Paw przechadza się trawnikiem. Przebieram nóżkami w spacerowym wózku i krzyczę, kiedy mama zostawia mnie na chwilę. Chcę wiedzieć, co mieści się za kratami, które otaczają kawiarnię. Przyciągam je do siebie razem z wózkiem i wsadzam głowę między pręty. W środku jest to, co widziałem z zewnątrz. Ech, co za rozczarowanie. Zaczynam się drzeć, a mama przybiega przerażona i usiłuje pomóc mi wyciągnąć głowę. Nie daje rady. Woła kilku facetów i oni też nie dają rady. Kombinują, jak to się mogło stać, bo przecież jakoś ją włożyłem. Nie czas jednak na medytacje. Przyjeżdża technik z administracji parku i rozgina te pręty, a moja głowa znów znajduje się na wolności. Mama mówi, bym nie wtykał jej tam, gdzie nie można wyjąć. Jestem dzieckiem. Przytakuję mamie, że tak właśnie będzie, ale nie dotrzymam słowa.

Jedziemy dalej.

W tym miejscu znajdował się fragment, który opowiadał o koncercie rockowym w klubie w Śródmieściu, a także o tym, że na koncercie wszyscy byli nastolatkami, i że nie mogłem się tam odnaleźć, bo te szczyle mówiły do mnie „proszę pana", i że znowu byłem pijany. I nawet barman mówił tam do mnie „proszę pana", aż w końcu nie wytrzymałem i wyszedłem z tego klubu, jak to całe gnojstwo pogowało pod sceną, a teraz to już nawet pogować nie umieją, te głupie gnoje, tylko się kiwają jak psychiczni. Na końcu tego fragmentu znajdowała się też dykteryjka o tym, że byłem na uniwersytecie. Poszedłem tam się odlać, bo przechodziłem akurat w pobliżu. Zobaczyłem swoje nazwisko na liście skreślonych z listy, którzy nie zgłosili się od czterech lat po odbiór papierów. Przyszło mi wtedy do głowy, że czas wreszcie po raz pierwszy, tak jak chciałem, stanął w miejscu.

Usunąłem ten fragment i poszedłem do Cudna Baru, walnąć parę wściekłych piesków.

Obrzydliwie, nudno i przeciągle kończy się ta książka. Ugrzęzła w jednym miejscu, pocieszam się, że nie bez powodu. Jesteście świadkami bardzo ważnego splotu przedziwnych wypadków. Oto główny bohater zaprzestał robić sobie nadzieje pod adresem niejakiej Tofi, lat już obecnie trzydzieści. Tofi, lat obecnie trzydzieści, wyszła za mąż za swojego pięknego Lolka. Główny bohater zatłukł w sobie wszystko, co w nim się tliło pod jej adresem, i został teraz sam, z wielką, wypaloną dziurą. Jego koledzy wyjechali na Jamajkę. Tak, główny bohater wie, że to brzmi niewiarygodnie, ale, niestety, to prawda. Byli tam latem i wyrobili sobie jakieś układy z miejscowymi. Główny bohater żegnał ich na lotnisku. Był pijany. Jest teraz ciągle pijany. Do tej pory było jeszcze na świecie kilka rzeczy, które trzymały go przy trzeźwym życiu. Teraz nie ma ich już prawie wcale. Myślicie pewnie, że skończy w grobie albo na odwyku. Nie, nie ma tak łatwo. To byłoby zbyt banalne, jak w jakiejś głupiej książce, jednej z tych wspominkowych książek nawalonych koleżków, którzy doszli do siebie i teraz chcą na tym zarobić. A życie nie może być takie banalne jak te głupie książki. Życie, niestety, to największy i najbardziej zaskakujący oryginał, jaki znamy. Tylko nikt nie chce tego zauważyć.

Łażę po pracy, a w zasadzie obijam się po niej jak kulka we flipperze. Każdy człowiek, na którego trafiam, jest metalową sprężynką, która mnie odbija. Lecę na ścianę, baraszkuję między drzwiami od kibla i korytarzykiem do stołówki, a potem wracam do punktu wyjścia, bo jakaś specjalna maszynka wybija mnie z powrotem do gry.

– Olewam ją, wiesz. Olewam – mówię do gościa z działu produkcji, a on mi przytakuje.

Łażę dalej. Robi się trzecia. Gość od produkcji przychodzi do mnie z dwoma butelkami browaru. Dostał z magazynów prezesa.

– Może wyrwij jakąś laskę w Internecie?

– Może wyrwę.

Ten cały Internet jest jak jakaś religia albo coś w tym rodzaju. Odpalasz to plastikowe pudełko z telewizorem i wydaje ci się, jakbyś słyszał Najwyższego, który nadaje w rytmie walących organów i anielskiego chóru: Zaprawdę powiadam ci. Zrestartuj system. Zaloguj się, wejdź na www.chcekobiety.com i wybierz link www.bedewyrywaldupy.com. Mówi internetowy, plastikowy najwyższy. Następnie ściągnij program Wyryw.exe i dodatkowy freeware Szybkiedymanie.exe. I może jeszcze Nasrajminaklate.exe, jeśli lubisz dziwactwa. Ustaw klawiaturę i kolor, następnie wybierz www.samotnyszukadupy.pl. Przejdź do menu „dodaj opcje" i zaznacz „umówmysięnarealu". Przejdź do portalu www.wyrywamdupywrealu.com. Wybierz opcję. Pojawi się Twoja wybranka i okaże się czterdziestoletnim ślusarzem, który wali konia do internetowej kamery. Wystąpił nieznany błąd. System zawiesił się. Zrestartuj system...

Czaty dla dzieci, czaty emerytów. Czaty dla pedałów i czaty dla meneli. A wszyscy chcą się tylko bzykać. Wszyscy myślą, że na czatach nic, tylko miłość. Ludzie przesyłają sobie obrazki, jakieś uśmieszki, jakieś pieprzone skróty. I te głupie ksywy. Chciałem nazwać się po ludzku, ale komputer powiedział, że moje imię jest już zastrzeżone. Moje imię! Skandal. Wchodzę więc jako Skandal. Też dupa. Wchodzę jako B-52. Też dupa. Wpisuję „Zderzak". No, zderzaka już na pewno nie ma na tym syfie. Ale gdzie tam. Ksywa Zderzak też już figuruje na liście zastrzeżonych. W końcu nie wytrzymuję. Kał Burmistrza, Pasterz of Muppets, naprawdę nie ma już normalnych ksywek?

Master of Disaster: Dzień dobry państwu. Życie jest do dupy, a Tofi wyszła za mąż.

Cisza.

Lola36: Cze, Master.

Abramek: Cze.

Następuje długa milcząca próżnia, wypełniona obrazkami migającymi na ekranie. Bredzę jeszcze kilka minut w ten deseń, ale nikt nie reaguje.

Master of Disaster: Tak naprawdę to jestem dziennikarzem i wszystko to zapisuję, i wszystkie te brednie będą w gazecie.

Abramek: To spadaj.

Master of Disaster: To spadam.

Opszyn speszjal. Kłit program. Szat dałn. Goł hołm. Enter.

Uciec, uciec, odejść. Mogłem jechać z nimi na tę Jamajkę. Musiałbym tylko sprzedać samochód, żeby było na bilet i kilka dolców w kieszeni. Może pojadę. Ale nie. Nie zostawili mi żadnego namiaru. Czy się kiedyś odezwą?

www.odezwijcie-się!com

www.nie-odezwą-się.com

www.ratunku.pl

www.jedziemy.dalej.com

Zero siedemset pięćset pięćset. Gorące nastolatki czekają. Zadzwoń teraz.

– Życie jest do dupy.

– Pan sobie żartuje. Kochasiu, nie żartuj sobie.

– Idź się utop.

– Jeszcze jedna taka odzywka i się rozłączymy.

– Kiedy naprawdę. Wszystko jest do dupy. Mam dość. Mam dość. Mam dość.

Piip.

Zero siedemset sześćset dwieście pięć.

– Cześć, kotku, jak masz na imię?

– Ja nie mam imienia. Umówisz się ze mną?

– Nie mogę się umawiać.

– No, ale umów się. Nie bądź menda.

Piip.

Zero siedemset pięćset pięćset dwieście pięćset. Gorące kotki.

– Cześć, mała. Weź się w garść, nie bądź menda. Bo się potnę.

– Tu ochrona. Słyszymy wszystkie rozmowy. Jeżeli pan nie przestanie, zawiadomimy policję.

– Ale jaką policję. Ja nie łamię prawa. Chcę tylko umówić się z tą dziwką.

Piiip.

– Olej przeszłość – mówi Toluś i wyrywa mnie z zamroczenia.

Na Cudnej był jakiś wypadek. Zaraz, zaraz. Czy ja już kiedyś nie widziałem tej sceny? Na Cudnej był jakiś wypadek i wszyscy wybiegli zobaczyć trupy. Za barem zrobiło się pusto i dziwnie. W ogóle jest tu pusto i dziwnie, od kiedy nie ma Dyni, Fawora i Grzesiulka. Tylko Toluś jest ciągle ten sam i ciągle tak samo zagaduje do klientów.

– Dwa wściekłe pieski?

Wszyscy wybiegli zobaczyć wypadek, bo podobno są trupy. Wybiegam i ja. To taka fantastyczna sprawa. Zawsze kiedy ktoś rozwala samochód, zbiegają się ludzie żądni krwi. Nawet ja załapałem się na ten szoł.

Nieopodal przejścia dla pieszych, na betonowej podstawie billboardu leży zgnieciony samochód marki nissan terrano. Dymi się z niego, a ludzie krzyczą przerażeni. Wszędzie pełno piany, bo ktoś był przezorny i odpalił na tym złomie gaśnicę. Nadjechała już karetka i policjanci obchodzą dymiący pojazd, trzymając w rękach swoje nieśmiertelne notatniki. Na śniegu rozrasta się wielka kałuża krwi. W rozbitym nissanie leży jakiś znajomy facet. Podchodzę bliżej.

To ten inny, lepszy ja. Ten sobowtór z mózgiem cwaniaka. Ja pierdzielę. Był ze mną na Santorini i mijał mnie na pogrzebie Aleksa. Tak, to on. Już nie jest lepszy ode mnie. Wszystko wskazuje na to, że umarł. Lekarz stwierdza zgon.

– O matko jedyna – mówi jakaś baba, zakrywając sobie twarz dłonią – o Chryste Panie. I ta kobieta taka młoda.

– I dzieci pewnie mieli – mówi druga baba, też zakrywając usta.

Wsadzają go do worka, miga kogut radiowozu. Holownik ciągnie wrak nissana na asfalt. Blondynka, która jechała z facetem, jest przytomna. Krew leje się jej na pończochy. Ma pół twarzy jak wegetariańska pizza, ostro powalona keczapem. Łka niemożebnie, łka przeraźliwie. Wyciąga ręce w stronę worka, który wkładają do karetki.

Żegnaj, sukinsynu. A jednak to ja byłem lepszy. W ostatecznym rachunku.

– Wściekłego pieska? – mówi Toluś, szykując kieliszek. – No i co tam się właściwie stało?

– Ktoś nie pojedzie dalej.

Święta, znowu święta. Jedna pani z domu starców. W wigilijny zmierzch spokojny. Zobaczyła pierwszą gwiazdkę. Był to start do gwiezdnej wojny. Idę ulicami, obijam się o ludzi. Nie rozumiem dlaczego, ale idę pod prąd. Wszyscy jak na złość biegną, pędzą w przeciwną stronę. Jest zima dwa tysiące jeden. Idę po ulicy. Jest już ciemno i świecą gwiazdy. Pod stopami chrzęści śnieg.

Jasna cholera, nie mam butów na zimę. Zamszaki są bez przerwy mokre, a ja bez przerwy kicham. Wiecznie chodzę przeziębiony. Nie wiem od kiedy. Z nosa leci mi woda. Odkąd trąbię codziennie gorzałę, w ogóle już nie mogę jeść. Jak coś zjem, zbiera mi się na pawia. To wszystko przez samochód. Od kiedy go mam, nie kupuję ciuchów na zimę. Chodzę w płaszczu z supermarketu. Noszę pod nim ramoneskę. Muszę być naprawdę walnięty, żeby ubierać się tak w mieście, w którym wszyscy pomykają w lajfstajlowych katanach z watowanego plastiku.

Ludzie latają z zakupami jak przerażeni. Tak bardzo chciałbym, żeby Warszawa zwolniła dzisiaj tempo. Tak bardzo bardzo chciałbym, żebyśmy zwariowali...

W domu towarowym kłębią się dziewczyny. Dziewczyny parami, dziewczyny i ich matki, dziewczyny i ich chłopaki. Z głośników leci muzyka, a one, przyoblekłszy kolejne jednakowe bluzki, podrygują, obracają się, zarzucając grzywami, łypiąc zza pleców na własne zadki, przybierają pozy modelek i wydymają usta jak aktorki porno. Nigdy nie są takie seksowne, jak przez te pół godziny w sklepie ze szmatami. Przebieralnie są pełne stóp przestępujących w rytmie techno. Szczęk przesuwanych wieszaków, atmosfera niezdrowego podniecenia.

Wszystko miga, błyska i krzyczy. Szczęśliwe miasto pełne szczęśliwych ludzi. Pary obejmują się przed wejściami do sklepów. Aleje Jerozolimskie tłoczne jak nigdy dotąd. Kolorowe girlandy na Nowym Świecie. Autobus o to nie zahacza? Stówka z bankomatu. Jacyś rodzice kupują wielką lalkę dla dziecka. Inny facet idzie po śniegu, trzymając przed sobą wielkiego pluszowego niedźwiedzia. Strzelam lufę na stojąco. Jestem jedynym klientem Alhambry. Szybka pięćdziesiątka wzdryga całym moim ciałem.

Przede mną siedzi panna, której długie włosy zakrywają twarz. Ładna jest. Piję drugi kieliszek, opierając się potem o blat, by wszystko spłynęło równomiernie do trzewi. Podjadam śledzia w oleju, to polskie sushi, które jest tak wesoło ciężko strawne. Ona czyta książkę. Zaglądam jej bezczelnie przez ramię. Czyta oryginalną wersję *Kubusia Fatalisty*. Żak le fatalist.

– Jeszcze nie widziałem, żeby w takim miejscu ktoś czytał Diderota – próbuję być uprzejmy i dżentelmeński, ale plączą mi się słowa.

Mam nadzieję, że się wypłoszy i pójdzie, ale ona patrzy ze zdziwieniem, jak na zwierzę w zoo albo słynnego aktora.

– Kim ty jesteś? – pyta. – Skąd się wziąłeś?

Patrzę na jej loki z miną, która musi być strasznie żałosna, bo przecież wlałem w siebie co najmniej trzy piwa i pięć małych kieliszków wódki. Długie złote loki i niebieskie oczy. Podnosi je i powtarza pytanie.

– Nie wiem. Wszystko jest do dupy.

Przeciera twarz i przekrzywia głowę, jak Tofi, nie, jak Szarik na filmie. Przez chwilę przychodzi mi do głowy, że to są mądre, ładne i ciekawe oczy. I że w takie oczy chciałbym spoglądać już zawsze.

– Naprawdę jest aż tak źle? – odzywa się, zamykając książkę i kładąc ją na stoliku.

– Tak. Nie. Nie wiem.

– Muszę już iść.

– Tak myślałem. Idź, ja cię nie zatrzymuję. Po co masz siedzieć i gadać z takim fajansiarzem jak ja.

– Ty nie jesteś fajansiarzem.

– Tak, wiem. Nie jestem fajansiarzem.

– Idę już. Nie martw się.

Wstaje i idzie do drzwi. Patrzę za nią, oglądam ją w przelocie, kiedy zamaszyście wrzuca sobie na ramiona brązowy płaszcz z puchatym kołnierzem. Sięga po klamkę, by wyjść na ten śnieg, do tych wszystkich uchachanych lowelasów i zostawić mnie tu do reszty.

– Poczekaj, poczekaj. To moja wizytówka.

– Nie jesteś za bardzo bezczelny? – śmieje się, biorąc ode mnie czerwony tekturowy kwadracik. Bierze go, naprawdę go chowa.

– Tak. Jestem bezczelny. Proszę, odezwij się.

– Nie wiem.

Mówi, że nie wie. Że się odezwie i sprawdzi, czy żyję. Że mi dobrze życzy. Że już naprawdę musi iść.

Walę jeszcze kielicha i przychodzi mi do głowy, żeby zamówić wino. Może na przykład chodzi za mną Albert Camus i dogląda, bym nie skończył źle? Może siedzi tu, gdzieś koło mnie, i patrzy litościwie. Może on i mój ojciec, gdzieś tam w niebie, dogadali się i teraz razem kombinują, jak mi dopomóc, jak zrobić, żebym wyszedł z tej kloaki na człowieka. Może to oni zesłali mi tę dziewczynę, która ma loki jak anioł. Może to jest mój anioł stróż. Przyleciał tu ze swoimi lokami, żeby wyciągnąć mnie z szamba. Taki czysty, wzorowy i mądry. Taki, który nauczy mnie jeszcze, co znaczą zapomniane słowa. Mrużę oczy i właściwie to nie brakuje mi wiele, bym zobaczył przed sobą Alberta, tę jego księżycową gębę, zupełnie taką jak moja, a przynajmniej taka mi się wydaje. Wchodzi tu nagle, tu do tej knajpy, gdzie przecież jest prawie pusto. Siada i zapala szluga.

– Młody przyjacielu. Wybierz choćby jeden malutki błysk, albo całe istnienie ociosane z pragnienia...

Smak tego wina jest podły, gorzki. W tej scenie robi się ciemno i pracownicy lokalu zapalają kolejno lampki na stolikach. Poproszę setkę wódki. Mmggh. Poproszę małe piwo raz. Tak tu pusto.

Na stoliku przede mną ta sama kobieta stawia taką samą butelkę wina i dwa kieliszki, nie zauważywszy, że siedzę tutaj sam. Cud? Sygnał z zaświatów?

– Oj przepraszam, pan sam jeden wino zamawiał – śmieje się głupio.

Jednak nie cud ani sygnał, babie się porąbało i tyle.

– A pan tak wino po piwie i po wódce? Tak pan miesza?

– Bo ja kaduceusz jestem.

– E?

– Nieważne. Bo ja lubię tak mieszać.

– Hehe.

He, he. Podnosi się, dotąd była nachylona. Wprawnym ruchem zapala mały ozdobny kaganek. Odbicie płomyka pełza kolejno po oprawce pióra, butelce i blaszanej papierośnicy. Przy okolicznych stolikach jest coraz bardziej gwarno i tłoczno. Podnoszę głowę, bo ciągle wydaje mi się, jakby był tutaj naprawdę, jakby rzeczywiście wyszedł stąd przed chwilą. Wyglądam przez okno i patrzę, czy aby nie ma go jeszcze na przystanku, może tupie gdzieś tu obok, obsypany śniegiem. Świąteczne neony Smyka kładą się kolorowym łanem na burych murach Polskiej Agencji Prasowej. Wracam do wina, do mojego kaganka i kelnerki.

Przy sąsiednim stoliku siedzą babka i facet.

– Wiesz – mówi facet stłumionym głosem – pośród tej zimy w końcu przekonałem się, że jest we mnie prawdziwe lato...

Jego babka nie reaguje na te kity. Uśmiecha się przepisowo.

Na razie istnienie waha się. Jest ciągle bezbarwne i nieżywe.

Jedziemy dalej.

Jest więc nieżywa zima dwa tysiące jeden. Biegnę po ulicy, muszę biec, bo gdy idę wolno, przewracam się. A wtedy trudno mi wstać. O Boże. Mam trzydzieści lat. Czy wszystko już było? Tato. Czy to już nowe, lepsze czasy? Czy ja fosforyzuję? Co teraz ze mną będzie? Jadę tramwajem przez Warszawę. Nie wiem, co robię, za dużo wódy. Głowa boli mnie przeokropnie. Dlaczego głowa? Przecież to jeszcze nie kac. Dlaczego? Jestem pod domem Tofi. Czy to aby na pewno dom Tofi? Co ja tu, do cholery, robię? Skąd wiem, gdzie jest dom Tofi? Wyciągam zza pazuchy butelkę ciociosanu.

– Ciebie już nie maaaaa! – krzyczę. – Nie ma cię!!!

I pierdut! A szkło brzęczy na chodniku.

Za rogiem gliny w gustownym polonezie z Peerelu. Włączają koguta, a ja odruchowo zrywam się do ucieczki.

Biegnę jeszcze kilka kroków, dobiegam do płotu jakiejś szkoły, może fabryki. Gliny już wysiadły z samochodu i biegną za mną, mają latarki w dłoniach. Filmowo.

– Stać! – krzyczą. Jakbym nie wiedział, o co im chodzi.

O Boże, jak mnie boli ta głowa. O Boże.

– Stać!

Nie wiem, co się stało. Straszny, przeraźliwy ból rozsadza mi głowę. Wspinam się na ten płot, drapię po siatce. Jestem już okrakiem na górze, już się kładę, żeby zeskoczyć. Boli mnie. Jezu, jak przeokropnie boli.

I wszystko się kończy. Nagle, wreszcie, bezgłośnie.

Wszystko.

– Może pan podnieść głowę? Czy sztywnieje kark?

– Nie. Nie sztywnieje.

O ja cię. Głowa już mnie nie boli aż tak bardzo, za to w krzyżu napierdziela mnie jak na torturach.

– Proszę się nie ruszać. Robiliśmy punkcję. Ma pan zapalenie opon mózgowych.

– Skąd się tu wziąłem?

– Z izby wytrzeźwień.

– Czy mam dokumenty i klucze?

Lekarz krząta się przy mojej szafce. Wyciąga portfel, a z niego wszystkie karty i zmiętolony dowód osobisty.

– Trochę się panu zmoczył. Czas najwyższy wymienić – śmieje się i odkłada wszystko z powrotem. Podnoszę głowę i rozglądam się nerwowo, potem coraz spokojniej. Za oknem jest budynek Fotonu. To Warszawa. Wola. Ja żyję. Dziwny koleś z łóżka naprzeciw przygląda mi się, jakbym zmartwychwstał.

– Czy to poważne? – pytam.

– Martwiliśmy się o pana. Koledzy pytali codziennie.

– Ale czy to poważne?

– Nie. Nie ma żadnych powikłań. Za jakieś trzy tygodnie zrobimy panu rezonans magnetyczny.

– Jak to nie ma powikłań?

– To znaczy, że pan z tego wyjdzie. Pamięta pan swoje nazwisko?

– Tak.

– A imię?

– Tak.

– A jeszcze coś innego?

– Pamiętam ostrą banię, doktorze. I policjantów na Puławskiej.

– W takim razie pamięta pan wszystko.

Kładę się na plecach, tak jak kazał mi lekarz. Pobierali mi płyn z kręgosłupa, więc mam leżeć. Jutro dadzą mi coś do jedzenia. Tylko z tą kroplówką będzie chyba problem. Jak tu sikać z taką kroplówką? A srać? Strategicznie przerąbane.

Jest zima dwa tysiące jeden. Szpital zakaźny, ulica Wolska trzydzieści siedem. Planeta Ziemia. Pamiętam wszystko.

Szpital będzie obleśny i brudny. Ani razu się w nim nie umyję, bo w jedynej łazience dla pacjentów będzie permanentnie wybita szyba. Całą zawartość mojej szafki schowam po kieszeniach, żeby nikt mnie nie okradł. Nawet się zdziwię, że nikt nie zrobił tego wcześniej. Za dwa tygodnie będę już jadł i chodził o własnych siłach. Za trzy tygodnie wyjmą mi kroplówkę. Lekarz powie, że wszystko jest w porządku. Zaleci mi też, na absolutnie wszelki wypadek, bym nabrał lekkiego obrzydzenia do wódki. Obrzydzenie do wódki zostanie mi na lata, chociaż lekarz powie też, że właściwie to mogę czasem strzelić sobie piwo. Wyjdzie ładne styczniowe słońce. Będzie rok dwa tysiące drugi. Po czterech tygodniach uznają, że jeszcze kilka dni i będę wolny. Wyjdzie styczniowe słońce, w szpitalu będzie ruch i zamieszanie. Zaskrzypią drzwi i przyjdzie Ona.

Przyjdzie Ona.

Przyjdzie Ona.

Wejdzie jak duch, ale przecież będzie żywa. Jej złote loki wydadzą mi się jeszcze bardziej anielskie. Jak łańcuszek na choince, która stoi w szpitalnym korytarzu. Będą pachniały orzechami z miodem, a może ja po prostu wmawiam sobie, że tak pachną włosy wszystkich kobiet, z którymi się zadaję.

– Dlaczego? – zapytam z głupia frant.

– Jak to dlaczego? – odpowie, rozbawiona. – Przecież dałeś mi swoją wizytówkę. Masz pojęcie, jak się o ciebie martwią w twojej pracy?

– Te mendy?

– Tak, mendy. Głupolu. Siadaj.

Przez chwilę nie wierzę.

– No siadaj, mówię. Zobacz, przyniosłam ci owoce. Zielone jabłka. Lubisz zielone jabłka? Te są z RPA. Dziwne, no nie?

Ona będzie aniołem. Wyjdę z tego szpitala i będę myślał, że anioł zniknie razem z łapiduchami. Ale anioł będzie nieusuwalny.

– Życzę państwu szczęścia – powie lekarz.

Wy mi nie wierzycie, ale nie poradzę, że takie rzeczy dzieją się naprawdę. Miała mieszkanie na trzecim piętrze starego bloku. Takiego jak mój, tylko trzy dzielnice dalej. Przyszedłem do niej tydzień po szpitalu. Miałem krawat i białą koszulę. I minę, którą mógłby mieć co najwyżej Miś Uszatek. Byłem wesołym człowiekiem. Wesoło przy niej stałem. Obierałem brokuły. Myłem te brokuły pod kranem. Nagle przyszło mi do tej pustej, obolałej głowy, że brokułów, jak żyję, nigdy dotąd nie widziałem na własne oczy.

Potem już poszło samo. Rano zrobiła kawę. Wstałem tylko po jednej. Sen na jawie wciąż pląsał po tym domu w bezczelnie rozchełstanym szlafroku z napisem „Bruce

Lee". Spytałem, czy to koniec, ale ona zaśmiała się tylko. Że jestem głupi, skoro tak myślę. Pasiak żaluzji z całkowitym brakiem dyskrecji podświetlał ją jak w teatrze cieni. Dawała mi po oczach każdą komórką swojego skąpo odzianego ciała. Tak, zostanę z nią. Chcę z nią zostać. Wstawać rano i chodzić do roboty, żegnając się z dzieciakami i żoną, machającą z balkonu. Urywać się raz do roku na weekendy w towarzystwie kolegów i pod pretekstem delegacji urządzać sobie balangi. Resztę życia spędzać na spacerze. W kinie i w teatrze, w pieprzonym centrum handlowym. Gdziekolwiek. Chcę tego straszliwie, chcę tego jak wariat. Teraz szykuję swoją nową koszulę i swój archiwalny sweterek typu polo, którego nie włożyłem ani razu od dnia, gdy został kupiony. Teraz kupię sobie wodę kolońską i zacznę regularnie obcinać paznokcie. Teraz będę święty i czysty, i będę chodził na głosowania, i będę opowiadał sąsiadom na spacerach z psami, że pięknie jest w Europie. Teraz będę zmywał garnki i obierał ziemniaki. W soboty zamierzam rytualnie myć samochód, a w niedzielę po południu będę jeździł do Powsina. I nie włożę koszulki z napisem „Kałasznikow: no compromise". Teraz chcę być taki jak wy.

Idę przez park na Szczęśliwicach i patrzę na tych dziadków, którzy przytulają się do brzozy. I na to dziecko, które rzuca kaczkom kawałki chleba. I na pustą, dziurawą ulicę. Są na świecie dobre kobiety. One istnieją, posłuchajcie mnie. Naprawdę istnieją. Przez całe życie chodzą obok nas, takie dobre, mądre i piękne, a my, jak te ciule, nie widzimy ich.

Jeden ciul na tysiąc trafia do baru, w którym dobra kobieta, odrywając się od książki, poda mu rękę, a wraz z ręką poda mu siłę, która naprawdę może zmienić świat.

– Dokąd jedziemy? – usłyszałem nagle pytanie zza pleców. Obejrzałem się, ale nikogo tam nie było.

Jedziemy dalej.

Jest lato. Trzy dekady życia zbierają się we mnie w jeden haft, w jedną zmuloną całość. Kalam się nimi, bulgoczą i kotłują w środku, aż w końcu wszystko wylatuje ze mnie i oczyszcza.

Idę po ulicy, grosza nie mam. Obracam w palcach złoty pieniądz. Chcemy bić Zomo jeszcze. Może za następnym rogiem. Spotkasz kogoś, znajdziesz go. Kto odmienić może twój los. Widziałem na ulicy. Jak szłaś z innym. Dziewczyno, dziewczyno. Nie porzucaj mnie. Czy widzisz plejbojów jedzących kredę, czy widzisz dziewice czekające na sygnał? Piszę do ciebie list z poligonu. Jeszcze będzie przepięknie, jeszcze będzie normalnie. Myślę sobie, że. Ta zima kiedyś musi minąć. Sto tysięcy, może więcej, może więcej lat. Trzeba, byśmy zrozumieli, że miłość zbawia nas. A kiedy nam zabraknie sił. Zostaną jeszcze morze i wiatr. Salud, salud, ty żyjesz. Salud, salud, nie zginiesz. Nic, naprawdę nic nie pomoże, jeśli ty. Nie pomożesz dziś miłości. Kto inny zmienia świat za ciebie. Na przekór czasom. I ludziom wbrew. Dziewczyno, dziewczyno. Zamień słotę na lato. Przeżyj to sam. Runął już ostatni mur. Między nami. Nie mówimy ani słowa. A my schodzimy do garażu. Siedzę w pustej knajpie, wszyscy już odeszli w ciemną noc. Kelner zbiera szklanki, zaraz mnie wypędzą znowu stąd. Byłem w Rio, byłem w Bajo, miałem bilet na Hawaje. Wszystko chuj. Skończyły się już smutne dźwięki, będziemy śpiewać ładne piosenki. Mieszkam w wysokiej wieży, otoczonej fosą. Mam parasol, który chroni mnie przed nocą. Palą się na stosie. Moje ideały. Jutro będę duży. Dzisiaj jestem mały.

Dynia przychodzi pierwszy raz na Cudną, nie znam go jeszcze, jest rok dwa tysiące zero zero. Rodzę się i gęgam, i jest rok tysiąc dziewięćset siedemdziesiąty drugi. Piszę o superkremie i jest rok dwa tysiące jeden. Stoję w kolejce po arbuzy i jest rok tysiąc dziewięćset osiemdziesiąty trzeci. Idę do pracy. Jest rok tysiąc dziewięćset dziewięćdziesiąty trzeci. Wylatuję z niej, jest rok tysiąc dziewięćset dziewięćdziesiąty siódmy. Jezus zamienia wodę w jabola, jest rok zero zero dwudziesty dziewiąty. Wyjeżdżam na placówkę, jest rok tysiąc dziewięćset dziewięćdziesiąty piąty. Urywam się do Grecji, jest rok tysiąc dziewięćset dziewięćdziesiąty szósty. Jestem dziennikarzem i biegnę po ulicy, jest rok tysiąc dziewięćset dziewięćdziesiąty czwarty. Wybuchają wieże Wutece, jest rok dwa tysiące jeden. Tofi przychodzi na świat. Gęga i jest rok tysiąc dziewięćset siedemdziesiąty drugi. Gęgam tylko trzy ulice dalej, lecz ona nie wie o tym i nigdy się o tym nie dowie. Potem jest rok dwa tysiące drugi. Moja młodość kończy się i zakręca. Potem jestem już duży. Przedtem byłem mały. Jest kolejny rok. Kończę moją książkę, która opowiada o tym, co działo się, gdy był rok dwa tysiące jeden.

Młodość jest jak te butelki, które rozwalaliśmy o ściany. Nie można ich skleić z powrotem, ale jest jeszcze szansa, dla każdego z nas, marnych ciuli, że przyjdzie ktoś, kto ułoży z nich witraże.

Zamiotłem całe szkło. Kiedy mój witraż się układa, jest lipiec, Warszawa, rok dwa tysiące trzeci.

Jedziemy dalej.